增補復刻版

イラン人の心

詩の国に愛を込めて

岡田恵美子
EMIKO OKADA
日本イラン文化交流協会会長

قلب ایرانی

人文書館

ペルシア細密画ミニアチュール「花の乙女」

増補復刻版
イラン人の心
詩の国に愛を込めて

協力 高須賀優

地図 千 秋 社

写真 本文表記以外は筆者，編集部（小野成視撮影）

*上記は，NHKブックス383『イラン人の心』（1981〈昭和56〉年6月20日
初版第1刷発行．
日本放送出版協会〈現在のNHK出版〉）刊行時の表記である．

本書『増補復刻版　イラン人の心　詩の国に愛を込めて』の
©コピーライト表記は巻末奥付に明示し，
更に新たに写真等でご協力を得た方々や機関については，
奥付対向ページに表示した．
なお，新たに著者提供の写真には*（アステリクス）を付した．

はじめに—心と心には道がある—（『イラン人の心』増補復刻版にあたり）

最近コロナウイルスが巷の話題となった折、テレビが真っ先に取り上げたのがイランとイタリアであった。

「ああ、挨拶の時抱き合うからね」「あれは伝染るよ」……と、挨拶の仕方が問題になった。その時私は過去のある出来事を思い出していた。

航空機がまもなくテヘランに着こうというのに、機内はほとんどの乗客が激しく咳き込んでいたのだ。飛行機の中というのは言わば密室で、一人が風邪を持ち込むと忽ち伝染する。

あまりの苦しさに私は二階へ上がってみる。「なんで上がってきた！」いつも愛想のいいパーサーは目を吊り上げて怒鳴りつける。見ると激しく咳き込む重病人らがそこに横たわっていたのだった。

やがて機は轟音をたてて大地に滑り降りた。客席は大混雑だった。

「すべての乗客は入国手続き後に救急車に乗ること」

アナウンスは英語・仏語・ペルシア語で二度繰り返された。私は乗客の先頭に立ってタラップを降りる。迎えのメヘリーの顔が見えた。やれやれ、これで病院かと思った時だった。メヘリーが私の腕をぐいとつかんで引き寄せる。「この人、私の姉なの、連れてくわよ……」

私はメヘリーの家に着くまでに、今日の飛行機の中の様子を説明する。「あんた、解ってる？　これって伝染するのよ」「いいから、いいから」

メヘリーは私をベッドに寝かすと「汗びっしょりね」といって体を拭き、ぶかぶかの下着に着替えさせる。「これ飲んで寝なさい」と熱い紅茶にたっぷりの蜂蜜、それに薬草のようなものを一本容れて差し出した。

目が覚める。気分は昨夜よりずっと良い。すると枕元に知らない顔が覗き込んだ。

「私の友達」「彼女は隣の人」……

やがて、薄いスープが運ばれた。隣の部屋では彼女らの話し声がする。

こうしてほぼ一週間、私はすっかり元気になった。しかし、今度はメヘリーが咳き込み始めた。

「ね！　うつったでしょう？」

するとメヘリーは「これからよ、恵美子、私の言う通りにしてね」

彼女の計画とは、私は一週間メヘリーの友人の家で療養する。メヘリー一家が治ったら彼女が迎えに来る……。というものだった。

彼女の友人が車で迎えに来た。「じゃ、お願いね！」彼女は熱っぽい顔で手を振った。

メヘリーの友人はテヘランの北に住まいがあった。ここは街中と違って空気も良く、散歩や買い物にも快適なのだった。

メヘリー一家が治るといいが……思いながら過ごした一週間の長かったこと。イラン人は友人を大切にする。友人は家族以上という人もいる。

今回のコロナで、私はあの時を思い出していた。メヘリーはどうしているかしら……。

電話口には相変わらずの元気な声が届いた。

「同じことを考えていた。〝心と心には道がある〟恵美子、日本も大変らしいわね」

コロナは電話でも伝染する、電線伝わって飛ぶんだって……と笑わせて電話は切れた。日本流に言えば「以心伝心」だが、荒涼たる砂漠を旅し、又旅人をもてなした彼らの使う「心が通じる」には重みがある。嬉しい、悲しい、寂しい……多くの言葉の前に「心が」を付ける。

本書復刻のお話を頂いたのはこんな時だったのである。


「復刻版なんてできるんですか?」

「やってみましょう」

という次第である。本書に記したイラン人の生活は今日では少し変わっている。例えばここに記された風呂屋はもう下町に残っているだけ、宗教行事などは地方都市で行っているだけだという。それでもあの親切すぎるイラン人の心は全く変わらない。

なおここに登場する先生方の多くは亡くなっているが、私のあの四年間を支えてくれたイランと日本の方々へ深い感謝の念を込めてこの書を捧げたい。

二〇二〇年十月七日

著者

はじめに

（一九九三年、新装版に際し）

昨年（一九九一年）の花見どき、上野公園でイラン人労働者と話し合う機会があった。公園で野宿する雑な姿がマスコミにとりあげられたイラン人が大勢私のまわりに集まった。彼らの顔は一様に暗く、仕事、住居、賃金……の不満を並べたてる。それを聞いているうちに次のことが分ってきた。

「オレたちは日本人がやらない汚い仕事をしているのに、感謝されていない」。それどころか「嫌われている」ことが彼らにはショックなのである。クエートやイラクに出稼ぎに行っても、こんな不快な目にあったことはない、という。

私はすっかり日本嫌いになってしまった彼らを、このままイランへ帰したくはなかった。そこで、「十三日の祭り」（本書一七八頁参照）を引合いにだして、公園のこの桜の下で踊りましょうと提案した。

するると、ひとしきり忿懣を吐きだした彼らの顔に故国を懐しむ表情があらわれた。

「でも、ポリスは大丈夫か」という心配をふり払って、私たちは日本のサラリーマンの花宴から離れた薄暗がりで、四、五十人の輪をつくった。楽器も何もないが、数人の音頭とりを先導に歌と踊りがはじまった。

「オレの村にさ、可愛いあの娘《こ》、あの娘がいたのさ……」

うっすらと霞む春の砂漠の宴を思い出させる歌である。すると男ばかりの踊りの中に女性が入ってきた。「私も入れてよ……」陽気な日本の小母さんのとび入りで、男たちの歌声は高くなり、人だかりがしてきた。

「ああ、《家の子《うち》》もつれてくるんだった」

人の好さそうな夫婦も参加してきた。近郊で町工場を経営して、数人のイラン人も働いているが、みんなよく懐《なつ》いて陽気でいい子ばかりだという。

彼らはやがて故国へ帰っていく。嫌われ蔑まれた日本のことは忘れないだろう。向うで日本人にあったら報復するかもしれないわね——という私の問いに、意外な言葉が返ってきた。

「なーに、日本人にはうんとご馳走するよ。イラン式のもてなし方を見せてやるよ」

三千年の歴史をもつあの砂漠の国では、いかなる客もたっぷりもてなすのが慣わしである。歌い踊って笑いをとりもどした彼らの顔を見ているうちに、私の胸には、もう三十年も昔になる留学の頃のあれやこれやが懐しく思い出されてきた。

イランがまだ王政であった時代の私のテヘラン留学体験をもとに『イラン人の心』を書いたのは一九八一年、イ・イ戦争中のことである。イランはまだ日本にとって遥か彼方の国であったが、やがて湾岸戦争等の経緯からイラン人はあっという間に群をなして日本に現れてきた。そして国際化を唱える日本の社会に、多少の波風をたてている。

しかし彼らがたとえ「出稼ぎ」であるにせよ、イラン人であることに変りはなく、皆さんが本書でお読み下さるイラン人の心は依然として彼らのうちにあると筆者は信じている。

一九九三年一月

はじめに

二年ほど前の春、私の属している小さなイラン研究サークルの主催で、在日イラン人と海を見に行こうということになった。希望者を募ると、学生、主婦、勤め人、子供、とさまざまなイラン人が三十人ほど集まった。九十九里浜の白い波が見えはじめると、バスの中から歓声があがった。

土地の網元の方々の好意で、とくに地曳網を引かせて下さるという。白い波がまるで生き物のように光りながら寄せてくると、イラン人は少し怖気《おじけ》づいた。波打ち際から逃げよう、逃げようとする。私たちが広大な砂漠にロマンチックな夢をみながら、現実の砂漠を前にすれば怖れの心を覚えるのと同じなのだろうか。

それでも潮風に当って地元の人々といっしょに引いた地曳網は、すっかり彼らの心を開放的にしたようだ。食事までのひと時を、海岸で運動会でもしようということになった。

日本人は集団競技が得意だ。海岸に捨ててあるタイヤ、古縄、竹の棒でたちまち障碍物コースができあがる。即席のメガホンで係の日本人学生が何度も説明する。

まずタイヤをくぐる、腰高の縄をとぶ、その先で手を後ろに組んでアンパンをくわえて決勝点へ……。ペルシア語の説明でも不安だったのか、まず日本人十二、三名が競技の模範を示した。分った、分った！　イラン人たちは勇みたつ。用意！「ドン」の鳴らないうちに早くも二、三人がとび出した。タイヤ？　体格のよいイラン人が腹ばいになってこれをくぐるのは大変だ。とび越す者、倒してゆく者、たちまちアンパンの下がった紐の下に彼らの顔が並んだ。

「手を後ろ、手を後ろに……」

係が声を涸らしているが、注意など聞いていない。手でグイとひっぱる。それも一つだけではない、もう一つ。

「ぼく一番！」「わたしも一番！」

決勝点にとび込んだ彼らの頬はむじゃきに輝いている。みんなが一番なのだ。ヤレヤレ、またか……見守る日本人のなかにはうんざりした表情も浮かぶ。しかし、さすがにイランに興味をもった人々だけあって、歓声をあげ、拍手を送っている。

何年も日本に住み、日本語も日本の習慣も身につけていながら、やはり彼らの本質は変わらない。厳しい砂漠の生活にもめげず、大らかに生きているイラン人。

私たちには無法にみえるこの競技にも、彼らには彼らなりの理法があるのだろう。私は二十年ほど前の留学時代を懐かしく思い出した。

一九八一年　四月

目次

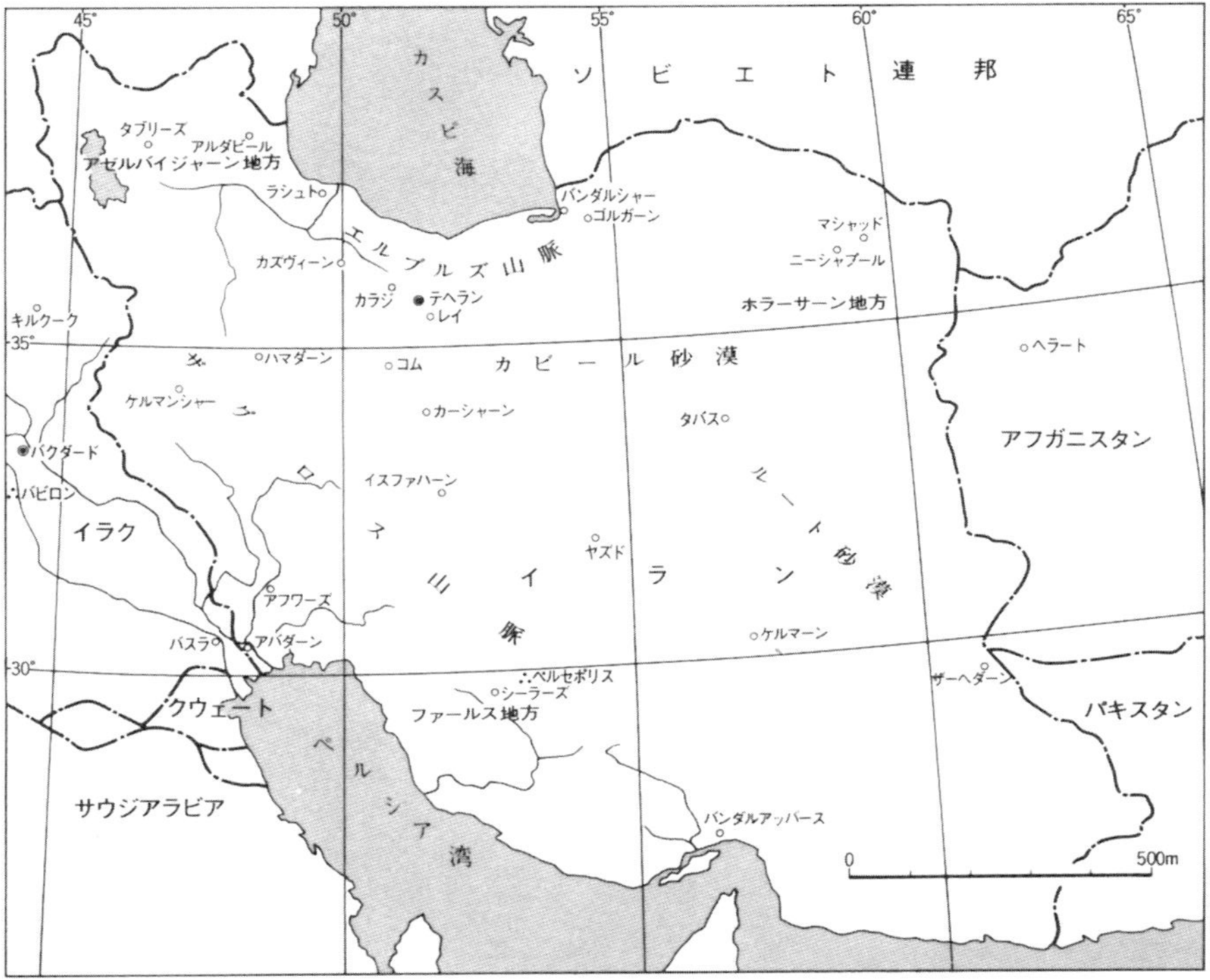

45°
50°
55°
60°
65°
35°
30°
ソビエト連邦
カスピ海
タブリーズ
アルダビール
アゼルバイジャーン地方
ラシュト
バンダルシャー
ゴルガーン
マシャッド
ニーシャプール
エルブルズ山脈
カズヴィーン
カラジ
テヘラン
レイ
キルクーク
ホラーサーン地方
ヘラート
ハマダーン
コム
カビール砂漠
ケルマンシャー
カーシャーン
タバス
バグダード
ザグロス山脈
イスファハーン
アフガニスタン
バビロン
イラク
ルート砂漠
ヤズド
イラン
アフワーズ
バスラ
アバダーン
ケルマーン
ペルセポリス
シーラーズ
ザーヘダーン
クウェート
ファールス地方
パキスタン
ペルシア湾
サウジアラビア
バンダルアッバース
0
500m

イラン全図

＊表紙カバー「**ガズヴィーニーの書**」について
本文は詩人ニザーミー（12世紀）のもの、17世紀没の書家ガズヴィーニーの筆、
訳　梨本博　イラン三菱商事社長／日本イラン文化交流協会理事
＊若者が老人に聞いた「困ったな、老いれば恋女（こいびと）もいなくなってしまう」
老人のうがった答「心配するでない、老いたらお前のほうが恋女から逃げ出すよ」

＊口絵「**花の乙女**」に付されたフィッツジェラルドの四行詩句
訳　沓掛良彦　東京外国語大学名誉教授・詩人
＊おお、卑しき地上に生きる人間（ひと）を創りたまいし方よ、
またエデンの園とともにかの蛇をも作り出せし方よ、
人間（ひと）の貌（かお）暗く曇らせしあらゆる罪業（つみ）にもかかわらず、
人間（ひと）の得る赦（ゆる）しは妥協なれ。

第一章　サラーム

＊砂漠くずれの草原にて（イラン・カラジにて）

一　サラーム

砂　丘

早朝カラチを発った小型飛行機は、それまで東京から乗ってきたジェット機と違って、白いターバンを巻いた男性やサリーを着た女性などでほぼ満席だった。小さな機内は、しきりに手振りを混じえて話す、アジア系の旅客の体臭でいっぱいになった。

一九六三年、東京からイランのテヘランまでの直行便が、まだなかった頃のことである。乗るとすぐお茶と軽食がでた。現地時間の八時にテヘランに着くとすれば、この機はもうイランの上空をかなり飛んでいるに違いない。ところが機内放送は何も告げず、乗務員はまた食事を配り始めている。いったい食事のすむ頃にこの飛行機はテヘランに着くのかしら。窓の外には雲のほか何も目に映るものはなかった。

しかしこの飛行機は、やがて緑に包まれレンガの家々の並ぶ美しい都へ私を運んでくれるはずだ。それはイスラム諸国のうちでもことに高い文化と、二千五百年の歴史を保ち続けてきた、私の想像するイランでなくてはならなかった。

私は「イラン・イラク遺跡調査団」の展示会場にあった写真、あの雄大な砂丘の写真を思い出していた。東京のあるデパートの展示会場の入口にかけられた白黒の写真は畳一枚ほどあって、箒ではきつけたような風紋の跡がはっきりと写しだされていた。「遺跡発掘の丘、テル・サラサート」――その写真の前で息をのんでみつめる人々の中に私はいた。当時は、現在のようなシルクロード・ブームではなかった。むしろ「イラン」も「イラク」も一般の人は混同していた頃だった。

私はこの砂丘にすっかり心を奪われた。ついには、この遺跡発掘に関わった先生方をお訪ねし、砂を手でかきわけて、何千年も昔の土器を探りあてる時の感動をうかがうと、矢も盾もたまらず心に決めた――私もきっとこの目で、その砂漠の文化を確かめてみよう。

人並みに結婚して家庭の人となる幸せを、その頃の私はどこかで振り捨ててしまっていた。そして、イランの言葉であるペルシア語の勉強を始め、砂漠の国イランの情報を集め始めていた。今からほぼ二十年ほど昔の話である。

イランのことを教えてくださる方は、当時日本には数えるほどしかおられなかった。研究者は長年の研究を実証するためにこの地を踏むのだから、無限に拡がる砂原の中に、驚くばかりの高い文化を支えてきた都のこと、埋もれた古代の遺跡を求めて、ラクダやロバにまたがる旅のことなどを、感動をこめて話される。

また、イラン関係の商社の人々は、日本とはまったく異なる時間がただただ拡がっている砂漠の国、中世がそのままの姿で生きている国、という印象を語られる。実際はその両方ともが真実であることは後になって分るのだが、聞くたびに私にはまったく違った国の話のように思えた。そうして、私は私なりに、想像のイランを心に思い描くほかはなかった。それが今、憧憬の砂漠、あの写真にあった感動の砂漠の上を飛んで、私はイランの首都テヘランに着陸しようとしている。

ところが、いくら目を凝らして下を見ても、そこには白茶けた土色がどこまでも拡がっているだけで、オマル・ハイヤームという詩人が四行詩の中に詠った紅のバラ咲き乱れる町、はるばるとラクダの隊商の行く砂丘、乙女の瞳にたとえられる湖、そんなものは何ひとつ見当らない。機内にアナウンスが流れる。飛行機は着陸態勢に入るらしくしきりに向きをかえる。照りつける陽光のもとに土色ばかりを右に左にと見せる。そんなはずはない、私は何度も疲れきった頭を振った。

砂漠というよりは，これは涯しない荒野だ．車は人影を見ることなく走り続ける．
（写真提供：イラン文化センター〈イラン・イスラム共和国大使館文化参事室〉）

やがて、ベルトをしめるサインが点滅する。「ゴーッ」とすさまじい音を引きずって飛行機は容赦なく前へ傾いた。金属ででもできているようにギラギラ光る滑走路。両側にはわずかな草地すら見当らない。それはまるで、この一筋の道を行け、とでも言っているような烈しさで、私をこの熱く灼けた大地へとひきこんで行った。

サラーム（こんにちは）

一日前に日本を発つ時は、すでにセーターのいる涼しさであった九月の末、地球を四分の一廻ったこの国の、朝八時の光の強さはどうだろう。飛行機の震動のまだ残っている躰をはるか遠くに見える建物まで運びながら、私は夢を見ているような思いだった。本当にここなのかしら、イランは。この乾いた土の原は心に描いた砂丘ではない。これは荒野ではないか。私を華やかに送ってくれた家族や友人たちの立つ、東京空港の夕暮がチラッと頭に浮かんだ。空港の建物の中は生まれてこのかた嗅いだこともない、油汚れた動物くさい匂いでいっぱいだった。この暑さに、黒っぽい厚地の背広を着てわめき立てている男の人。大きなゼスチャーで肩を抱きあう女性たち。しかし、その誰もが言い争ってでもいるかのように、にこりともしない。入国チェックの窓口には先を争って早くも長い列ができている。皆疲れているのか顔色もくすんだように黒い。無遠慮に大きな暗い目で私をじっとみつめてくる。それらは、一般に空港というイメージが与えるあのロマンチックな雰囲気を私の脳裏から一掃してしまった。

私は足どりも重く行列のうしろについていった。

空港監査官なのだろう、半袖の制服に身を包んだ、胸の厚い女性が背をまっすぐに伸ばして立っている。大きな黒い目、鼻も口も造作が大きく、肌はあさ黒くてキメも粗い。カールしていない豊かな黒髪は、まるで塑像のようなきつい印象を容貌に与えている。微笑の影すらない女性、このような女性が、イランの詩や中国の詩の中に詠われるペルシアの美女なのかしら。

紺色のだぶだぶの服を着たポーターたちが何か叫ぶ。早口でひと言も聞きとれない。ただもの悲しげに語尾をあげる。そしてその語尾だけがかん高くとび交っている。

この哀調は、その後の留学期間に、ほとんど支障なく言葉を聞きとれるようになってからもなお、私の心から消えることはなかった。そしてこの悲しい抑揚によって、私はある時は望郷の念にかられ、ある時は下積みの生活に沈んでいるイラン人の悲哀を知らされたものだった。

喉は、今まで感じたこともないほどイライラと渇いていた。不安と焦躁が、むしろ私を大胆にした。ままよ、私は思いきってこの女性監査官に声をかけた。

「サラーム（こんにちは）」

大きなきつい黒目がニコッと笑う。

「おや、ペルシア語ができるの？」

すると私の廻りにざわめきが起こり、列がくずれた。

「ヘーエ、おまえさん、日本人かい」

「ひとりで来たの」

「ペルシア語、うまいじゃないか」

今までの、うさん臭げなひげ面、黒い「チャードル」（被衣）姿の肥ったおばさん、空港のポーター、ついにはパスポートの検査官までが、汗だくで、少ない語彙を手まね足まねでおぎなって話している心細い女子学生に笑いかけ、握手を求め、そして肩を叩いてくれるのだった。


私は予定を延ばしに延ばして四年の歳月をこの国の大学で学び、日本に帰って、さらにペルシア語やペルシア文学を学ぶ生活に入ったのだが、あの時、私が空港の女性監査官に声をかけたとたんに、どっとくずれた人々の群れ、大口をあいて笑いかけてきたおじさんのひげ面、肩を叩いてくれたポーターの暖かい大きな手などが、鮮明なスライドのひとこま、ひとこまのように思い出される。

もし私が、あの時にひと言の「サラーム」（こんにちは）を口に出さずに空港を出てしまっていたら、そして、あの塑像のようにいかめしくみえた女性監査官が、私が思いきって口に出したひと言に、あのように、こぼれるほどの笑みをもって応えてくれなかったら、私はあれほど早くイラン人の心にとび込むことはできなかっただろう。

留学の四年間と、それに続くイラン人との関わりのなかで、多くの苦い思い出もありながら、私がイラン人を心から愛するのは、実にこのイラン人のもつ情《こころ》の暖かさが、私を裏切ることはなかったからである。

それにしても、言葉の国といわれるイランの第一歩が、ひと言の「サラーム」（こんにちは）から始まったとは、まことに印象的ではないか。

二　学生寮二十五号室

ゴネリー先生

私は安心と疲れから、寮の自室でうつらうつらしていた。午後の三時か四時だろうか、話に聞いたイランのあの昼寝時間なのかあたりはひっそりして、時たま「アル、アル、アル」というもの悲しい鳴き声が私を現実に戻す。いったいあの声は何なのか、それにしても、ついにイランまで来てしまった。頭の芯は刃物で削ったように冴えているのに、躰はベッドに沈みこんで起きあがれないほど重い。

昂奮した頭には、朝テヘラン空港に着いてからの、さまざまな光景がきれぎれに浮かんでくる。日本にいるとき、テヘラン大学の外国人寮には女性は入れないと聞いていた。そのため、家族の者は留学手続きが終ってもなお懸念を払いきれなかったようだ。言葉の不自由な、見もしらぬ国で、その日からどうやって下宿を捜したらよいのだろう。欧米の国々とは違って、そこには日本人もあまりいないというのに。しかし、その時も私は決心していた。大学が国費留学生として引き受けた以上、きっと協力してくれるだろう。遠い東の国から勉強しにきたことだけは、何とか自分で伝えてみよう。

テヘラン大学の一郭にある留学生寮.

ところが意外なことに、大学では私の到着を待っていて、寮には部屋が用意してあった。二十五号室、これが私に与えられた部屋である。しかも、イスラムという戒律の厳しい国としては考えられないことだが、男子留学生たちと同じ建物の内に。

「トントン、ドンドン」

ハッと起きあがって扉を開ける。先ほど私を部屋に案内してくれた寮のおじさんが立っていて、寮監室へ行くようにと言う。いっしょに連れていってくれるらしく廊下で待っている。私は素早く身仕度をして部屋を出た。

大学の外国人寮は二階が学生たちの個室で、下は大ホール、食堂、サロン、寮監室など公共の部屋になっている。

寮監のゴネリー氏は銀髪の端正な風貌の紳士で、広々とした部屋の真中にまっすぐに背を伸ばして立っておられた。

「どうです、昼寝はできましたか」

先生はにこやかな笑顔を作って、部屋の隅の鉢から白い小さな花を四つ五つとって私の掌にのせて下さる。こぼれ萩の風情をもつこの花は、香料となるジャスミンで、日本でみるような鉢植のジヤスミンよりはるかに心もとなげな花で、しかも優しい香りを放つ。こうしてよき香りを掌において来訪の客をもてなすとは、なんと優雅な慣《なら》いなのだろう。

先生は低音の美しいペルシア語で、ゆっくりと話される。濃いお茶をすすめて下さり、やがてかたわらの手箱から紙幣をとり出された。

「今月の奨学金です、サインをそこへ」

私は思いもかけないことに驚くほかはなかった。何ごとも超スローの国と聞いていた。一日や二日で用の足りることはないのだと思い込んできたのだから。

ゴネリー先生は別れ際に私の肩に手を置いて、ちょうど牧師さんがお祈りをしてくれる時のようにまじめな顔でこう言われた。

「あなたの部屋、あの二十五号室は、かつて偉いドイツの学者が住まった部屋です。そして、さあ、これが彼の置いていったスタンドです。あなたにあげましょう」

私は粗末な黒いスタンドを抱えて、夢見心地でわが二十五号室へ帰っていった。

私は部屋の窓を静かに開けた。中庭を囲んで、西、南、北側と、コの字型に個室が続いており、私の窓の真向かいの東側は、一階が吹抜きの廊下で、その屋根が共有のベランダになっている。個室は全部でせいぜい五十室ほど。しかも廊下を通じてどの部屋へも自由に往来できる小じんまりした世界だった。

私はあたりをはばかるようにソッと扉をあけ、廊下に出てみる。廊下側の窓からは往来が間近《まぢか》に見える。寮は大学の構内の南西の一隅にあるのだった。そして、西陽を受けた往来を「アル、アル、アル」と鳴きながら灰色のロバがやってくる。先ほど私が夢うつつに聞いた奇妙に悲しげな声、あ

光と影は善悪二元の思想を生んだのか.

れはロバなのか。それにしても中東の文化高き都ときいているテヘランの大通りを、白昼ロバが荷を運んでいる。これは私の想像する町とはだいぶ違っている。私は再び足音をしのばせて部屋にすべりこんだ。

光と影

時計の針はすでに五時をしめしていたが、寮生も雑務の人たちも、この強い日射しの中に姿を見せない。まだ昼寝なのかしら。物音一つしない寮の中に、私が部屋のなかでたてる靴音がカチーン、カチーンとこだまする。それほど空気が乾いているのだろうか。

中庭には、小さなプールを囲んで大輪の赤いバラが首をもたげて誇らしげに咲いている。そしてその庭を仕切るかのように建物の影がクッキリ、三角に地を黒々と染めていた。陽の光を受けた一方は目を射るほど白くまぶしく、影の部分は見る者の心を地の底にひきこむほどに暗い。この截然《さいぜん》たる光と影の対比が、激しく私の心を打った。

これは今まで私が日本でなじんできた夕暮とは違う。日本のそれは、柔らかな光を吸った土の上、いつ暮れるとも知れずたゆたう時間だったのに。

この厳しい日射し、肌をさすような乾いた空気のなかでは、きっとこの国にはこの国の感性、この国の論理、この国の思考があるに違いない。私はこの厳然たる夕暮の中庭を見おろしながら、心の奥に抱いてきたペルシア文学への憧れが、しだいに固い何かしこりのようなものに変わっていくのを感じていた。

私はきつく唇を噛んだまま、二十五号室を見廻した。八畳ほどのがんじょうな洋間の壁は厚い。鈍い色をした鉄わくのベッド。糊のきいた白いシーツと上がけ。簡素な戸棚と大型の机。ドイツの学者が残していったというスタンド。この部屋で何人の留学生が、イランの文化に挑み、悦びと焦躁を味わったことだろう。

気がつくと私の二十五号室はシーツの白さだけを残して暗くなりかけていた。

ファルダー
（あした）

さて、私が第一日目に受けた、イラン人にしてはまことに意外な超スピードの処置は、その後の四年間でたっぷりお返しを受けることになる。

役所に住民登録をもってゆく。並んでいても、彼らは順番で書類を処理するようなことはない。外国人の、しかもほとんど見たこともない日本人の書類など、さっさとわきへ除けておく。いつまで待っても順番は廻ってこない。退庁時間になる。私の目の前で、ではまたあした、と窓口のカーテンが引かれる。翌日も、翌々日も、何と言おうと、窓口は木で鼻をくくったように「あした」を繰り返す。

ああ、日本の役所はよかった、とじだんだを踏む。頭に血が上り、喉はイライラと渇いてゆく。肝臓が腫れあがるような気がする。こういった心労のあげく、ノイローゼ気味になる日本人は多いと聞いている。イランと取り引きのある会社の人々から「イランはこりごりだ」と聞かされる。

大学の事務局で、税関で、空港で、ペルシア語の「ファルダー」（あした）をまえにして頭を抱えずに用のすんだためしはなかった。

文学部の事務局に、サーアトチーという名の事務官がいた。「サーアト」は時計とか時刻を意味するのだが、この人がまたルーズなことでは類のない事務官だった。

「ミスター・サーアトチー、おはよう」

日本の女子学生から声をかけられてとたんに彼の口ひげがゆるむ。

「時間守ってくれるんでしょ、時計屋《サーアトチー》さん」

彼は顔中で笑いながら、さっそく私の書類にとりかかる。こんな呼吸がのみこめるようになるのに、どれだけ時間がかかったことか。

ある時は税務署長に逢い、あるときは大学の総長に逢い、図書館長に逢う。ところがこういった「長」に逢って訴える事柄は、日本では考えられない速さで、しかも明解な結論と共に戻ってくる。裏を返せば、そうした直訴が正当な順番を必要以上に遅らせているのかもしれない。

一つには、その当時のイランが王政であり、それぞれの「長」の権威が先行していたことにもよるのだろう。しかし、今回の革命を経てイスラム共和国となり、機構の合理化、事務能率の向上が進められたとは思えない。あいもかわらず会話を楽しみ、イラン人独特の原則のない原則をふりかざして「ファルダー」(あした)を繰り返していることだろう。「それでは世界の仲間入りはできないよ」と私たちが言えば、彼らは胸をはってこう答えることだろう。「それでも我々は二千五百年、こうして生きてきたのだ」。

三　授業の始まり

イランの朝

薄墨色の東天に白い一条の帯があらわれる頃、東方からささやくように微風が吹きはじめる。早起きのイラン人も、暑い一日への戦いを前にして、この爽やかさのなかで数刻の甘い眠りを愉しんでいるのだろう、あたりは虚空ともみえる静寂のうちにある。

やがてこの清らの気をふるわせて、祈禱への誘《いざな》いの詞、アザーンが冴えざえと聞こえてくる。長く長く延ばしては屹《き》っと、ところどころで締まるこの独得の節廻しは、あちこちにある寺院のミナレット（尖塔）から、ラジオから次第に高く響きわたる。イスラム国へ旅をした人は、おそらく誰もがこの朝明けの時刻を不思議な敬虔な心をもって過ごすに違いない。

留学して十日ほどは授業も始まらず、何より見るもの聞くものへの感動の大きさが睡眠の妨げとなり、日本ではついぞなかったことだが、暁とともに私は必ず目を覚まし、窓を開け放っていた。

虫が鳴き、小鳥の声がし、やがて鶏、犬の吠声で始まるといった穏やかな日本の朝と違って、砂漠の国の朝は、一枚の絵を切って落とすように始まる。

夜明け前の清澄の気は、祈禱の時刻を過ぎる頃、すでに目を射るような光の中で熱気に変わっている。太陽はまっ青な空にはやくも高々と昇っている。

「おはよう」――「おはよう」

という声が表通りで、寮の庭の白いジャスミンの花かげで聞かれる。朝だけは心なしかイラン人の話し声が低く謙虚の響きをもっている。

留学生クラス

私はこの日から始まる大学の授業を心待ちにしていた。時間割を見ると、早い日は朝の八時半に授業が始まるが、昼はだれもが家に帰って食事を摂り、昼寝をするため、午後の授業は早くても三時以降に始まり、時には授業の終りが六時を過ぎることもあった。

一年目のクラスでは、アラブ、インド、パキスタン、トルコなどイラン周辺の国々からの男子留学生がほとんどで、これに二、三人のヨーロッパの男子を加えた十五、六名の留学生のうち、女子学生は私ひとりだった。クラスメートたちは、自国の大学でペルシア文学や歴史を専攻し、大学院修了資格をとるためか、あるいはその準備にこの大学の門をくぐった学生たちである。だから少々訛りはあるものの、ペルシア語を読み書きすることにほとんど不自由はないようだった。

大学の文学部の建物の一隅に留学生専用の教室が三つ四つあって、その前には、留学生向けの時間割、掲示物などが貼ってある。この一郭を受けもつらしいドア番のおじさんが、青い上っぱりを着て小さな木の椅子に座っている。彼は授業前には私たちと気軽に冗談口など叩いているのに、教授の姿がはるか彼方に見えると、とたんに大まじめな顔つきになり、私たちを教室に追い込む。サッとドアを開き、深々と頭をたれて教授を壇上へと送る。時には教授に水を捧げもってくる。そして授業が終ると同時に、またドアを開けて教授を送り出すのが仕事であった。

詩

この日の朝の第一時間目は、古典文学の授業である。中肉中背で、背筋をピンと伸ばした先生はいかにも高貴な容貌の学者で、色白の秀でた額、漆黒の太い眉の下に涼しげに光る黒い瞳が印象的だ。先生はイランに古くからある名門一族の出であり、このテヘラン大学の古典文学の教授であると同時に、芸術院の院長も兼任されるキヤー博士であると聞いている。

先生は鞄も本もお持ちにならず、そのままスッと教壇に立たれた。私たちには教科書の第一頁を開くようにとおっしゃったのち、朗々たる声で詩を誦しはじめられる。詩は十世紀の前半に生まれた詩人、フェルドウスィーの手になる叙事詩『王書』の一節であった。

　私たちが指の先で教科書の詩句を追っていくあいだ、先生はよどみなく一節、一節と美しい押韻を楽しみながら、壇上を右へ左へと歩を運ばれる。

「明けつ方　勇者は狩野にでる
りりしい腰帯　箙《えびら》にはあまたの矢
駿馬ラクシュに映える狩装束
とはいえ　心は重くしずんでいる」

　先生は窓ぎわに立ちどまり、絵の具を流したような碧《あお》い空にじっと目を凝らし、やがて低く声をおとしてそのまま句を切られた。十月も半ばに入ったイランはさすがに熱気も落ち、色づきはじめたポプラの葉が濃い蔭をおとしている。

　私は息をのんでこの最初の授業をみつめていた。大学の授業は普通、耳で聞いてノートをとるものであるのに、それは舞台上の役者の演技のようにみつめるという言葉に値するものだった。端麗な容姿、少し高めの澄んだ声、張りつめたような秋の朝の時間、それらはどれも、古くから伝わるこの詩の韻律を美しく伝えるのに欠けてはならないものだった。

　ひと区切りついたところで、先生は一語一語、きわめて明確なペルシア語で説明する。さらに分らない学生たちのために、ゆっくりと英語も使われた。

書家スルターン・ムハンマド・ヌール(16 世紀)の筆跡．さまざまの流派がある．

「明け方、これはイランではもっとも美しい時間です。イランの一日で明け方のそよ風ほど佳《よ》きものはない」

私が思わず頷くと先生は私のまえに立たれ、日本にも叙事詩があるか、日本の明け方にもそよ風が吹くのか、とおたずねになる。しかしイランに来て十日ほどの私には、鳥や動物の声につれて、穏やかに明けてゆく日本の朝を説明することはできなかった。

その日は、続けてペン習字の授業があった。葦の茎を乾かして先をそいだものを、イランでは「ガラム」といって、旧くから墨汁にひたして用いていたという。最初は、大学の授業にペン習字かと少なからず驚いたが、自分で書くことによってさまざまの書体を覚え、写本などを読むのに有益であることを後になって知った。

先生はどこもかしこも葦のようにほっそりとした長身の紳士で、まず白墨の幅を利用して黒板に美しい書体でひとつづりの詩句を書かれる。それは意味深い神秘主義の詩の一句だった。

「いく年月　心は酒杯を求め続けてきた

自らの内に　それがあることを知らぬままに」

先生は長細い指を胸許で組み合わせ、調子をつけて二度この句を誦される。

留学生たちは「ホーッ」と溜息に似た感嘆の声をあげるが、なかなか美しい字にはならない。やがて先生は私の席の前に椅子をもってこられ、ヒョイとノートを斜めにひざの上に乗せる。墨汁にペンをひたしてから太さ細さを巧みに操って、黒板の句を書いて下さった。私たちがなおも苦闘しているあいだ、先生はほっそりした右手を胸の上に置き、心もち首を傾《かし》げながらこう語られる。

「皆さん、酒杯、これは神のことです。人は自らの心のうちに、神が宿っていることに気付きません。そうして年月だけが過ぎ去っていく」

先生はその先も続けて朗唱し、やがてシーンと聞き入る私たちの上に問いかけるような深い目の色を残して、そのまま壇を降りてゆかれた。「ホッ」と肩から溜息がぬけていった。

何という感動的な授業であったことだろう、叙事詩にしても、ペン習字にしても。第一、日本の大学では先生方は皆大きな鞄に資料をつめて教壇にのぼる。『古事記』であろうが『万葉集』であろうが、先生がゼスチャーを混じえて講義をされることは、まずないだろう。

もっともこの日の授業のすべてが私に聞きとれたわけではない。この国へ来てまだわずかの日数では、二、三割聞きとれればよい方だったと思う。しかし、内容の理解よりも私を感動させたものは、先生方のかもしだす「陶酔の境地」のようなものであり、先生も学生も共に、この文学的雰囲気にここちよくひたって一時間を過ごしたということだった。

ペルシア文学への誘《いざな》いはこのようにして、第一日を終えた。

四　プーラーンの家

テヘランの町は北から南へ、町全体が下り坂になっている。北はその果てに山並のみえる住宅街、南はバザール（市場）のある文字どおりの下町である。

手型のドア・ノッカー

大学の授業が始まってひと月ほどたったある日、私はそのバザールにやや近い大通りでタクシーを降りた。白っぽい高い土塀と土塀のあいだの小路を二つ三つ曲ると、同じような扉を通りに向けた住宅がずっと並んでいる。ドアの真中に鉄製の小さな左手の型をしたドア・ノッカーの下がっているのが、プーラーンの家である。このうす気味悪いノッカーにはなかなか馴れない。ひっそりとしたあたりの空気に「タッグ、タッグ」という音が響く。

「キエ？（だれ）」

と内から声がする。イランの礼儀では客は扉の外で名乗らなければならない。分厚い扉は家の内部の気配を遮断している。しばらく待たされて足音が扉の向こうがわに立ち、かたい金属の音と共に錠がはずされる。もう幾度となくこの家を訪れているわけだが、家の人が姿を現すまではなかなか安心がいかない。

『アラビアン・ナイト』で隊商に化けた泥棒たちの目をくらませるために、機転の利いた女が、どの家の扉にも同じ印をつけたという家並は、こんな入りくんだ小路の奥にでもあったのか。

ドアが細目にあいて、黒いチャードルを被った老母の目が笑っている。

招じ入れられた玄関わきの応接間には家具という家具に大きなビニールが被せてある。乾燥の激しいイランでは、こうして覆っておかないと家具はたちまち傷んでしまう。木の少ないこの国で木製家具は貴重品なのだ。老母は私の目の前でゴワゴワと音をたててビニールをはずしかけたが、ふっと手をとめて奥へ声をかける。

「エミコが来たよ、きょうからそっちでいいでしょう」

そして、私を奥へ案内してくれた。「奥」とは家族団欒《だんらん》の間で、日本でいえば茶の間に当る。そこへ入ることは、私が家族同様に扱われることを意味している。

さて、この家の四女であるプーラーンは日本に留学して半年ほどになる。彼女とは私がテヘランへ留学する直前に知り合って、日本語とペルシア語の会話の交換授業をした仲である。プーラーンは、せっかく知り合った友人がイランへ留学することをひじょうに残念がったが、自分が日本で味わった心細さ、淋しさを私に味わあわせないようにとの思いやりから、自分の家族を私に紹介してくれた。それで私はテヘランに到着するとすぐに、

ドア・ノッカーをつけた重い扉は，昼食時の茶の間の賑わいを外にもらさない．下）プーラーンの家族．

この家に招かれたのであった。

ひと月ほど前、最初の訪問の夜は、馴れない気候と環境、それに何とかペルシア語を聞きとろうとする緊張から、私はヘトヘトに疲れきってしまった。パッと目を射る赤い花もようのジュウタンのある応接間で、好奇心に目を輝かせているこの家の人々の質問に、ただ「バレ（はい）、バレ」と繰り返すしかなかった。

日本にいるプーラーンがだんだん慣れて私の家にも遊びに来て、日本のデパートをそっくりお母さんにお土産にあげたいと冗談を言って私の家族を笑わせたことなど、どんなに話したかったことだろう。それが、あの単語、この言葉をと思っているうちに、皆の笑い声になって次々と話題は移ってしまう。私はその夜、皆が賑わえば賑わうほど身を固くして言葉のできない辛さに耐えていた。こんなに親切な人々と笑って話せる時がいつくるのか、私は空港に下りたった時の意気込みもどこへやら、心細さの方が先にたった。そして年とったプーラーンのお母さんが、

「エミコ、あなたは今日から私の娘です。プーラーンのかわりに、毎日遊びにいらっしゃい」

といって肩を抱くようにして送りだしてくれた時、どんなにホッとしたことか。

家長であるプーラーンのお父さんは亡くなり、現在は小学校の先生であるプーラーンの姉さん、警視庁に勤めるそのご主人、二人のあいだに四つぐらいのかわいい女の子、それにプーラーンのお母さんと高校生の妹という女系一族で、イランに数多く見られるようになった中産階級の家族といったところである。

小学校の先生である姉さんは、ことに言葉が明瞭で、一語一語大きく口を開いてこう言ってくれた。

「エミコ、寮にいてもペルシア語は上手になりません。この家へ、毎日お昼ご飯をたべにいらっしゃい。いいですか、毎日よ」

毎日といっても日本人の感覚では毎日も行けない。ところがその翌日の昼どき、大学から寮へ帰ると、昨夜別れたばかりのプーラーンの妹が部屋の前に立っている。彼女はさっさと私の手をとって、自分の家へ連れていった。

団欒の間

こうして私は、最初の頃はほとんど毎日その後も週に二、三度はこの家の昼食の客となった。そして、十五、六回訪ねた後、やっと今日、この家族の茶の間に通されたのだった。

皆は靴のまま、ジュウタンの上にあぐらをかいている。はじめは土足で上がるだけでも抵抗があったのだが、この国の乾いた白っぽい土は、土を汚れとする日本とは違う。たとえば土からアイシャドーの成分を抽出することもあり、入浴の時に髪を洗う洗い粉となることもある。だから、「いとしき女《ひと》の住むかなたの宮殿から土埃が吹きくると、男は睫墨のかわりにそれを目にぬる」とか、「君の足許の土は痛むこの目の薬子《くすこ》」などという文学作品の一節も、決して恋心を表わすだけの比喩ではない。

やがて妹のミーナーちゃんが「これにはきかえなさい」と裾の広いぶかぶかの古いスカートをもってきてくれる。イランの家庭では家族といっしょに寛《くつろ》いでほしい友人には、気のおけないパジャマのズボンや、スカートに着替えさせる風習がある。ちょうど日本の田舎へ行くとゆかたを出してもてなしてくれるように。

茶の間のジュウタンの真中にはテーブル代わりなのだろう、縞柄の布がひろげてあった。なるほど、これが食卓ならぬ「ソフレ」(食布)なのか。

食事は簡素ながら、きわめてていねいに手をかけた家庭料理であった。湯気のたつごはんと、大きな肉の塊と野菜の煮込み、日本の漬物に当るのだろう生の紫玉葱。イーストを入れない平らなお盆状のパンは、さきほど部屋の片隅にたてかけてあったものだが、彼らはこのパンをちぎって、その上に生の小さなニラやラディッシュや、なずなのようなものをのせ、塩をふってくるりとまいて食べる。米食とパン食が共存している。

「これは草ですか?」

「いいえ、野菜です。これはハッカ、これはニラ、みんな薬草です」

それからお皿にもられたおこげをすすめられて私は驚く。油でいためてお米を炊くイランでは、おこげはおいしいものとして、まずお客さまにすすめるのだと教えられる。こうして昼食どきはみな家へ帰り、お客も招くので、夕食より昼の方が食事の量も多いのだという。

この家でただ一人の男性であるプーラーンの義兄はとうてい警視庁の役人とはみえない。

「私は日本人に似てるかね?」

丸顔をくしゃくしゃにして、ひょうきんなウインクを送ってくる。プーラーンの姉は、そんなくずした言葉を最初に教えてはいけないとたしなめて、

「エミコ、こう言いなさい『イイエ、あなたは日本の猿に似ています』」

ワッとはじける笑い。猿、猿という単語がとび交う。そういえばイラン人にしては目鼻の造作の小さい顔だ。

「エミコ、日本人はかわいい。なぜなら鼻が小さいからだ、私のようにネ」

ミスター警視庁は私に如才なく煮物をとってくれながら、自分の小ぶりの鼻を自慢する。たしかにこの国では大きな鼻は漫画に描かれたり嘲弄されることが多い。

「ねえ、エミコ、日本の妻は夫を拝むというのはホントかね」

私がよく聞きとれないでいると、彼はあぐらをかいたまま、ひょいと床に額をこすりつける。日本のおじぎのことなのだ。女先生はその夫をにらんで、

「あんたの言葉は外国人には分りません」

という。たしかに彼女の言葉は一つ一つはっきり耳に残った。お母さんは、優しくゆっくりと話してくれたが、音がくぐもって聞きとりにくい。四つになる子供も馴れてきて、おずおずと私に問いかけるが、これは「エミコー」しか聞きとれない。

やがて賑やかな食事のすむ頃、幼い女の子はコックリ、コクリといねむりを始める。姉さんは隣室の隅の子供ベッドにこの子を抱えていって靴のままねかせ、小さな毛布をかけてやる。この家にもいくつか見えるベッドや机、椅子などは、最近ヨーロッパから入ってきた流行の一端で、大部分のイラン人はジュウタンの上にふとんを敷いて寝ている。

「きょうはここで昼寝をしていきなさい」

とすすめられる。朝早くから強い日射しに照らされ、おぼつかないペルシア語を懸命にあやつる努力で、言われるまでもなく、すでに躰は根が生えたように重い。

食布を片づけたあと、同じ茶の間の片隅に毛布をかけただけで横になると、日干しレンガを敷いた床はひんやりとして、ジュウタンの厚みをとおして土の冷たさが伝わってくる。そこには日本の木の家の柔らかさはないが、夏の長い国には好適の土の冷え心地がある。

靴は、せめて眠るときにはぬごう、私は日本人なのだから……と思っているうちに、私は地の底にひきこまれるように眠りこんでいった。

「エミコジューン、エミコジューン」

重い頭の奥深いところに、かすかに声が届く。紅茶の香りがする。えっ、まさか、ここは日本！　はっと目を覚ますと、プーラーンのお母さんが濃いお茶をいれて座っている。

イランの「ママンジューン」

「ああ驚いた、ママンジューン」

この国では日本の○○ちゃんに当ることばは「ジューン」を使う。「ハート」とか「心」を意味する「ジャーン」の音をくずして用いるのだ。

ジュウタンの上に西陽がさしこんでいる。その陽だまりに、私はだぶだぶのスカート姿であぐらをかいて座る。みんなは午後の勤めに、学校に戻ったのか、静まりかえった家のなかで私はプーラーンのお母さんと向きあって紅茶を飲んでいる。テヘランにもこうして身を休めることのできる家が私にはある、そう思うと、この家の人々の暖かさが身いっぱいにひろがっていくのだった。

プーラーンの家族はこのような親切を一年間続けてくれた。実を言うと、時には私も寮の自室にいたいと思うことがあった。しかし何の報酬も期待せず、ただ異国に学ぶ自分の娘にたいすると同じように、という暖かい心遣いをふりきることなど、どうしてできたろう。

一年の終りに、この家の女先生は私の成績を聞きに大学へ出かけて行き、私は個人レッスンの課程を修了した。

「一年間、あなたは私のよい生徒でした。これからは友だちとして遊びにいらっしゃい」

庭園を囲う高い塀，広場，家並
(17 世紀：R. ギルシュマン他
“PERSIA” より).

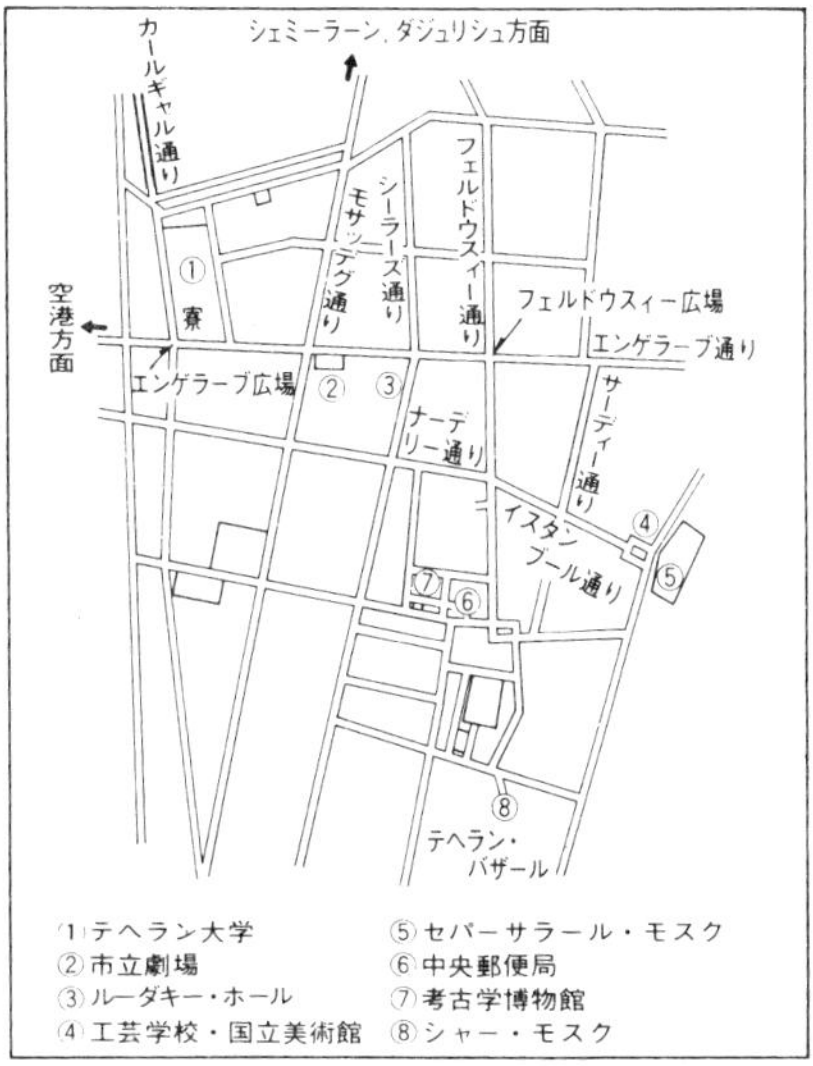

テヘランは北から南へゆるい坂になっている．

私は今でも、プーラーンの家のあの左手の型をしたドア・ノッカーの前に立ちすくんでいるような自分の姿を、はっきりと思い浮かべることができる——あの白茶けた土塀に囲まれたプーラーンの家と共に。

五　テヘランの街

地図

私はテヘラン大学の寮に入ったその日に、まず一枚の地図を買い求めようと思った。ペルシア文字で書かれた地図を頼りに町を歩くことは、日本にいた頃からのひそかな夢であったし、現在自分がテヘランの町のどのあたりにいるかを知らなければならないと考えたので。

ところが、大学前の本屋に入ってみると、おじさんの言葉は、大学の寮監先生の使うペルシア語とは違っていて、何を言っているのかはっきり聞きとれない。それに「私は日本人です」とか「テヘラン大学でペルシア文学を勉強しています」とか言ってみても意味のないことだ。町の言葉ほど難しいものはない。私はただ冷汗をかきかき「テヘランの地図一枚」と言ったくらいで、おじさんの顔も見ないで寮へかけもどった。

ところで、この買ってきた地図を頼りに、ゆっくりと町をひとり歩きするような気分になるには、それからさらに一カ月ほどの間があった。まず学校の授業と、プーラーンの姉さんからの個人レッスンに疲れはてていた。休みの日に町に出るのも、友だちに案内されてであったし、今日こそは、と一人で目的を決めて出かける時も、タクシーで行ってタクシーで寮まで戻ってくるこわごわの外出だった。第一このイスラム国には、外国の女性のひとり歩きを阻む不自由な、こわいような空気があった。

大学の先生方、寮監のゴネリー先生、大学の友人たちを別にすれば、タクシーの運転手、たまに口をきくごく限られた町の人たちの言葉は決して分りよいものではない。まず言葉に馴れることだ。そして大学の授業を中心とした寮生活に早く馴れよう。異国生活の昂奮から一日も早くぬけだすことだ。

前にも述べたようにイラン人はひじょうに親切であったけれど、ひとりで外国に暮す女子学生の胸に、はじめの一カ月ほどのあいだにふりつもった悲しみは、実にいたましいものであった――それも今になれば哀れで滑稽な姿なのだが。

二階だてのバス

十月末の休日、私は地図を片手に町へ出た。このあいだから目をつけていた赤い二階だてのバスに乗って、町の東西を走る大通りをバスで往復してみようと決心していた。大学前の大通りシャー・レザー（現在エンゲラーブと改称）は大学のひとつ西の停留場がこの路線の終点である。私ははずみをつける足どりでバスの階上へと上がった。

テヘランの町は北から南へ町全体がゆるい傾斜になっている。そして町のどこからでも北のエルブルズ山脈を望み見ることができる。白茶けた山肌もわずかに紫がかって、空はぬけるように青い。大通りの両側に高々としげるポプラ並木も色づき始めて、その下に青空市が裁縫箱をひっくり返したように、こまごまとした物を並べている。この町の標高は、千二百メートル、軽井沢や、小海線の通るあたりよりさらに二百メートルほど高い。清冽の気みなぎる秋は、この町のもっとも凛々しい季節で、ほとんど雨もない。町の人々はこれから十一月いっぱい、この秋冷の日々を楽しむことができ、冬へ向かう淋しさなどみじんもないといった顔つきをしている。

油のしみで光る青い上っぱりを着た車掌が、乗客の少ない二階へ上がってきて私の隣に座った。

「この通りがアミーラバード（現在カールギャルと改称）さ、ここをまっすぐ下ると鉄道の駅があるよ」

こういう言葉も今では分るようになっていた。車掌氏は面長の陽やけした顔に口ひげをはやしている。だらしない目尻をさらに下げて、いっそう私ににじり寄ってくる。最近、こういった種類の親切に、すこし辟易《へきえき》していた私だったが、今日は高いところから見おろす町が別のもののように新鮮で気分も晴々している。

笑顔になった私を見て彼は調子づいた。私にウインクをしながら南北の目抜き通りを指して、

「パフレヴィー（現在モサッデクと改称）、パフレヴィー」

と、声だけは高く客に知らせ、いちおうぐるりとバスの中を見廻してはいるが、私の隣から立とうともしない。もっともバスにはほとんど客の姿はなかった。

「ここを一度北へ上ってみな、タジュリシュっていう山の麓の町があるから」

するとと、後ろの座席にポツンと座っていた年輩のおじさんが立ち上がり、私のすぐ後ろの席に陣どって首をつきだす。

「いんや、シェミーラーンの方がきれいだよ、なんたって避暑地だもんな」

「なーに、タジュリシュの方が町らしいぜ、立派なホテルもあるし」

私のことはもう眼中になく、二人は口角泡をとばしてやり合っている。実際にはどちらも似たような、避暑にもハイキングにもよい所だということが、私にもおよそ見当がつく。

バスは奇妙な客と車掌の議論をのせたまま、賑やかな広場につく。車掌氏は思いついたように、

「フェルドウスィー、フェルドウスィー」

と言って銅像をあごでしゃくってみせた。十世紀の詩人の像である。この町には詩人の名のついた通りや広場がなんと多いことだろう。のろのろと走るバスはさらに東進して、およそ三十分も乗ったと思う頃、東の終点に達した。私はどうしても切符を取ろうとしない車掌氏と握手をしてバスを降りた。

このあたりは大学の周辺と違って、日干しレンガの家並もよごれ古びて、小さな映画館の前にはおおぜいの男たちが溢れるように群れていた。彼らは豆のからをポイポイ口から吐き出し、無遠慮に私を見つめて「ジャーポニー、ジャーポニー」とあごをつき出すようにして声をあげる。スタイルのよい洋服姿のイラン女性の姿などは見当らず、黒っぽいチャードルをすっぽり被った買物のおばさんたちもまばらで、町はうす汚れた男ばかりだった。

首都テヘランは人口三百五十万で、縦横に車で三、四十分も走れば砂漠が見えてくる広さは、東

京でいえば山手線の内側よりさらにひと廻り小さいことになるのだろうか。それに十八世紀の末にカジャール朝の王がこの地に都を定めた時には私の通ってきた東西に通じる大通りよりずっと南に宮殿があった。バザールもモスクもその周辺にあって、そこが町の中心であったのだから、年月を経てしだいに町は北と西とに発展してきたことになる。

ひとり歩きの第一回目は地図もあまり役にたたなかったようだ。私は男たちの群がるこの広場をぐるりと廻り、小さな荒物屋でロバの首につけるまっ青な焼物の飾りを買った。「この次は南のバザールへ行ってみよう」と心に決めながら、この日はふり出しに戻った。

大学前でバスを降りると、私は何だかほっとしてわが家へ帰ったように嬉しかった。それで陽溜りにみかん箱を置いて靴を直しているユダヤ人の靴屋のおじさんの前に立った。この町へ来たばかりの頃、空気の乾燥で日本からもってきた靴のかかとがたちまち取れて、このおやじさんに直してもらったことがある。彼は法外な値をふっかけて新参の留学生を驚かせたものだ。

「散歩かい？」

彼は特徴のある鉤鼻の上で、小さな目をこすからそうに光らせた。今度はボラれないぞ、そう思ったが私は一瞬ちゅうちょした。

「テヘランの石でへったんだから、こんどは安くしてね」

すると、おやじさんも多少気になったらしい。

「まあ、ペルシア語がそんだけうまくなったんだから……」

「まけてやろう」というのか、「この前の分は授業料だよ」と言いたいのか、今度は前の五分の一ほどの料金になった。道端でチェスをたのしんでいた四、五人の男たちがいっせいに声をかける。

「おやじ、お客は大事にしな」

その夜私の地図には、バスで往復した東西の道に一本の朱が引かれた。

バザール

私はプーラーンの家の帰りに、よくぶらぶらと下町を散歩するようになった。といっても、この町は南へ下るにしたがって、なにか虻《アブ》のうなり声に似た騒音が聞こえてくる――荷を小脇に抱えて男が走ってゆく、それを追う足音、子供のかん高い叫び、肉や食物の焼ける匂い――散歩をするにはかなり気の張った、心許せぬ喧噪にみちた界隈である。

バザールの入口は活気にあふれている．

バザールの入口はいつも人だかりがしている。それは日本で想像する「ペルシアの市場」とは何と違っていることか。つまりひと口に言えば、大きいバザールなら大学の敷地くらい楽に入る大テントか、漆喰造りの大パビリオンといったところで、中の大通りに馬車も走るほどの規模である。しかも細い路を曲りくねって行くと思いがけない出入口があって、そこから外に吐き出される。これは錯綜した迷路の一大建造物である。だからおおよその外国人は大通りに面した入口から、せいぜい十軒ぐらいまでの店で買物をして深入りはしない。

テヘランに着いた初めの頃は、ばかに肩を張って一人でここまでやってきながら、十軒奥までも入れなかったものだ。その初めての探訪で、こわごわと覗いた入口近くの土産物店の主人から「日本人なら特別にまけておくよ、百リアール（当時ほぼ五百円）だが時代ものだよ」と一本の匙を買わされた。なるほど削ったような荒いもようのある、いかにも時代ものだった。ところがこの店を出て十歩も行かない所に同じ型の新品が山と積まれている。しかも真中にただの四リアール（二十円）と書いた札が立っている。あまりにも人をバカにした話ではないか。日本なら、とって返して「いったいそれでも良心があるの」と言いたいところだが、カッとしただけで何と言ったらよいやら分らない。私は靴をふみ鳴らすようにしてその時は帰ってきたものだ。

しかし、一カ月以上たった今見直すこのバザールは、ちょうど浅草の仲見世のような活気の中に、各々の品物に釣り合うような主人たちの顔が並んでいておもしろい。私はこの前のように、入口でだまされることはしまいと決心して、二つ三つと店の前を通り過ぎる。一間か二間の間口をとって、サラサ屋、土産物屋、貴金属店、と同じような造りの店がいくつも軒を並べている。その店々の上に、テントの覆いのようにアーケード風の屋根がある。だから五、六軒奥へ入ると人々の声も、品物の触れ合う音も反響して聞こえてくる。「おじさん、そりゃ高いわ」「とんでもないよ、奥さん、ほかの店へ行ってごらん、こんな良い品ありはしないよ」それなら、と帰りかける客を呼びとめて値を下げる。ダメダメ、お客はもう一度帰りかける。「ちょっとお待ち！」と耳に口をよせて店員は懸命に折り合いをつけようとする。やがて値が決まって品物を包むと、今までのやりとりは嘘のように、

「はい、オメデトウサン！」

と景気のよい声が上がり、お互いに握手をする。何のことはない、舌戦であり言葉の戯れなのだ。

私は何だか気押されて、この日も入口の明りがふり返って見える所まで入っただけだった。けっきょく、外国人がひとりで入るところではないのか、賑やかな声に押し出されるようにして、私はいつのまにかバザールの喧噪から遠ざかった。どこをどう歩いたのか、ふと深い穴のあいたような静寂《しじま》を右手に覚えて私は立ちどまった。

モスク

黒衣に身を包んだ婦人が、静かに顔をふせて一人、続いて帽子を被った男が数珠を片手に門の内に吸いこまれてゆく。入口の土は湿ってでもいるのか、ここだけはかげって黒い。

今まで大口を開いて笑っていた男、タクシーの窓に手をかけて叫んでいた女はどこへ行ってしまったのだろう。

見上げると、めぐらされた高い塀の上に、彩色タイルを配したイスラム寺院の姿が黙然と屹立《きつりつ》している。

門の中を覗きみると、庭の中央に水飲場があって人々は静かにそこで手を洗い、口を濯《すす》ぎ、足を洗ってモスクの中へ入ってゆく。庭の片隅に小さな布をひろげて祈っている男もある。彼は小声で何かつぶやくと、膝をつけて額を地に伏せ、しばらくは動かない。もう一度、またもう一度、彼はまるで大地に何ごとかをささやくように額を押し当ててから、やがて起き上がる。

私はこの国の人々がよく口にする「アッラー（神）」という言葉を、自分も気軽く口にしていたことを深く恥じる気持になった。私が思わず頭を下げて立ち去ろうとすると、まるで人形のように動かなかった門番が、低い声でこう言ってくれた。

「金曜日に、チャードルを着ておいでなさい。お詣りなさるがよい」

私はこの日、大通りを避けて静かな小路をえらび、寮まで歩いて帰った。その後モスクを訪れる機会は幾度となくあったが、入口までくると私は、ちょうど幼い頃病院の門をくぐった時のような、不安と心の戦《おのの》きとをぬぐい去ることはできなかった。

六　喜びと悲しみ

大晦日のパーティー

テヘランの町に雪が降った。

草も木もすべてが乾ききって、とげとげした茶一色の世界は一夜にして白色に覆われ、柔らかくまる味をおびて人声までも雪に吸われたように潤《うるお》って聞こえた。雪の宵は早く暮れた。いつもよりチラチラ光る灯火を抱いているようにみえる町の家々を寮の窓から見ていると、私たち寮生はにわかに人恋しくなった。

イラン暦では新年は三月の春分の日に当るから、西暦のクリスマスも新年も大学は休みではない。けれども私はヨーロッパの学生たちと相談して、せめて大晦日だけは簡単なパーティーをしようと思った。

留学して一年以上経った先輩の寮生たちは妙に落着いていて、私たち一年生の計画をにやにやと笑って見ているだけだった。私はオーストリアの学生と二人で寮監先生のところへ交渉にいったが、あまりかんばしい返事はもらえなかった。

一階にはサロンもあるというのに、階段の上がりばなにある一角の使用が、大晦日の十二時まで許されただけだった。そこは二階に上がってくる人々の通りぬけの場で、十坪ほどの広々とした一隅であったけれど、外ならL字路の角といったところだ。それに、すぐわきには共同のトイレと洗面所のある、およそパーティーにはふさわしくない場所である。
二、三人がお茶とお菓子を準備し、椅子は参加する者が各自持ってくるとして、いちおうテープレコーダーで音楽を流すことに決まった。
夕暮になる。パーティーの相談、準備のあいだは傍観していた上級生たちも、どんなことになるのかとこの解放区に集まってきた。一年生のうちヨーロッパの学生たちはパーティーを盛りあげようと、むしろ必要以上にはしゃいでいた。

スコットランド出身のジョンが大男のオーストリア人の肩に乗る。つけひげをして、赤い毛布で変装し部屋から部屋へ触れて歩く。女子の部屋からは賑やかな叫び声が上がって少し景気がついた。二、三十人がとにかく集まってきた。ジョンがバラライカを抱えこんだが、何しろ屋根のある街角といった場所なので、合唱となると皆は何となくしりごみする。それで、バラライカの音はむしろ辻芸人の弾く哀れな音色になった。テープで音楽も流した。ヨーロッパの学生たちは雰囲気を盛りあげようとやっきになる。私は食欲もないのにケーキに手を出したり、皆にお茶をすすめたりした。

そのうちに、最初はきわめて消極的だったインド、パキスタン、トルコなどの学生たち一年生も上級生も、しだいに毛布などもちだしてきて壁際にあぐらをかく。歯ブラシ片手に洗面のついでといったパジャマ姿も座りこむ。夜も更けかかる頃には、初め傍観者だった東洋系の学生たちの方が昂奮に鼻の頭を赤くし、私たちをつかまえてはまくしたてたり、「お茶！　お茶！」と大声をあげる。次々に女子学生の手をとって、リズムも何もない踊りに誘う。彼らはこういう男女の交際に馴れていないのだろう、掌はじっとりと汗ばんでいた。

ラジオから正零時の時報が流れた。トルコの学生が急に狂ったように騒ぎたてた。

「キッスだ、キッスだ！　それ、みんな抱き合おう、兄弟よ、姉妹よ！」

私たちは皆、気押されたように互いの頰にキスを交わした。しかし、それは何と間《ま》の悪い味気ないものであったろう。私はすっかり疲れてしまった。それでも、このパーティーを発案した者の意地で最後までもちこたえたのだ。

これが異国で初めて迎える新年なのか。それぞれ違った風俗習慣の者たちがパーティーに集まった。しかし、イスラム国に学ぶ者の常として、私たち男女寮生にはふだんのつき合いがほとんどなかった。それにだれの胸にも故国の大晦日への想いが去来していたことだろう。そして何よりも、暦の違うイラン人への気がねが大いにあった。

私はこの夜、十二時までという制限のあったことにむしろほっとして、新年を迎えるにはほど遠い気持で部屋へ帰っていった。

春

イランの冬は短い。春分が近くなると、花屋のウインドーは、いっせいに灯をともしたように賑わしくなる。香りの高いヒヤシンスや水仙、カーネーションなどが毎日数を増し、頰をなでるような暖かい風の吹く日は、さまざまな彩《いろどり》のパンジーが大地を埋めつくす勢いで咲く。秋から冬のあいだは、青く冴えわたっていた空に、時々まっ白な雲がポッと浮いている。イランでは春の雲は雨を降らせる恵みのしるし。そんな朝は、木立の肌が蒸気をかけたように水滴を浮かべていた。

先にも述べたようにイランの新年は私たちの春分の日に当る。

大学は三月の二十日から二週間、新年の休暇に入った。私はインドの上級生レジア女史と共に、この休みを利用して南の町々を旅行した。留学して初めての地方旅行は、何を見ても聞いても、それははっきりと心の片隅にやきつくほど印象的だった。土埃をあげて一日中走りつづけるバスの窓に時たま思いもかけず、桃や杏の花畠が現れると、それらはまさに天の賜物《たまもの》、桃源郷のように美しかった。

初めてのこの旅は、行く先々で寮監先生の紹介して下さった大学関係者に逢うことが多かった。もてなし好きのイラン人の習慣どおりたいへんな歓待を受けたので、一週間の旅も終る頃には二人とも疲れはて、テヘランを懐かしむ気になっていた。

夜の中をバスがテヘランに近づく。窓から町の灯が見えてくると、私はむしょうに嬉しくなった。

「テヘランよ、テヘランよ！」

私たちは急に喋りだした。

「ねえ、昔、『翼《つばさ》よ、あれがパリの灯だ！』って映画があったじゃない」

「そうそう、長距離飛行挑戦の映画だったかしら」

乗客のイラン人は、そんな私たちにおどろいて「あなた方はイラン人ですか？」と頓珍漢な質問をした。

「そうです。私たちは乳姉妹で、両親はイラン人と日本人なの」

私ははしゃいでこう答えた。私は、大学と大学のある町とを愛するようになっていた。

アタレ・マタレ

四月下旬になると、日射しはたちまち肌を射る強さにかわった。この国の夏はもうそこまでやってきている。そんなある日、私は大学の裏手の住宅街をぬけて、友人の家へ向かっていた。イランの家々は日干しレンガを積んだ塀が高く、道行く人が中を覗き見ることはまずできない。塀の内側から子供たちがキャッキャッと騒ぐ声が聞こえてきた。

「アタレ・マタレ・トゥトゥレ！」

子供たちは声を合わせて唄っている。それはちょうど、日本の「ずいずい・ずっころばし」のような遊びなのだ。調子をとって膝頭を順に叩いてゆく小さな掌の音がピタピタと鳴って、庭の内から食物の匂いが上っていた。

「ハサンの牛はどうしたの！」

「アタレ・マタレ……」をして遊ぶ子供たち.

まちがったのか子供たちは、もう一度「アタレ・マタレ」を繰り返している。

「もうやめて、おはいり」

母親の声がした。

無防備な私の心に、子供、母親、食物の匂いが、暖かい家庭の思い出となっていっきょに押し寄せてきた。急に胸が熱くなり、咽喉もとにこみあげてくるものがあった。私は、足をはやめた。その小路を曲っても、子供たちの「アタレ・マタレ」は私を追うように聞こえてきた。

マリーの涙

友人のマハバシュの家の前に立ったとき、私は波だつ胸の思いを押えてひとつ大きく息を吸い込んだ。

彼女の家には珍しいお客があった。姉がアメリカ人と結婚し、三歳になる混血のマリーを連れて里帰りしていた。マリーは父親ゆずりの金髪で、青味をおびた灰色の目をしている。大人たちにかまわれて、子供は部屋中をかけ廻ったり、ジュウタンの上に転がっては「見てヨ、見てヨ！」と、くびれたような手を振ってみせた。

私は顔見知りの友人たちと、イラン式に抱き合ってお互いの頬にキスを交わした。女ばかり十二、三人のお茶の会で、ひとしきりファッションの話に花が咲く。

「このところスカート丈が短くなったわね、あれには網目のくつ下がしゃれてるじゃない」

「そうよ、第一、網は男の心を捕えるのよ」

賑やかな笑い声が上がったりする。

マリーは時々思い出したように私たちの膝にもたれかかってきた。

「マリーは少しペルシア語が話せるのよ、そうよ、ネッ」

マハバシュがマリーの顔を覗きこむようにすると、子供は得意そうに「バレ（はい）バレ」とペルシア語で返事をする。その「レ」の音がR音のように巻舌になり、それがよけいに愛らしいと、皆は頬ずりをしたり、手を叩いてやったりした。

そのうちマリーは部屋の隅によちよちと歩いていった。そして、そこに立っている大きな丸形のフロアスタンドを指して、まっ赤になった顔でスタンドを見上げ、何か言おうとしている。

「ム、ム、ム……マ、マ……」

母親がマリーを抱きあげた。

子供は首をふってしゃがみこむと、懸命にスタンドを指さす。

「チェラーグ（電灯）でしょ」

違う、違う、……子供は首をふる。皆がマリーの顔をのぞきこむ。マリーはいまにも泣きそうにして、何かの音をさがしている。

「マ、マ、……ム」

「マー（月）なの？」

私がいうと、マリーはこみあげてくるように「マー（月）、マー」と言うなり、わっと泣き出してしまった。アメリカで育ったこの子は、きっと「月《ムーン》みたい」と言いたかったのだろう。それとも「月《マー》みたい」とペルシア語で言うつもりだったのだろうか。

私はマリーを抱きあげた。「そうよ、そうよ、ムーンでいいのよマリー」私はそう言ってやりたかった。私の頬にもマリーと同じように涙が筋をひいて流れ落ちた。大人と子供、二人の異国人が抱きあって泣いているのを、イランの友人たちは不審そうに眺めていた。

ペステ色のカーテン

私が昨年、この国に着いたときは暑さも終りの頃だったが、この砂漠の国の夏はすさまじくはあるが、また小気味よい暑さで始まった。バラの茎や棘は、はちきれるほどに盛んな若い色をしている。照りつける陽にもいっこうめげず、強烈な光に向かってゆく勢いをすら感じた。町の人々の表情も、寒い冬よりはむしろ生き生きとして躍動的である。

大学は五月の末、試験シーズンに入った。いよいよ長い夏休みを迎えようというある夕方、私は寮監のゴネリー先生から呼び出しを受けた。サロンに続く寮監室に入ると、先生は、今年はおおぜいの学生が外国から来たので部屋のカーテンを替えようとおっしゃる。「何色がよいと思いますか」

寮監ゴネリー先生.

先生は三つの布地見本を私に示された。白、淡い緑、それにベージュ。私はしばらく考えてから、

「このペステの色はどうでしょう」

と淡い緑を選んだ――この国の人が好んで食べるペステ（ピスタチオ）という木の実に似た、なかなか渋い色合いだったから。日本でいえば抹茶の淡色といったところだった。

「なるほど、なーるほど、ペステの色。あなたはペステが好きですかな、なーるほど」

先生は嬉しそうに肩をゆすって笑われた。そして、帰り際に私のさし出す右手を大きな暖かい両手ですっぽりとはさみとるようにして、何度も握りしめられた。

ところで私たちの個室にかかるはずのこの淡い緑のカーテンは、ただ一階の大きなサロンにかけられて、そこが夢みるおうむの間といった感じに一新しただけだった。しかし寮監先生の約束不履行にも、私はもう留学当初のように落胆することはなかった。

ゴラおじのジャスミン

夏休みはたっぷり三カ月あったから、ヨーロッパの学生たちは、みな小さなボストンバッグ一つで帰国していった。陸続きの彼らには、帰国は小旅行と変わりがない。朝食をすませたところで「じゃあまた、秋にね」と、ポンと肩一つ叩いて帰って行く彼らを見ていると、日本はいかにも遠いと感じた。

最初は今日はだれが、明日はだれが、と揺れうごいていた心も、そのうち動揺しなくなった。それよりも、日増しに烈しくなっていく暑さと戦うことに、私は懸命になっていた。

これほど秋が待たれた年は私の生涯では一度もなかった。

寮の部屋を掃除するおじさんは、ゴラーム・ホセイン（神のよき僕《しもべ》）という立派な名をもっている。彼は毎朝七時から八時のあいだに、金髪の小柄なおばあさんを連れて、一部屋ずつ掃除にやってきた。

留学当初は陽の昇る時刻によく目を覚ましていたというのに、一年を経て気がゆるんだこの頃、私はよく朝寝をしておじさんが来ても気付かないことがあった。するとゴラおじさんは、私の部屋をとばしてほかを先に掃除してくれた。

また寝過ごしたか、と思いながらなかなか目の覚めないある朝、耳のかたわらに優しい感触があった。ほのかな香り、それはよい夢の中に揺られているような気持だった。目をあけると、白いジャスミンの花が四つ五つ枕のそばに置いてある。ゴラおじが置いていってくれたのか、それにしても、あのゴラおじが……昨年、私がここへ来た頃咲いていた花だ。

「エミコジューン！　一年になるじゃないか、ジャスミンが咲いているものな」

ゴラおじはてれたような顔で部屋に入ってくると、下を向いてさっさと掃除をすませた。こうして小さな白い花の中に、思いがけないイラン人の優しさを見たような日は、一日心が暖かくふくらんでいる。

私は寮を出て、近くの八百屋のおじさんのところへとんでいった。一間《けん》ほどの間口に、五つか六つのみかん箱を並べて、玉葱やなす、トマトが無造作にころがっている。日本の八百屋のような青青とした菜っぱなど薬にしたくてもない。ちょうどアボカドの実のようにまっ黒にやけてデコボコだが、下ぶくれのおじさんの顔は何ともいえない愛敬があった。

日本のじょうちゃん、奥さん、友よ、女博士などと、そのときの気分にまかせて私に呼びかけては、買っても買わなくても冗談を言い、町の噂をきかせてくれる。

「まあおかけよ、じょうちゃん！」

おじさんは小さな木の椅子を出してきて、店先に私を座らせた。パッと目の輝くような日だったからなのか。それからこんな優しいことを言ってくれる。

「あんたの目はアーモンド《バーダーム》か、罠じかけ《バー・ダーム》なのか！」

日本人の目はアーモンドのように鋭角に切れていて、人の心を惹くというのだろう。

「おじさんの言葉だって、甘味もあり塩気もありよね」

塩気はペルシア語では魅力にも通じる。私が即座にこう応じると、おじさんは「アッハーッ」と大口をあけて膝を叩いた。

その頃の私は留学当初にくらべると、ずっと低い声でペルシア語を話している自分に気付くようになった。人に話しかけられても、ハッと顔をあげて相手の目をじっと見ることも少なくなった。肩の力をぬいて、時には相手の言葉をいくつかやり過ごしてから「そうね」と相づちを打つこともあった。韻をふみ、音をかけるイラン人の言葉遊びにもチリチリと気を配ることが少なくなった。一年が経って、初めの頃の妙な気の張りがなくなっていた。

第二章　陶酔境

イスファハーンの金曜モスク入口.

セキネばあさん

サーキネばあさんはやせてとがった肩を右に左に振りながら、黒いネッカチーフの端をひらめかせて歩く。外股に靴の踵をズーッ、ズーッと音をさせて引きずって廊下を行く。彼女の通ったあとからは、強い煙草のやにの匂いがたちのぼる。

干からびた皮袋といった口は、二センチほどにのびた濃いめの産毛にまもられている。それが、時々カーッという音とともに吐きだされる荒い呼気に戦《おのの》く。この婆さんは誰の部屋にでも現れて、ぽつねんとひとりきりでいる新入生の肩を抱いて「私はあんたのママンだよ」と言っては、やたらにやに臭いキスを浴びせる。寮生が洗面所で洗濯をしていると、骨ばった手でひったくるようにして洗ってくれる。掃除をしかけると、どこからともなく現れて「チョッ！　どれお貸しよ」と雑巾をとりあげてしまう。そして、金壺眼《まなこ》で物欲しげに部屋中をねめ廻す。

婆さんの名のもとになる「サーキン」というのは住居という意味。寮内での彼女の住居は二階の三畳くらいの仕事部屋だが、年齢は五十から六十のあいだとみえるこの婆さんは、まさに陽のあたらない部屋に巣くった牝鼠といったところである。

彼女は朝早くから日暮どきまで私たちの寮ではたらく通いの洗濯係で、夕刻、黒いチャードルをすっぽり被って寮の階段を下りていくとき、その背後には一日のあいだにまき散らした悪意が黒く渦をまいている。私は彼女を日本式にセキネ婆さんと呼んでいた。

昨年、この寮の二十五号室の住人になると早々に、私はこの臭い皮袋で浴びるほどキスを受けて、実に暗澹たる気持になった。言葉のわからない者には動物のような第六感がするどくはたらく。この婆さんは私のもっとも苦手とする種類の人だと直感した。そして四年間の留学生活においてこの直感が裏切られることはなかった。

彼女はまったく無遠慮に部屋に入ってきた。そして、人差指を宙にたてて「貧しい者の職を奪ってはならないよ」とか「持てる者が持たざる者に与える、これこそ神のみ心」といった説教めいたことを言っては、カーッとひとつ荒い息を吐きだしてひきあげていく。もっともそれが「洗濯物や繕い物はチップを与えてしてもらえ」という意味だとは、ほぼ一年たつまで気付かなかった。いや、薄々気付かないでもなかった。しかし、日本で身についた慣わしでは、下着やハンカチーフなどは自分で洗うのが常識であったから、私はセキネ婆さんの説諭をほぼ無視して一年を過ごしてきたのである。

カーブルの美女

今年の新入生のうちに、アフガニスタンのカーブル大学を終えてきた女子学生がいた。潤んだような黒い大きな瞳、豊かなつややかな頬、赤い花びらをおいたかと思える唇、この二十歳前後の娘は本当に愛らしく、誰の心にも入りこむことができた。そして、セキネ婆さんとたちまち親子のように仲良くなってしまった。

ふだんは口うるさいセキネ婆さんである。娘が煙草をすう、といっては女子学生を非難し、男子学生と歩いていたといっては、聞くに耐えない雑言を浴びせる。その憎まれ婆さんが、カーブルの美女にだけは目を細めている。一本の煙草をすいあいながら、肩を組んで歩いている姿をみると、私はこの美醜両極端の馴れ合いにゾッとしたものだ。

アフガニスタンは古くはイランに含まれていた国で、彼女のペルシア語もすこし訛りがある程度、ほとんどイラン人とかわらない。セキネ婆さんと肩をくんでいる時でも、すれ違う私たちにウインクを送ることは忘れないのだから、こんな婆さんを懐柔するぐらい訳ないことだったのだろう。

「ネエ、パジャマ洗ってよ、ママン！」

と甘えてパジャマのポケットに十リアール貨を入れておく。靴を磨かせる、買物を頼む。ママンのポケットにそっと何枚かすべりこませる。このくらいのことは、彼女にしてみれば朝飯前のレクリエーションにひとしい。いやおそらく、何も特別に考えもせず、しぜんに生まれでる行為に違いない。

ところが私はそうはいかなかった。

チップに馴れない日本人にとって、これほど難しいものはない。またヨーロッパ人にしても、物欲しげにねだられると決して好い気持はしないようだった。そして私なりの観察では、チップというものには、差し出すチャンスと金額、その渡し方に、もらう人の心を傷つけないという黙契がおのずとあるようだった。そして国により、人によりそれが微妙に違っているから、いっそう難しくなる。

阿吽《あうん》の呼吸とでもいうのか、パッと手を出されるとハッとあげてしまいたいこともあった。ねちねちとねだられても決してあげたくないこともあった。私はこう心に決めた。なるべく上手にチップを出そう。でも決してあげたくない時は、無理をしてあげるのはよそう。第一それは、あげる者の驕りではないか。

とにかく私はチップだけでなく、人にものをあげる時には、受けとる人の心もじゅうぶんに考えるようになったのだから、セキネ婆さんも人生哲学の師というべきかもしれない。

郵便屋さん

私はこの国のチップという習慣に決して反対だったのではない。テヘランの生活も二年目にはいる頃には、心になんのわだかまりもなく、チップを手渡すことに愉しみを見出すようになっていた。

寮には週に一、二度郵便屋さんがやってきた。最初の頃は日本からの手紙を配達するたびに「チップ、チップ」と手を出してきた。そして私の手からもぎとるようにチップをとってゆく郵便屋氏のおかげで、せっかくの懐かしい手紙の感慨もしぼんでしまいそうだった。しかしよく見ていると、上級生たちはごくたまにしかチップを渡していないようだった。

さて今年も新学期で、寮の顔ぶれが変わった。郵便おじさんは「アメリカ、日本、トルコにインド……」などとつぶやきながら、新しい部屋の順を頭にたたみこんでいる。

「お、じ、さーん」

私に背中をひとつどやされて、彼は陽やけした口もとをゆるめる。

「私、もう新入生じゃないわよ！」

わかってるよ、というように頷いて手紙をよこすと、私に新入生の部屋はどこかと尋ねる。彼の手にした寮室の図面に○印をつけてあげたあと、私は廊下の窓辺によりかかって見物する。

ポーランドから来たばかりの留学生は、まだほとんどペルシア語ができない。

「アッ、郵便ね」

と頬を赤くしたまま戸口で手紙を胸にだいている。「チップ」と郵便おじさんが手を出しても、け・げ・んな顔をしている。

「手紙、お家からでしょう？　だったら少しチップをあげるといいわ、嬉しい便りだったらね」

私は一語一語をきって、ゆっくりと教えてあげる。郵便おじさんは「メルスィー」と私の肩を軽くたたいて次の部屋へ廻っていった。

私は二年目にはいって、楽しいことがあった時にはおじさんが手を出す前に「ハイ、おだちん」と渡せるようになっていた。「来週ね、おじさん」とことわることもある。時にはチップ問題をめぐって、ヨーロッパの学生や東洋系の学生たちと議論することもあった。日本を除く東洋の学生たちは、イランのチップになんの抵抗もなかったようだ。ヨーロッパの学生たちはチップには馴れているのだが、どうやらこの国の請求のし方になじめないようだった。そして私たち日本人はこのチップではもっとも頭を痛める人種なのだろう。

新入生，ティヤー．

新入生ティヤー

私が二年目をむかえた新学期にアメリカのプリンストン大学から、ティヤー・ブロドゥスキーという女子学生が留学してきた。彼女は故国でイラン人の教授に四年間ペルシア語を習っているから、この学校のペルシア語予備コースをとばして、いきなり修士課程一年のクラスで私と席をならべることになった。ティヤーは私よりずっと背が高い。アメリカ人にしては珍しく神経質そうな、内気な笑顔で私の前に立った。青い細い血管のすいて見えるまぶたを伏せるようにして話すペルシア語は、ひじょうに文法的で、たどたどしかった。

私は洗面所でせっせと洗い物をしているティヤーに耳うちした。

「洗濯物はセキネ婆さんの気にいらないけど、私は自分で洗ったの。私、納得のいかないチップはあげないことにしているのよ」

「私もがんばるわ、エミコみたいに」

ティヤーは肩をすくめた。私たちは共犯者の目と目をかわして、たちまち心を開きあった。

それから私たちは、お互いに部屋を訪れては、さまざまなことを話しあうようになった。彼女は話し言葉こそ流暢ではないが、イランの当代一といわれるムイン教授にアメリカで師事し、文献学の博士論文を書くためにテヘランに来たという。できることならばイラン人かアラブ人と結婚して、言葉の障碍をのりこえてしまいたいといって、私をすっかり驚かせた。また、私がかつての軍人の娘であることにひどく興味をそそられたようだ。そして、その後三年間大学で机をならべたティヤーをみると、武士道とか東洋の精神主義を、日本人である私や、イランの友人からひきだそうとしていたように思われる。

セキネ婆さんのふりまいた噂によれば、彼女はニューヨークの大金持の一人娘だというが高ぶったところは少しもみえない。ペルシア語をつかって自分で納得のいく答えができないときは、キッと唇を結んだまま、ながいこと言葉を捜していた。何事にもハッキリと自分の意志を表明する点が、一年間私が同じクラスで接してきた学生たちとは明らかに違っていた。

私は、いかにも個性の強そうなこのアメリカの女子学生と、よい友達になれそうな予感がした。

二　陶酔境

マスター一年

前年度私が聴講した留学生コースは、修士課程への準備段階の勉強で、文法、作文、会話、ペン習字といった語学の基礎学習が多く、そのほかに古典、現代文学、イラン史概説の講義もあったが、それにはごく分りやすい教科書がつかわれた。それにプーラーンの家の個人教授も含めると、一日五、六時間の授業をうけていたことになる。おかげで第一年目が終るころには、私はどうにか講義中にノートをとるところまでこぎつけていた。

留学生の大半がこのコースだけで帰国したので、二年目のクラスの顔ぶれは昨年とはがらっと変わっていた。

新しい学年は、留学生課程とはいうものの、さすがに大学院コースだけあって、中世ペルシア語、アラビア語、文体論、歴史、文学史、それに古典、現代文学といった授業が、すべて欧米語の解説なしにおこなわれた。

私はティヤーといっしょにせっせと時間割をうつしたり、事務室に顔をだしたり、教科書や参考文献を買いに町へでかけたりした。ティヤーは文献学を志すだけあって、この教科にはだれそれのこういう本、というように資料に関して豊かな知識をもっていた。

こうして私の部屋の空箱をかさねた本棚にもしだいに本の数がふえていくにつれて、インド、パキスタンの友人たちは驚異の目をみはり、日本に帰ったら本屋でもするのかと問うのだった。イランも含めて彼らの勉強法は、文学にしろ歴史にしろ教材の暗記であったから、参考文献をもとめる私が不思議にみえたのだろう。欧米の学生は国に帰れば図書館が完備して利用の便もよいので、何もかも個人で買う必要はないのだった。

ティヤーと私がこうして新学年の準備をしているうちに、講義はのんびりと十月の末になって始まった。

クラスを構成するのは、それぞれの母国で大学のペルシア語科を卒業した者とか、大学院に籍をおいている十二、三名の東洋系の男子学生とそれに三人の女子学生――ティヤーとパキスタンのシュクフテと私だった。結局、前年度の準備コースから残ったのは私ひとりになる。父親をはやく亡くしたというシュクフテは、母親、兄一族とともに家を挙げての留学で、一家はテヘラン市内に家をかまえ、彼女だけは大学の寮内に部屋をもって家と寮を往復していた。

新しいクラスは少なくともほとんど全員が、このまま二年間の修士課程と、あるいはそれ以上の博士課程を共に学ぶ仲間であった。そのせいか私たちはよく話し合い、情報を交換した。A教授は三度に一度は休講だとか、B教授は出欠がことにやかましいということは、上級生の申し送りですでに承知していた。

ハティービー教授

私たちが主として講義をうけた教室は文学部の一階で、教室の前方から直接外へ通じるドアがあった。学生たちは廊下側から教室へはいるのでほとんどこのドアを使うことはないが、ドアの外には二間幅ほどの三和土《たたき》、というかベランダのようなものが教室の窓下にひろがっていた。

大胆なチェックのスーツに身をかためたハティービー教授を乗せて、黒い大型の外車は音もなく教室の外のベランダに横付けになった。先生は、目の下と頬にすこしたるみをみせているが、色白で、イランの上流階級によくある駘蕩《たいとう》たる初老の貴族といった風貌である。車から降りられた姿に、私たちの目は窓の外に釘づけになった。車は、先生が副総裁をつとめられるイラン赤十字の旗を翻して、ベランダを離れてゆく。

ドア番のおじさんたちがいっせいにベランダにとびだして、直立不動の姿勢をとり頭を垂れる中を、「よしよし」というように気さくに手で制して顔をあげさせ、ひと言ふた言声をかけてから教室に入ってこられた。先生は鞄も本も何ももたず、ポンと靴の音をさせて教壇に上がる。小さなふくよかな女性のような白い手を、胸もとで組み合わせていたが、やがて人差指を一本ピンとたてて、ちょっと茶目っ気のある目で、唖然としている私たちをぐるりと見廻してから授業を始められた。

「妖精の現身《うつしみ》なる乙女は
　月をも凌ぐ美しさ
　ベールのしたに冠をいただく美貌は
　ほのかに映える新月か
　黒き瞳は
　闇の底の生命の水さながら……」

授業は「古代文学抄」とでもいおうか、ペルシア文学古典の名作のうち、いわゆるさわりの箇所の講読なのだが、前にもすでに紹介したように、イラン文学の先生方の授業はほとんどがこういった朗誦と、簡単な作品の説明で終ることが多かった。それは授業というよりむしろ、舞台上のショウといった方がよい。テキストもなしに先生は、いく連ともしれぬ詩句をよどみなく誦されるのであった。

「ハティービー」とは雄弁家とか説教師を意味するが、先生はまさにその名にふさわしく、麗しの乙女を詠うその表情は、時に甘くほころび、時には悩ましげに翳《かげ》った。タタン、タタン、タタン――タタン、タンと靴で調子をとりながら誦する声は、朗々というよりは渋く響き、こくのあるワインといった味わいがある。

「この甘き唇の女人《にょにん》――
棗《なつめ》の実さながらの彼女を思うと
口には甘きつゆが満ちるほど
まばゆく輝く歯は真珠とも紛《まご》うばかり
その鮮やかさは真珠貝をも凌駕《りょうが》する女《ひと》
蜜のように甘き百の言葉を秘めた彼女の唇は
人々の胸の炎を燃えたたせ
爽やかにほほえむときの唇も魅力的《ナマック》で
塩《ナマック》は甘《シーリーン》くないのに
彼女の塩《ナマック》（魅力）は甘美《シーリーン》
あの甘美な泉――彼女の羚羊《れいよう》の目をみては
いかな尚武の士も気を失うほど
頰も野バラ、その香も野バラ
唇は甘美《シーリーン》でその名もシーリーン……」

先生は教壇をいったりきたり、やがて窓辺に佇んで空の彼方に、ハッとするような深い翳《かげ》をたたえた目をあげ、右手を高々とあげてしばらく言葉をきる。やがて、ささやくように低く声をおとして、二度、三度、美女「シーリーン」の名を繰り返す。

「頬も野バラ、その香も野バラ
唇は甘美《シーリーン》でその名もシーリーン
甘美な言葉を語る唇は
蜂蜜と呼ばれて……」

――ここまできて初めて先生は私たちの方に向き直ると「呼ばれて……いる」の最後を口をすぼめるようにそっと結んだ。

クラスの中にホッと溜息がながれた。

陶　酔

昨年もこういった文学的雰囲気に心地よく酔わされた経験は何度かあったが、これはまたひと味違った酔い心地である。

何にたとえよう、一年を異国に過ごした留学生の脳裏をよぎるのは、まだ懐かしい日本の光景でしかない。たとえば――秋の陽をいっぱいに受けて、橙色の蜜柑畠を右手に、左に穏やかな青い海をみながら汽車のリズムに身をまかせている夢をみているとしよう。景色はいつまでもいつまでも続いて、その果てには何か幸せがあるのかもしれない。「タタン、タタン――タタン、タタン」このリズムは身に快く響いて、覚めたくない夢のような、懶《ものう》いけだるい幸福感とでも……。

ハティービー教授は私たちの溜息まじりのざわめきが静まるのをまって、今度は低いが、抑揚のある声で簡単に詩の説明をなさる。

そしてこんな調子で、一時間半の授業が終る頃には教科書四、五頁の詩が朗誦されたことになる。

「では来週までに、君たちはこれを暗記しておきなさい」

これだけの詩を覚えることが外国人にとってはどれほど大変なことか――ハティービー先生は、そんなことは思ってみたこともない、という柔和な面持でおっしゃる。

すっかり頬を紅潮させた東洋系の留学生が立ち上がった。ひとり、そしてまたひとり立ち上がっては、ふるえる声で賛嘆を混じえた挨拶をおくる。

「先生、先生こそは現代イランの詩聖でいらっしゃいます」

「私は故国でS教授から先生のお噂を伺っておりました。先生のお声を拝聴できて光栄に存じます」

先生は、それがご自慢らしい白い小さな手を組み合わせて鷹揚に「メルスィー、メルスィー」と頷く。シュクフテ嬢ももちろん、サリーの片隅を頭にかけた姿で立ち上がって賛辞を述べた。それは閣下ではじまる最大級のもので、何年経っても私にはとうていできそうにない称賛の辞であった。

私とティヤーは機を逸して、というより気をのまれて顔を見合わせた。隣のシュクフテが「エミコ、何か言ったら?」と促すが、私はとても立つことはできない。

ハティービー先生は目を細めて、穏やかな顔をティヤーと私に向けると「イランはおもしろいかね」とおっしゃった。そして、すぐ答えることもできず私たちが息をのんでいるさまを優しくながめながら「ふん、ふん」とひとりで頷いていたが、答をまたずにポンと音をさせて教壇から下りられた。

いつのまに来ていたのか黒い外車が、先刻と寸分たがわぬ場所に扉を開けて待っている。先生は目にしみるような白いカバーに、深々と腰をおろす。

先生が帰ってからもなお私たちの教室には熱気が残っていた。インドの留学生は芝居の身振りのように「神よ！」と叫んで目を宙にすえる。パキスタンの学生は男同士抱き合い肩をたたく。ある者は魂をぬかれたように虚ろに座ったまま。私はしばらく目をつぶって陶酔の余韻を味わっていた。

寮へ帰る途中、ティヤーもよほど感動していたのか、教科書をかたく胸に抱きしめていた。そして言葉少なに私たちは別れた。ふたりともあの詩をすべて暗記しようと心に決めていたから。

その夜　私はお茶をわかして、簡単な夕飯を自分の部屋ですませた。授業の感動は、いつまでも心の奥深くで静かに波立っていた。私は部屋にとじこもったまま暗記を始めた。

さて、この日ハティービー先生が誦した詩句は、私が帰国後に初めての仕事として手がけることになった、まことに因縁深い作品である。これは定型詩で書かれた『ホスローとシーリーン』と題するロマンス叙事詩である。イランのササーン朝時代の王子ホスローと美女シーリーンのこの恋物語は、イランはもちろん中東いったいにひろく語り伝えられている。

留学一年を経たこの時には、すでに物語の概要は聞くともなしに聞き知っていたが、いざ原文を声を出して読んでみるとうまくすすまない。ハティービー先生の美しい声がまだ耳の底に残っているだけに、自分の声で気分が壊れてしまう。気はだんだんと滅入ってくるばかりで、これでは四、五頁を暗記することは不可能に近かった。

私は考えを変えた。自分の気に入った十数連の詩句を暗記して、あとは十二世紀の非凡な詩人ニザーミーの生いたち、彼の残したほかの作品、文学史上の位置といったものを調べていこうと決めた。ただただ暗記するという訓練を受けていない者には、無駄な時間を費すばかりだ。ほかの学生が暗記しているあいだに、私は暗記に代わる別の勉強でこれを補っていこう。

それにしても、ここに紹介した一連の詩句は、美女をたたえるとはいえあまりにも冗長、修飾過剰なことばの羅列ではないか。これは十二世紀の作品である。しかしイラン人は現代でも、こういった作品を暗誦するうちに、詩のリズムの魔力に捕われてゆく。言葉の綾かけ、語の裏にひそむ別の深い意味——朗誦する詩のうちに、そういったものを味わいとってイラン人は陶然とするのである。

しかし、たとえば私たち日本人が近松の『曾根崎心中』の一節を聞く時はどうだろう。

「此《こ》の世のなごり、夜《よ》もなごり。死《し》に行く身をたとふれば、あだしが原《はら》の道の霜《しも》。一足《あし》づゝに消えて行《ゆ》く。夢の夢《ゆめ》こそあはれなれ。あれ数《かぞ》ふれば暁《あかつき》の。七つの時《とき》が六つ鳴《な》りて残《のこ》る一つが今生《こんじょう》の。鐘《かね》のひゞきの聞《き》きをさめ……」

大学寮二十五号室でペルシア語の詩句をいくつか暗記しながら、この浄瑠璃の一節を思い浮かべたわけではない。今こうしてイラン人が求める陶酔境を考えているうちに、私たちの文学のなかにも外国語に翻訳すれば、その香りが消えてしまう陶酔境のあることを思い合わせただけなのである。

さて、そろそろ寝ようかと思っていると、不意に扉のすぐ裏にスリッパの音がとまって小さく扉が叩かれ、青い顔をしたティヤーが口をとがらせて入ってきた。

「エミコ、どうしよう。私、ちっとも覚えられない」

ティヤーは数時間のうちにすっかりやつれて見えた。

三　日米連合軍

オブザーバー

ハティービー教授の古典文学のほか、一週間のうちには幾人もの先生が教壇に立たれた。新学年の意気も昂《たか》くどなたも個性豊かな授業を展開されたが、それはまさに作、演出、主役の一人三役というにふさわしいもので、アッというまに一週間が過ぎてしまう思いだった。

イランでは昼食とそれに続く昼寝の時間を含めてほぼ二時間の休みがある。イランの職業人や学生はこの昼休みにほとんどの人が自宅へ帰るが、寄宿生は寮の一階にある食堂で大学の支給してくれる昼食を摂《と》る。ティヤーと私はいっしょに食事をしながら、授業から受けた感動や、この一年を乗り切る対策などをよく語り合った。

私たち男女留学生にとっては、この食堂だけが公然の交際場であった。そして女子学生はきわめて少なかったので、ティヤーと私はいつもヨーロッパの男子学生たちに囲まれるようにして座っていた。私たちの語るハティービー先生の授業は、たちまち彼らの心を捕えたようだった。

「こんなふうに右手をあげて……」

と私たちがまねをすると、彼らは目を輝かせて聞いていた。そしてショウにも似た雰囲気満点のその授業を、来週はぜひ参観させてほしいという希望者が何人もでた。前にも述べたと思うが、ヨーロッパの学生たちのほとんどは一年間の予備コースだけで帰国するので、ハティービー先生の授業とは無縁であった。

一週間はたちまちのうちに過ぎた。今日も先生は、教室の外に拡がるベランダからお出ましだろう。私たちは早々と席について、ときどきチラッと窓の外に目を向けたりしている。すると、予想に反して廊下側の扉がさっと開いた。

今日は渋い暗色のスーツを召した先生。後ろには水を捧げたドア番のおじさんが従っている。先生はそれが癖なのか、またポンとばかりに靴音をさせて教壇に登ると、大きな柔和な目でぐるっと教室を見廻した。むろん、手には何も持っていない。オブザーバーの学生の一人がたどたどしいペルシア語で参観の許可を求めると、先生は「ウィ」と軽く頷いて「おかけなさい」とフランス語でおっしゃった。

授業はインド、パキスタンの学生たちの暗記で始まった。彼らはこのような暗記には故国でも馴れていたとみえて、次々に立っては詩句を誦しはじめる。先生は、教卓を前にして座ったまま、右手の人差指を目の高さでピッ、ピッと小さく振りながら暗誦の調子をとっておられる。それはちょうど十九世紀の大音楽家がタクトももたず腕ぐみをしたまま、睨むような目を動かすだけで、自作の楽曲の指揮をしたという、そのさまを想わせた。

もっとも学生たちの暗誦は、リズムといい声の張りといい、およそ詩歌にはほど遠いものだった。それでも先生は根気よく人差指を振り、時には句につまって赤面する学生たちに小声で詩句を添える。やがて、傷ついた兵士がやっと陣営にたどりつくというように、最後の句がよろよろと終ったとき、私は手をあげた。

理想の美女シーリーン

「ティヤーと私は、ニザーミーの作品について調べてきました」

先生は「ホウ！」というように茶目っ気のある目をグリッとさせて、私たちが交互に述べる次のような事柄にじっと聞き入って、時々「そうです」「なるほど」と頷いておられた。

ニザーミーは、かつてのイランのガンジャ、現在のソビエト・アゼルバイジャーン共和国で十二世紀に生まれた叙事詩人である。ことにロマンス叙事詩人としての彼の名を高からしめたのは、彼のいわゆる五部作であり、それによってペルシア文学史上ニザーミーの地位は確固たるものになった。

五部作のうちの『ホスローとシーリーン』物語は史実をふまえた作品としてイラン各地はもちろん、中東、ソ連などにも語り広められ、恋物語の一つのパターンとなっている。ただしこの作品に見られる奇抜で冗長な比喩は、外国人にはもっとも難解なものと思われる。

私たちはここでひと息入れてから、

「頬も野バラ、その香も野バラ　唇は甘美《シーリーン》で　その名もシーリーン……」

のくだりを、ゆっくり声を揃えて朗誦した。

ティヤーと私の共同報告が終ると、ハティーービー先生は、二度三度と大きく頷かれた。

「非常によく調べてきました。それに詩のリズムもよかった。日米連合軍は……」

その先は、どっと湧いた笑い声に消されてしまった。先生はそれから机の上に肱をつき、女性のような白い指をからめ合わせたまま次のような補足説明をなさった。

「この物語には、実に多くの比喩や隠喩が使われている。君たちは、たとえばバラと言ったら何を想像するかね。バラの色や形でなくたとえば神の愛、信仰、そういった抽象的な意味が汲みとれるかな。――いや、こうした神秘主義の説明はこの一年のあいだにゆっくりするとして、この物語の女主人公シーリーンは、実にイラン人の理想の女性なのです。それが証拠にはイラン女性の名を調べてごらん、シーリーンという名は実に多い。この物語は、嫁入り前の娘たちの必読の書だと信じます」

先生はティヤーとパキスタンのシュクフテと私、このクラスのただ三人の女子学生を等分にごらんになる。それから、これは皆さんの教科書には出ていないのだが、と前置きして物語のあらすじを説明して下さった。

「ホスロー王子はやがて王位を継ぐ。天下を制しながら愛を得る道は長く苦しい。ようやくシーリーン姫と結ばれるが、その幸福は長くは続かなかった。実の子の手にかかってホスローは暗殺される。王妃シーリーンは夫の亡骸《なきがら》に身を伏せ、自らの生命を絶つ」

先生はシーリーンの自害の箇所を諳《そら》んじられた。

「居並ぶ人々の面前にて
墓の扉を閉め
シーリーンは匕首《あいくち》を手に
王の柩《ひつぎ》に歩みよる
王の胸を覆う布をとり払い
そこに虚《うつ》ろに開く傷口に唇を
あて己が胸の

理想の美女はかくも豊頬，水仙の瞳．（細密画）

王が傷を受けたと同じ箇所に
自ら匕首を突きたてた
王の臥所《ふしど》は彼女の熱き血に充たされ
王の身は
新たな傷を受けたかに見えた……」

先生はいつのまにか教壇を右に左に、その靴音で詩の調子をとりながら歩いている。今日の暗色のスーツは、この詩の最後を語るにふさわしく厳粛なものにみえた。

先生は胸の前で手を組み合わせたまま、低い深い声で、この感動的な情景をたんたんと朗誦なさる。そして最後のところで私たちの方へ向きなおると、同じ詩句を二度繰り返して朗誦を終った。

「この情《こころ》なき土に眠るシーリーンのほか
己が生命《いのち》を愛に捧げし者やある！」

一分か、あるいはそれ以上のあいだ沈黙があった。参観の学生たちが小さく「ブラボー！」と叫ぶのが聞こえた。するとそれに勢いづいたかのように、インドの学生が立ち上がった。

「先生、われわれの国でも、もちろんこの物語は非常によく知られています。たとえばAという批評家は、とくにこの箇所が優れていると言っています」

そして数行の詩句をたどたどしく誦したが、そのあいだ彼は手話でもするかのように、長い指をくねくねと動かしていた。

するとパキスタンの学生――

「わが国のNという評論家はこう言っています」

それから彼も何句かを誦する。

先生は別にうんざりした様子も見せない。時々「ほう」とか「そうですかな」とあいづちをうって聞いておられたが、やがてあまりきれいでもなさそうなコップに水差しの水をついで、咽喉をそらせてひと息に飲む。空になったコップを卓上におくと、まるでそれが合図にでもなったかのように、廊下側の扉が開いた。先生は「メルスィー」と語尾をあげて私たちに挨拶をのこしたまま教室から出ていかれた。

ティヤーと私は顔を見合わせ、先生のまねをして「メルスィー」と語尾をあげながら握手をした、日米連合軍の成功を祝して。

陶酔論議

ヨーロッパの学生たちと連れだって私たちは外へ出た。だれからともなく、町を歩いてみようということになった。この曇りない秋の午後、美しく、しかも懶《ものう》いような詩の朗誦がかもしだした昂奮は、寮の個室にひとりずつ入ってゆくにはあまりにも私たちの心を捕えていたらしい。

私たちは、大学通りに面した当時にしては珍しいイタリア・レストランの一隅で、午後のお茶を注文した。「チャーイ・ハーネ」と呼ばれるイラン式の喫茶店はイランの男たちでいっぱいで、男女の留学生が語り合えるような小綺麗なティールームなど、首都のテヘランにさえ数えるほどもなかった頃のことである。

「それにしても、今日の授業はナンセンスだ。第一、語彙の説明などまったくなかったじゃないか」

北国スコットランドのジョンは、すでに昂奮からさめたのか手厳しく批判した。

「暗記するだけでは学問とは言い難いよ。しかし朗読としては実に見事だった」

ウィーン大学出身のベルトの意見だった。すると道の途中で出逢って私たちに合流したインドのレザーが反論した。

「でも、イギリスのジョンよ、たとえば君の国のシェークスピアの授業はどうだい？ 最初から語句の説明をごたごたするかね。あんなふうに美しく朗誦して、作品の心を学生に伝えることはしないかしら」

レザーはインド人にしては珍しく自己の意見をはっきり打ちだす学生だった。それに彼はすでに三年この国に学んでいたので、彼の言葉には説得力もあった。イタリアのピオニーは感に耐えぬというように高い声をあげる。

「けっきょく、あれは文学というより音楽だ。あのバリトンは、実にすばらしい。実に……」

しかし、もしペルシア古典を学問の世界に通用させようとするならば、イラン人はただ暗記だけをすべきではない。それはサイエンスの世界ではない……。西側の二人はいずれも歴史を専攻する学生だったから、もっと手ごたえのある実証的なものを捕えて、イランを分析しようとしていた。しかしティヤーと私を含めて文学を専攻する者は、ただ一篇の詩がその美しい朗誦によって人の心を動かし、酔わせるというそのことを合理性では説明できない不思議として、彼らに反撃をくわえた。

こうした議論は、おりに触れて私たちのあいだで交わされていた。ヨーロッパの学生たちにしてもイランに興味をもつくらいだから、好奇心もきわめて旺盛で、決して偏見をもっているわけではない。それにしても、言葉の半分も分らない私たちをあれだけ酔わせるのはいったい何なのか。だいたいイラン人は、何によって酔うのか。私たちはいつのまにか、イラン人の陶酔性について語り合っていた。

「私はその陶酔の本質が知りたいの。歴史とか社会学を学ぶことも、イランを知るひとつの道でしょうが、陶酔――これもイランとイラン人を知る大切な要素だと思うわ」

私に続いてティヤーが言う。彼女は前にも述べたとおり、日本武士道や東洋の神秘主義に関心をもっている。

「詩は音楽――陶酔よ。この前キヤー先生のおっしゃった『ズールハーネ』(古式体操)――詩に合わせて体操するの、あれを見に行かない？」

これには一同賛成した。

このイスラム国の不便は、女性ひとりの行動がひじょうに目立つこと。翌日にはたちまち寮監先生のお耳に達し、そのうえ寮で働く人たちの噂にのぼる。おせっかいなセキネ婆さんやゴラおじが、あれはよくない、こうしなければいけないと立ち話をする。彼らの陰口は、当人の耳にわざと入るようにささやかれる。

いきおい私たち寮生は、男女六、七人のグループで行動することが多かった――といっても、きわめて娯楽の少ないこの国のことである。古典詩の朗誦に合わせてリズムをとって体操する道場、日本式に言えば「武道館」見学は、おおいに私たちの期待するところだった。

四　イランの武道館

「千軍荒野を進むとき
砂塵は空に舞いたちて
軍陣蜿《えん》と幾マイル
大地を埋《うず》める象と馬
空紺青《こんじょう》に地は暗く
軍鼓山野に轟きぬ」

道　場

イランの「ズールハーネ」の道場は想像していたよりずっと小さな建物だった。低いくぐり戸をかがむようにして入ると、五十坪ほどの道場の中央が大きく六角形にえぐられた、深さ一メートルほどの水なしプールのようになっていて、そこが競技場になっている。

競技場をぐるっと囲む観客席は、幅の狭いベンチがやっと二列並ぶほどの広さしかなかった。その日は、私たちのほか二十人程のイラン人——すべて男性——がまばらに座っていた。

およそ娯楽というものの少ないこの国で、不思議なことには、映画を除くとほとんどの催し物の観客はいつも男性ばかりである。女の人たちはどうしているのだろう。このような上半身裸の、男性だけの体操を観るのは慎みのないことなのかと気にかかる。

六角形の競技場とはべつに、ちょうど私たちが座った席の後ろにも大部屋があって、ガラス戸仕切りの向こう側では上半身裸の男たちが、ちょうど伊賀袴というかニッカーボッカーのような七分ズボン姿で「エ・オー、エ・オー」とさかんにかけ声をかけながら重い器具をふり廻している。

しばらく待つうちに、事務所にいたチョボひげの痩せた男が道場に入ってきた。観客に一礼すると、

「われらの聖域に、よくおいで下された」

表情のない声でいう。イラン人観客は右手を胸において神妙な顔つきで礼をかえす。チョボひげは正面左手にある小さな台に座って、この節《せつ》の冒頭に掲げたような詩を節《ふし》まわしよろしく誦し始めた。抹香臭い匂いがするのは、邪気を祓うために芸香《うんこう》を焚いているからである。道場の丸天井はとてつもなく高い。窓に秋の日射しが万華鏡のようにおどっていた。

朗誦される詩句は十世紀の戦記物の一種である。しかし小節《こぶし》をきかせた詠いぶりといい、間のびした抑揚といい、チョボひげののんびりした口の動きといい、もしこの六角プールにお湯でも張ってあったら、ちょうど東北の温泉で番台に座ったおじさんが追分節でも歌っているというところである。いかめしい戦記物に合わせて、筋骨たくましい武士《もののふ》の儀式が始まるムードではない。

やがて、仏前の鉦《かね》のようなチーンという音を合図に、先ほど裏部屋で「エ・オー」とやっていた連中が入場する。ふつうは十二人一組だそうだが、今日は二十四、五

『王書』時代なら武者ともなったであろう男達．図は古代イランの騎士像．

人、先頭にたつ大入道のような肉づきのよい男の音頭で、一同はまずアッラーの神に祈りを捧げ、この国の栄光と繁栄をたたえ祈る。

大入道は人気者らしい。「ロスタム！　ロスタム！」と声がとぶ。

ロスタムとは、体操の伴奏となる詩――先ほどは戦記物と紹介したが――ペルシア文学の古典『王書』の中で活躍する英雄の中の英雄。武勇才智に恵まれて、彼が現れればイランはいかなる危難からも救われるという伝説上の人物である。

しかしここに現れたロスタムは、なるほど肩はお椀を伏せたように盛りあがってはいるが、肌は艶やかに白く、腹は二重にくびれ、英雄というより村の関取に似ている。

このロスタムと並んで前列にいるのは、またけたはずれに大きな男で、額と顎がまるで大岩のように隆起して受け口だった。そして映画の「ジョーズ」のように、歯に銀色の金属のはめ物をしている。しかし遠慮がちで気の弱そうな小さな目をしていた。

「聞けロスタムの武勇伝
荒野の獅子に森の豹
魑魅魍魎《ちみもうりょう》と戦いて
干戈《かんか》をふるう尚武の士
この英雄を垣間《かいま》見て
荒野の獅子は胸を破《さ》き
その切先の輝きに

天なる鶩も戦《おのの》きぬ」

一同は揃って「ミール」(矛《ほこ》)を振り廻し始めた。これはボーリングのピンを大型にした木製のもので、六キロから十五キロのものまで大小がある。ロスタムは一番太いのを二本、タタン・タタン――タタン・タン――のリズムにのせて振っている。『王書』のリズムは、戦いの陣太鼓のリズムであると古典文学のキャー教授は言っておられた。しかし、詩は大学の講義で聞く先生方の韻律とは違って、だいぶ間がぬけて聞こえた。

古式体操

イギリスのジョンは飽き飽きしたとばかりに首を振る。私も先刻からすっかり退屈していた。第一、タタン・タン――タタン・タン――タタン・タン――タタン――の繰り返しで建国の歴史を六万句に及んで述べているのだから気のながい話だ。しかも詠い手はところどころで、いかにも勝手にその時の気分によって節《ふし》を延ばしたり、小節をきかせたりしているように聞こえる。このいつ果てるともしれない、御詠歌とも追分節とも聞こえる歌は私を眠りに誘う。そして、時々番台のおじさんが引導を渡すようにチーンとならす鉦《かね》の音で、ハッと我にかえるのだった。

私はこの国で催された各国の映画祭で日本の国家の吹奏を聞いたことがある。「君が代は……」ときて「千代に八千代にさざれ」までくると、彼らはまた「君が代は……」に戻る。いつまで経っても、君が代は石にも巌にもなることはなかった。

また、高校の文化祭で日本の「さくら、さくら」が奏されるのも聞いた。この時も、「さくら――さくら――さくら――」の蜿蜒《えんえん》たる繰り返しだった。彼らが武道館で飽きることなく繰り返す「タタン・タン――」は、砂漠をわたる終りなき旅を想わせる。

さて観客の歓声に我にかえると、例の棒振り体操はすんでいる。今度は「旋回」と声がかかる。四、五人の男が中央に進み出て両手をひろげ、番台の詩に合わせて独楽《こま》のように廻りだす。はじめはゆっくり――それが次第にチョボひげの朗誦に気合が入ってテンポが速くなるにつれて、旋回の速度も増してゆく。

「いいぞ、倒れるな!」

イラン人は身を乗りだして声をかける。一人、二人、フラフラと六角形の隅にうずくまる。丸くてはつかまるところもないし、さりとて四角では角に手が当り頭を打つ。なるほどこの道場はそのために六角なのか。

小柄な一人の老人がまだ残っていた。白髪、均整のとれたしっかりした足腰だった。五、六分も廻ったころ彼は次第に旋回速度を緩め、六角形の中をいっぱいに、踊るようにとび廻るうち、ピタッととまった。拍手が湧きおこる。

「うまい! 神業だ!」

イラン人は口々に叫んでいる。しかし私は、神業といわれる手品師がハンカチをとり除くと、そこには萎《しぼ》んだ花しかない、というような気持だった。「旋回老人」の皮ズボンには、赤青紫黄とさまざまな糸で刺しゅうがしてある。その彩《いろどり》がただ空しく廻るだけ。

それに続く「泳法」では、床においた小さな板に腹を支えて、手足を動かす。砂漠の国のこの「泳法」に、ロスタムも「ジョーズ」も、そのほかの筋骨たくましい男たちも汗を流し、顔をゆがめている。これが、私たちの期待していた陶酔境なのだろうか。

国粋主義

「ボディービルというところだったね」

　汗くさい道場から外にのがれ出たとき、これが私たちの感想だった。しかしアメリカの機械文明にあきたらないティヤーだけが、非常に感動していた。

「彼らは無邪気だわ。あなたたち、あの人たちの目を見た？　きれいな目をしていたわよ」

　そしてロスタムが「わがイラン帝国！」と言ったとき、全員がふるいたつように顔に精気を漲《みなぎ》らせたことなどが、彼女の心を強く動かしたようだった。

「あれは国王の親衛隊だそうだ」

「でも、それにしては頼りないわね」

「あの『王書』の詠み方じゃあ、士気はあがらないよ」

「しかし『王書』の宣伝にはなっている。このごろ『王書』によって国粋主義を昂揚しようとしているらしい」

　まさか、と文学を学ぶ者たちは考えた。古典文学のキャー先生が私たちにすすめて下さった道場見学は、きっと日本なら、相撲好きの国文学教授が日本理解のために国技館を外国人に紹介するようなものではないか、私はそう思った。しかし、国粋主義云々も頷けないことはない。戦時中は私たちも、

「みつみつし　久米《くめ》の子《こ》らが　垣下《かきもと》に　植ゑし　椒《はじかみ》　口ひびく……」

　などと難しい古事記歌謡の一節を暗誦させられた覚えがある。「我《われ》は忘れじ　撃ちてし止《や》まむ」のところで声を揃えるためであった。あの道場のメンバーは身元たしかな市民軍といった格で、道場もかなりあちこちにあるそうだ。

道場からの帰り道で、私たちの話題は文学の陶酔から遙かに離れて、イランの国粋主義に発展しそうだった。しかしこの時もインドのレザーに注意され、街頭でこのような主題について話し合うことはやめた。

政治と宗教に外国人が深入りすることは、つねにきわめて剣呑《けんのん》なことであった。

ところでこの古式体操は、まだ私について廻った。

ロスタムの宴

それから間もない木曜日の夕刻、私は寮監のゴネリー先生の手を経て、一通の招待状を頂いた。先生は少しおどけた口調で、

「日本の姫君を、わが国の英雄ロスタムがご招待したいとのことです。あすは休みなのだから、夕食をごちそうになってきなさい」

イスラム国では金曜日は休日なのだ。

私は英雄ロスタムに招待されるほかの人々のことも想像しながら、久しぶりに和服を着た。

さし廻された見事な黒ぬりの外車が、ロスタム邸の門をくぐったのは日没近かった。車は音もなく広壮な庭を横切って、その一角に作られた野外会場のそばでとまった。テヘランでは庭に松を植えた家などほとんど見かけることもないというのに、ここはまるで宮殿の庭のように大きな松がいくつも黒々と翳《かげ》をおとしている。

野外会場には立派なジュウタンが何枚も敷いてあり、すでに三、四十人の会食者たちがごちそうを真中にはさんで二列にずらっと並び、静かに座っている。

ふつうのパーティーを想像して和服を着ていった私は、車を降りたとたんに、何か異様な雰囲気を感じていた。

すでに座についている客同士の雑談とか、客を迎える挨拶とか、そうしたパーティー特有の賑わい、さざめきがどこにもない。全員が暗色の服を着こんであぐらをかいたまま、私が近づいても、ふり向きもしない。上座にいるロスタムがたちどまって手招きする。躾のよい運転手はまるでひな鶏を食卓に供するように、私を彼のところまで連れていった。

ロスタムにご招待の礼をのべ、彼の隣の席に座ってから、私は「アッ」と驚いた。宴席は私を除いて男性ばかり。しかも、あの武道館のメンバーがみんな黒のスーツを着ている。客は私ひとりなのか。

宴は男女の席が画然と分れていることがある.
（壁画）

それでもロスタム氏の上機嫌な声に、私は気をとり直して周りを見廻した。「ジョーズ」もあの旋回老人も、番台のおやじさんも、頬の筋肉ひとつ動かさず正面を向いている。話しかけたくても、とりつく島もない。折から陽が落ちて、会場は一瞬暗転する舞台のように闇の中にしずんでゆく。

「灯！」

ロスタムの声がとぶ。

木々の枝にからめた赤、黄、緑の電球がつく。それに照らし出されて、若鶏の股《もも》、骨つきの羊肉、生野菜、果物を山のように盛った皿が、縦にずっと私の前に並んでいる。道場ではかけ声をかけ合っていた選手たちが、この宴では黙々と骨つきの肉に手をのばす。四つ割りにした生の玉葱を口にはこぶ。この国の夕闇はたちまち濃くなるが、彩色の灯火はうす暗く、黒衣の男たちの表情はよみとれない。

親分のロスタムがときどき命令する。

「おい、肉」――「おい、胡椒を、お客さんへ」

「バレ、ゴルバン（はい、閣下）」

その声はみなあたりの闇に吸いとられてしまうようだった。

いったいこれは何なのか、このあいだジョンの言っていた右翼団体なのか、国粋主義者の集まりなのだろうか。それよりも、私はここから無事に帰してもらえるのかしら。ときおり、松の梢を風がわたってゆく。

私は不安を払いのけるように、陽気な風を装ってロスタムに問いかけた。あなた方の古式体操はスポーツなのか武道なのか、なぜ古典詩のリズムに合わせるのか、なぜ日本の学生である私だけを招待してくれたのか……。

ロスタムは髪の薄い丸い頭をゆすって笑顔になった。三十は越していよう。しかし、五十歳と見えなくもないこの人は、目が丸く顎がくびれて、あんがい愛らしい顔をしている。

「日本は万世一系の天皇の国じゃ。わしは日本びいきでな」

声は子供のように澄んでいた。

イランがイスラム教に改宗する以前、すなわち七世紀以前からイランにあったといわれるこの古式体操は、旧くは外敵の侵入に備える兵士の訓練として行われ、現在は市民の体力づくりと同胞愛を培うためにある。道場に参加する者は厳しい身元調査をうけなければならない——と彼は説明した。

『王書』にでてくる英雄ロスタムは雄弁だが、このロスタムは口がおもい。ときどき、長いあいだ間をおいて説明をするあいだに、私は左手にあたる家屋の中に被り物をした女性の影が一つ二つと動くのを見ていた。私はやっと人心地がついて、あの輪舞の由来を聞いてみる。かつてこの国に旋風をまき起こした「踊るメフラヴィー教団」という神秘主義の一団を想い出していたから。

「何とな？　神秘主義？　神秘……」

ロスタムは人のよい関取のような表情で、困ったように二度繰り返した。

シマッタ！　私は質問の矛先をあの旋回老人に向ける。

「廻っているときは何を考えますか」

ところが老人は私の方に顔も向けず、ロスタムが代わってこたえる。

「それは倒れないことさ、なあ」

「バレ、ゴルバン」

老人は何事も聞かなかったかのように無表情だ。この忍びの者一族は、まるで黒装束のなかに言葉をしまい込んでしまったかのように口数が少なく、陽気なイラン人と違って、悲愴感すら漂わせている。私は話のつぎ穂を失うと、不安でならなかった。食事も終り、そろそろお茶が出ている。

「お国の力道山とは親友でな」

ロスタムが重い口を開いた。

「エッ、力道山？　力道山ならよく知っていますわ」

私は急に元気づいて、一度も見たことのない、このプロレスラーの名を親しげに呼んだ。山賊に捕われた身を、力道山が救いに来てくれたような心強さを覚えた。私はこの席に座って初めて頬が緩み、あの美しい皮のズボンに話を向けた。何とかあれを手に入れたい、日本に持ち帰ってイランの古式体操の話をしますから。それに私も美容体操の時はきたいから。

ロスタムは初めて声をあげて笑った。

「進ぜましょう。小さいのを作らせてお届けしよう、なあ」

とジョーズに顎をしゃくる。

「バレ、ゴルバン」

ジョーズは岩のような顎で大きく頷いた。

闇に包まれたロスタム邸から車がすべり出した。礼儀正しい運転手が大学の門前でドアを開けてくれた。寮の玄関に入ったとき、私は正直「助かった」と深い溜息をもらした。

皮のニッカーボッカーは、ついに私の手許には届かなかった。

アジア・オリンピックがテヘランで開催された折、テレビ中継でこの古式体操をごらんになった読者もたくさんおられることだろう。

トゥース祭りにて

さて、四年の留学を終えて私は帰国し、何年か後に、イランの国際学会に出席した際、今度はイラン政府の招待で、再びニッカーボッカーの群れに出逢った。場所は、ペルシア古典文学発生の地、あの『王書』の著者の故郷、トゥースという東北の寒村である。招待されたヨーロッパ、アジアの学者たちほぼ二十人を交え、二百人ほどの客がバスを降りた。

秋の日暮がた、一陣の風吹きわたる中を、七色の飾り紐をかけた数頭の馬のいななきが私たちをむかえる。にわか作りの野外道場の周りには、香の薫煙が立ちのぼっている。民族衣裳を着けた男たちの叩く太鼓の音に合わせて『王書』の一節が誦される。これは王妃や貴人の臨席をあおぐ舞台で、あの風呂屋の番台おじさんの誦した詩句とは意気込みからして違っている。朗々たる声。しかしよく聞くと、やはり追分節である。

古式体操が終る頃、夕陽は地平線の下に残光を引きこむようにして、たちまち沈んだ。あたりはみるみる闇の色が濃くなり、秋冷の夜気が会場の煌《きら》めきを浮き上がらせる。太鼓の音が乾いた空に勢いづいたように立ちのぼった。演技が終る。王妃は白い形のよい手を選手たちの肩において労を犒《ねぎら》われる。詩と太鼓と体操のリズムによってたかまっていた昂奮は、「イラン万歳」「皇室万歳」の声に変わり、人垣はくずれて、人々はどっと王妃の周りを囲んだ。

ヨーロッパの学者たちでさえ、この情景に期せずして「ブラボー」の声をあげ、しきりにシャッターを切っていた。

私はいつもながらの、イラン人の巧みな演出に感心させられたものだ。しかし、それは街の人々の誰でも参加できる熱狂的な宗教行事にくらべると、どこか儀礼のための作りあげた陶酔という印象がつよい。文学の授業でわたしたちの心を揺さぶったあの感動とも違っているように思われる。

五　殉《モ》教《ハッ》月《ラム》

黒衣の月

五月に入って間もなく、町中が黒い色に変わった。人々が黒い服やスカーフを着けるようになり、黒い旗を飾る家が多くなる。喪服がそうであるように、黒は彫りの深い

「ホセインは逝った！」殉教劇を見守る人々の顔は暗い.

イラン人の美しさを際立たせるが、何人か集まると無気味な、不穏《ふおん》な空気に包まれる。掃除のゴラおじは黒シャツを着て、いつもの冗談も口にせず、黙々と働いている。セキネ婆さんもにこりともしない。口数が少なくなった分だけ中傷の言葉を溜めこんだ皮袋のような頬を、一日中すっぽりと黒い布で覆っている。

今年もモハッラム（殉教月）に入ったのか、私は暦を出して確かめてみる。イラン人は三つの暦をもっている。普通は春分の日から始まるイラン太陽暦を用いている。イスラム関係の宗教行事はイスラム太陰暦で行い、西欧諸国や日本との取り引きなどには西暦を用いる。

殉教月の行事はイスラム太陰暦によって行われるので、西暦の日取りに直すと、毎年、十一日ずつのずれがある。

昨年はこの国へ来て初めての試験期に入っていたこともあって、町の様子の変化に気がつかなかった。そして殉教月のうち、一番慎まなければならない九日と十日目のどちらの日であったか、私の部屋に遊びにきたトルコやインドの女子学生たちとお茶をのみ、賑やかな笑い声をあげていた。すると激しく扉を叩く音がする。扉口に黒衣に身を包んだセキネ婆さんがつっ立って、右手の人差指を宙に立てて「今日は何日だったかね」という。弁解の余地はない。私たちはすっかりしょげてしまった。

今年こそはしくじるまい。私は紺のブラウスに地味なスカートを身に着ける。町へ出ると、ふだんの派手なネクタイやスーツはすっかり影をひそめ、ラジオの音楽は朝から祈禱と説教に変わっている。結婚の披露宴にいつも使われる寮の食堂と大ホールも、断食月と殉教月は慶事には使われない。

現在、全世界のイスラム教徒は六億をこす数になるという。その大部分はスンニー派と呼ばれる正統派であって、シーア派という分派を国教とするのはイランだけである。殉教月というのは、このシーア派の教主の殉教した月を意味している。なお「モハッラム」というのはその月の呼称で、西暦六八〇年のモハッラム十日に、第三代目の教主ホセインが殉教したといわれている。

スンニー教徒であるアラブ、トルコ、パキスタンなどの留学生たちは、イラン特有のこの宗教行事を鼻のさきで笑っているようである。それは、あくまで正統派に属するものの優越であり、また日頃、文化の優位を誇るイラン人への無言の抗弁とも私には感じられた。一方イラン人も、異教徒である欧米諸国や日本の人々よりは、同じイスラム教徒のスンニー派がこの宗教行事を見物したり、写真をとったりすることの方に神経をとがらせているようだった。

殉教月の十日

十日の夕刻、私はかねて用意しておいた黒いチャードルをすっぽり被って、イランの友人マハバシュといっしょに町に出た。

私は留学生のだれにも、親友のティヤーにすらこのことは黙っていた。宗教行事の中でイラン人がもっとも激越になるというこの日を、私はイラン人と過ごしてみたかったから。

大学も役所もこの日は休みで、大通りにはバスも通っていない。その大通りを黒衣を着た男たちが、悲惨な死を遂げた教主を悼み、拳で胸をうち、裸の背を鎖で打ちながら行進する。昔は鎖打ちのあまり、出血多量で死者も出たという。

カメラだけはぜったいにもってこないように、というマハバシュの注意があった。以前、この行列にカメラを向けたアメリカ人が袋叩きにされ、カメラを叩き壊されたという話も聞いていた。私たちは小声で話しながら、神妙な顔つきで下町へ下町へとおりていった。

気をつけないと見過ごしそうな場所に、臨時の町内会の事務所や説教所が、黒い垂れ幕をはり廻《めぐ》らしていた。

「ちょっとお茶をよばれていかない？」

マハバシュの声に私はほっとする。チャードルという被り物はほぼ半円型の、どこにもひっかかりのない布を目と鼻だけ出して全身に纏うのだから、ともすれば布の重みで頭の部分がずるずると落ちていく。顎のあたりでしっかり押えている左手は、こわばって青い筋が浮き出ていた。

事務所の中では無料でお茶が飲めた。そこにいる人々は、あんがい和やかに談笑している。

「今年の『スィーネ・ザダン』（胸打ち行列）はP通りとS通りだけだとさ」

「なぜだね？」

「なぜって、おれたちの地区の坊様がそう言うんだ」

かつては町や村をあげて行われたこの行列も、当時の政府が年々規模を縮小しようとしているようだった。血を流して胸を打つ人々を見て、市民がいっそう昂奮し、暴徒と化すことを恐れているのだろうか。

「今年は、おれたちの町内じゃこのシャツだ」

ひとりの若者が一同に見せる背中は、黒いシャツに掌ほどの大きさで三角の穴があいている。

「近頃の若い者は、鎖もろくに持っていねえ。おれたちが若い頃はな、それ乾物屋のアッバースなんか、毎年血まみれになってぶっ倒れたもんだ」

歯のぬけおちた老人は、はがゆそうにぶつぶつ言う。そして昔を想い出してか、ゴンゴンと胸を叩いてみせる。

下町もバザールに近づくほど人々の様子、顔つきが違ってくる。ふだんは同じ黒衣でも、赤や橙色の靴をはく。チャードルの下に見える服はミニスカートだったり、大胆なレースだったりする。そういうおしゃれなイランの女性たちも、今日はみんな黒ずくめに身をかためて飾り物もせず、ただ大きな目に悲しげな昂奮の翳《かげ》をたたえている。それは一種異様な、しかし美しさも感じることのできる姿であった。私たちは人波にのまれて、いつのまにかバザールの入口からかなり奥へ入っていた。

カルバラーの悲劇

バザールの中にこんなところがあるのか、と驚くほど大きな会堂があった。二、三百人は入れる広さで、正面には少し高めの説教壇がある。その上に、長い白ひげのありがたい顔つきをした坊様が座っておられた。会堂は坊様の膝もとから黒幕で縦に二つにしきられ、右は男、左は女の席となっている。もっとも、しきりの幕の高さはせいぜい人の身丈ほどなので、背のびをすれば隣の男子席も見ることはできた。

席がほぼ埋まった。坊様はまず祈りをあげる。それから凛とした声で講話を始めた。それはイランの国教であるシーア派の歴史である。三代目の教主ホセインは、カルバラーの野において痛ましくも殉教した……。

坊様は何百回となくこの話をしているのであろう、時に声を張り、時には涙まじりの潤んだ声を落とし、座しておられる壇を拳で打ちながら、それは講釈師のような語りぶりであった。

「ホセイン様は、父と兄との仇を討とうと、一族郎等ひき連れて、ユーフラテス河にほど近い、カルバラーの野にさしかかる……」

あたりから、アアーと溜息がもれる。

「野に出むかえたのはわが味方、と思いきや、オマル将軍ひきいるところの敵数千騎。ホセイン様は、女子供をひき連れてただの二百人。その武士《もののふ》たちもたちまち敵の矢に斃《たお》れ、刃《やいば》に傷つき、いまだ生命ある者たちも水を断たれてしもうた。おお、水が飲みたい、一口でよい……」

坊様は水を掬《すく》う身ぶり、手つきになる。声は渇きをあらわすように嗄《しゃが》れて会堂に伝わる。

「ホセイン様は躰中傷だらけじゃ、せめてひと口、水を……とにじり寄った河べり。その時じゃ、ホセイン様の口を、水を飲もうと開いた口を、敵の矢がハッシと射ぬく。

おう、おう、おう、なんと哀れなことよのう……」

私の廻りに大波のくずれるようなどよめきが上がり、人々は地に伏して涙にむせぶ。

「おお、ホセイン！　おお、ホセイン！」

隣の女性は、夫かわが子でも亡くしたかのように身をよじる。私もだまって身を伏せる。

「子供よ！　おお、そこにおる子供、おまえと同じ年頃じゃ、ホセイン様の幼な児は、可哀そうにみなし児じゃ。のう、父は血まみれになって斃《たお》れてしまったのじゃよ……」

指された子供は異様な雰囲気に、ワーッと泣き出す。男性の席からもしきりに鼻をすする音がたつ。

「おまえたち、シーア派の民よ！　カルバラーに参らっしゃい。カルバラーを忘れるでないぞ」

坊様の話は涙で終った。

イスラム教徒のあいだではマホメットの死後、その後継者をめぐって激しい争いが繰り返された。選出された実力者を「カリフ」（後継者）と呼んで承認したのが「スンニー派」（正統派）である。それに対して、マホメットの血統をひく後継者を「イマーム」（教主）と呼んで擁立し、スンニー派から分れたのがシーア派である。「シーア」とは「分派」という意味である。

分派は正統派からの迫害を受けて、十二代で断絶した。第一代はマホメットの従兄アリー。第二代はその長男ハサン。いずれも後継者抗争のうちに斃れた。そして、第三代の教主ホセインが敵軍の術策に陥ち、ユーフラテス河畔の現在のイラク領、カルバラーの野で包囲された。坊様の講話はこの包囲のありさまを描写したものである。教主ホセインは河畔で絶命し、首級は敵の手に渡ったという。西暦六八〇年のモハッラム十日のことであった。

十二イマーム派

私は前年度の歴史の講義で、この悲劇については詳しく知っていた。先生はそのとき図（八十四頁）のような歴代シーア派教主の系譜を黒板に書いてから、シーア派正統論を熱をこめて説かれたものである。

「この図をよくごらんなさい。イランの人の支持するシーア派こそマホメットの血を継ぐ唯一のものです。その上、イスラム教徒に滅ぼされたササーン朝の最後の王ヤズデギルド三世の血が、その王女シャフル・バーヌーを通じて教主に流れています。そこが、スンニー派とまったく異なるところなのです」
マホメットに男子はいなかったというから、なるほど血統からいえば由緒正しい。それに、その時の先生のお顔からは、わがアーリア人種、ササーン朝を誇る色が明らかにうかがえた。そして十二代目のイマームは、幼少のうちに神隠しに逢った——とされている。

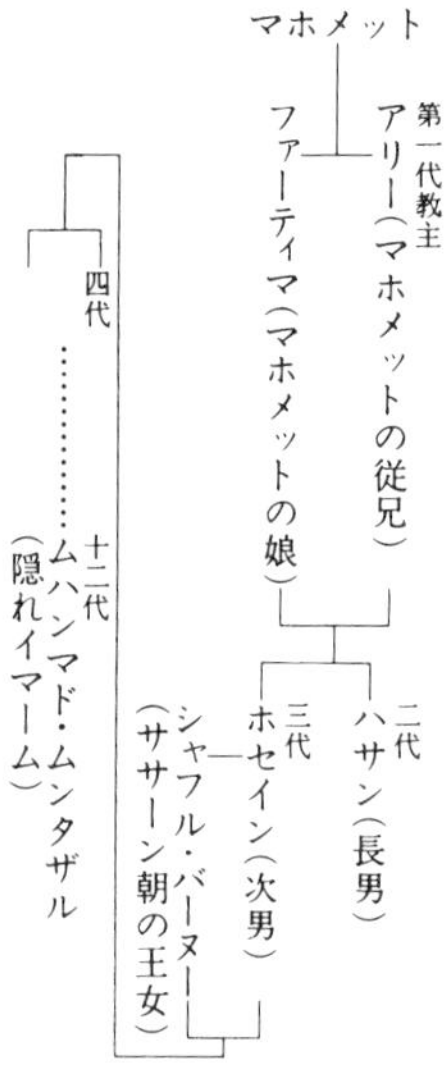

12 イマームの図.

シーア派の十二教主図は私たちにいろいろなことを示唆している。第一に血統血縁を重んじるイラン人の心。第二に、隠れイマームの再来を待つという救世主思想。そして第三に、迫害を蒙る者、弱き者への同情心。イラン人が日本を「万世一系の国」といって賞讃し、「第二次大戦の被害者」といって同情するのも納得がいく。

マハバシュの説明によると、『カルバラーの受難劇』というのがあって、テヘランではもう見られなくなったけれど、地方都市ではまだ演じられているという。それは被害者意識を昂揚することによって、シーア派の団結心を固め、加えてイスラム教における正統性を主張するためなのだろうか。しかしまた「イスラムはひとつ」という精神に反することにはならないのか。

こうした考えが心に浮かぶのは平静の時のことで、私はこのバザールの一隅にある会堂の中で、日頃陽気なイラン人とは対照的な、感涙にむせぶイラン人を見て、強く心を動かされていた。

私は言葉少なにマハバシュのあとについてバザールを出た。

彼女は宗教というものをもたない私を連れて、これからテヘランの南西地区にある親戚の家へ寄っていこうという。その地域は大学の周辺よりずっと昔風だから、チャードルはしっかり被っているようにと注意される。言われるまでもなく、先ほどから落とすまいと顎の下で押えている私の左手は、じっとりと汗ばんでいる。

路地をいくつも曲ると、いきなり小学生から中学生ぐらいの黒シャツ少年隊に出逢った。

黒シャツ少年隊

この国には子供だけの世界がない。まずおもちゃ屋がない。子供の絵本も私の留学当時に少しずつ出てきた程度だし、公園の中には、ブランコ、スベリ台の類は見えなかった。幼稚園へ行く子はほとんどない。子供は大人の世界をまねするしかないのだから、この行列も日本のお祭りの御輿かつぎの子供たちの嬉々とした様子とは、およそ違っていた。四、五十人の子供たちには、二、三人の若者がついていた。そして、その指揮に従って、

「おお、ハサンの子よ！　おお、ホセインの子よ！」

と少女のようにかん高い声で、哀れっぽい叫び声をあげて歩いている。揃いの黒シャツの袖口からのぞく青白い少年たちの手首、肩から腰までの子供子供した線は、ちょうど大人の黒衣を纏った精霊の群れを思わせる。

時々、指揮者の合図でかがみこんで、泣くまねをする。大人たちのように拳をあげて小さな胸を叩く。

少年たちの後からは、チャードル姿の女の子たちが、先ほどの講話を聞いていた母親たちの雛型のように、泣きまねをし、目をこすって歩いていく。そのうちに彼女たちは、仲間の泣きまねの声につられて本当に泣き始める。もっとも、なかにはよそ見をしたり、転んだり、沿道の母親に、マ

マン！　と抱きつくやらで、時には子供のあいだから笑い声も上がってはいたが、私には何とも無気味な一団にみえた。

うちの子も今年はカルバラーの行列に出たとか、大きい兄ちゃんは大人の胸打ちの方へ入ったのだという話し声が聞かれる。

この一団は私たちと同じ道を前後して歩きながら、やがてマハバシュの親戚の家の裏手へすい込まれて行った。

血の誓い

マハバシュや親戚の人たちといっしょにお茶を飲み、ひと息ついてから私たちが入っていったのは、先ほどの黒シャツ少年隊が消えていった路地のつき当りにある家だった。そこは普通の民家の二部屋の境を払って会場としたもので、正面の祭壇に果物と水がおいてあり、ローソクが何本か会場を照らしていた。揺れ動くローソクの灯に浮かびあがる黒衣の女ばかりの集まりは、一種ヒステリックな雰囲気をただよわせている。私はマハバシュのそばにぴったりとついて、無言のままチャードルから目だけのぞかせていた。

やがて路地の向こうから「エイ、ハサン！　エイ、ホセイン！」とかけ声をあげて、黒シャツを着た三十人ほどのたくましい青年たちが入ってきた。彼らはすでに胸打ち行列を終えてきたのか、顔も、黒シャツも、あらわな腕も汗にぬれている。右の拳を頭上に上げては、左の胸を強く打つ。打ちつづけながらかけ声を繰り返して、部屋の中を環になって廻っている。

大人になりかかった青年たちの盛んな体臭は、私には刺激が強すぎた。しかし、イランの女性たちはその匂いに酔ったように目を輝かせ、慄《ふる》える手でコップをさし出す。それは河畔で水を見ながら死んだ教主に捧げる水なのだろうか。青年たちは一口、水をふくむ。教主を悼む叫び声をあげる。黒シャツの三角に切れた背中には鎖で打ったあとが、みみず腫れになり、血がにじんでいる。血の匂いはそこにいる女たちの心を揺さぶり涙をさそう。

傷ついた青年たちをいとおしむような女たちの涙声が、さらに彼らの意気を暗い昂奮へひき込んでいった。彼らはなおもかけ声をかけ合いながら、部屋中をなだれるように廻っている。ローソクの灯を受けて、青年たちの頬、女たちの目、黒シャツの腕が浮かぶ。ふと気がつくと、私はマハバシュからはぐれて、薄暗い部屋の中にはだれが隣にいるのか分らない。

ひとりの青年が祭壇に近づいた。頬をそぎ落としたような真剣な顔。誓いをたてるようにローソクに口を近づけて、フッと灯をひとつ吹き消した。

「ホセインは逝《い》った！」

「あんた、ほれ、その水を……」

隣の老婆の指が祭壇の青年をさしている。青年に水をやれ、というその声は私に向けて言ったものかどうかは分らない。しかし、私は思わずその場にかがみこんでしまった。頬から血のひいてゆくのが分った。

灯はひとつ――またひとつ、消えていった。

「ホセインは逝《い》った！」

最後の一本が消えた。闇の中に、葦笛《あしぶえ》のようなか細いすすり泣きの声が幾条もあがった。私はしゃがみこんだまま、チャードルを両手でしっかりと押えて部屋の隅から動けなかった。もし、私がイラン人でないことが分ったら……。窓から入るわずかな反映に、人の形が浮かび上がってゆれ動いている。

もし私に仏教を信じる心があったとしたら……ということは、その時チャードルを押えながら暗闇の中で考えたことではない。しかし信心の心があったなら、私はこれほど恐ろしくはなかっただろう。しかし信仰を持たない私は、まるで黄泉《よみ》の国か、黒い血の誓い、とでもいったものを見たような恐ろしさにうたれていた。

私は人波に押されて、いつのまにか外へ出ていた。ポン、と背を叩かれたとき、私は頸に刃物でも当てられたように立ちすくんだ。マハバシュの陽気な声は、私には意外だった。

「これで終りよ！　さ、これを頂いて帰りましょうよ……」

彼女は町内の有志が接待するという、サフランの香りのする甘い堅めのおかゆを、私にもってきてくれた。私は生きた心持もなく、味も分らずにそれを食べた。

マハバシュと私は大学をさして急ぎ足になった。路地を出ると四辻に大きな木があって、そこに一本のローソクの灯が揺らいでいた。この時、闇をつきぬけてきたような小さな影が、私たちのわきをすりぬけて、この灯に近づいた。思いつめたような、高い細い声がした。

「ホセインは逝《い》った！」

ふっと灯を消すその横顔は、まだ幼さの残る少年だった。

第三章　廻《めぐ》る天輪

＊廻る天輪のもと，砂漠の生活は厳しい．

一　光と闇

旅仕度

二年目の期末試験は五月の末頃に終った。

テヘランは緯度の上では横浜と同じだというが、それだけで気温は決まらない。試験が終ったとき、すでに寒暖計は摂氏二十六、七度に上がり、六月から九月末まで平均三十二、三度の暑さが続く。しかもこの期間の月間雨量は二、三ミリであることをみれば、この国の長い暑い夏が、とうてい異国人に辛抱しきれるものでないことも、お分りいただけるだろう。盛夏には気温が四十度を越すこともあって、イランでは寒暖計のことを「ギャルマーサンジ」(熱暑計)というのも、なるほどと思われる。

この暑さの中で大学寮は鉄筋二階建ての、その二階に私たちの個室があるのだから、大型のオーブンの中にいるのと同じになる。最初の夏の経験では、九月の末頃にはすっかり体力も気力も衰えて、ついには水分を失った皮袋といったありさまで新学期を迎えたものだった。今年はうまく夏を活用しよう。私は早めに試験が終ったのを幸いに、旅の計画をたてた。

あまり暑くならないうちに南東部を、また暑いあいだは北部を旅行してみたい。ただ不便なのは、女子学生のひとり旅がイスラム国ではきわめて難しいことだった。男子学生とではこれもかえって面倒で、できれば女性の道づれが欲しい。ヨーロッパ人は帰国してしまう。インド、パキスタンの女子学生はほとんど名所のほかは旅行しないので、私は留学期間をとおして、常に旅行に関しての情報網をはり廻《めぐ》らして、機会を逃さないようにしていた。

しかし、初めの南東部旅行はすぐに道づれがみつかった。前にもいっしょに旅行をしたインドの上級生のレジア女史が、イランの南東部の砂漠のまっただ中にあるヤズドならいっしょに行きましょうと言う。もともとペルシア語の先生である彼女は、秋に博士論文の審査に通れば、故国のハイデラバードの大学へもどるのだ。郷里では名の通ったアクバル家出身のレジア女史は四十前後のもの静かな人で、イランの中央部にある古都イスファハーンがお気に入りである。

どんな旅も、イスファハーンを通る旅ならばよいという人だった。今回のヤズドは、イスファハーンを通るのが道順である。それで、まず往きはイスファハーンで泊まらずにバスを乗りかえるだけにして、塩砂漠の端をかすめて、イランの古代宗教である拝火教（ゾロアスター教）の本拠地ヤズドに行くことにする。そこには、遺体鳥葬の「沈黙の塔」が山の上にあるといわれている。

塩砂漠、拝火教徒、「沈黙の塔」！

コンクリートの大学寮、街の日干しレンガの家々、乾ききった道、白茶けた土……こんな世界で陽に照らされて過ごす毎日より、いっそ黄泉《よみ》の国へでも行ってひと休みしたいほどの気が私にはあった。

「どの服にしよう。エミコ、また着物を持っていく？」

荷物になるから今回はやめにすると答える私に、レジア女史はサリーをすすめて、それを私に着せかけてくれる。布の重ね方で、外に出る色が変わってみえる美しい薄絹のサリーは、世界の民族衣裳のうちで私のもっとも好きなものの一つだった。六メートルもの布が、ただくるくると腰に巻いて肩にかけるだけで、まるで羽衣のように軽やかに優雅に躰を覆う。しかもたためば大型のスカーフほどにしかならない。私は珍しくはしゃいでいるレジア女史と、夜遅くまで彼女のサリーを共に選び荷をつめる心躍る作業に精出した。

ティヤーはこの夏、ニューヨークへ引きあげて、秋口にはヨーロッパ経由で戻ってくるという。

「じゃあ手紙でね！」

欧米学生の別れの挨拶はかんたんである。今年はまだほかにヨーロッパ人が残っているうちに、私たちの方が旅へ出るのだ。

数人の友だちに送られ、私たちは大型バスの最前列に並んで座った。当時の長距離バスに関しては、イランは日本より進んでいたかもしれない。なにしろ日本の四・五倍の広さのこの国に、鉄道は三つの幹線しか通っていないのだから、鉄道の未発達を補うように、長距離バスは冷暖房トイレつきの豪華な外国製で、主要な都市へは一日に何本も便があった。

さて早朝にテヘランを出発した私たちは、順調な八時間の旅の後に午後の二時頃、まず中継地のイスファハーンに着いた。前にも一度訪れたことのあるこの町は懐かしい。

チェロ・キャバーブとマナ

京都のように古い寺院もありながら、一方大阪のような商業の町でもあるから、町は活気にあふれている。一膳飯屋のおじさんはイスファハーン訛りで、「おいでやす」式に語尾がやんわりしている。

私たちは羊の焼肉にご飯というイラン人のもっとも好む食事を注文する。「チェロ・キャバーブ」というこの一品料理は、白いご飯に生卵の黄味とバターをまぜ、タレにつけてじか火で焼いた羊肉と共に食べるのだが、外国人はほとんど卵の黄味を残すようだ。

「日本人は毎朝こうやって食べるのよ」

私が手際よく黄味をご飯にまぜながら言うと、おじさんは目尻のさがった人の好さそうな顔をくずす。

「ほうほう、日本人は朝から焼肉ですかいな」

この町の人は言葉の抑揚にも、テヘランの人と違って優しさがある。腹ごしらえができて、私たちは順風に乗った勢いだった。お茶を飲みながら、これからバスに乗って夜までにいっ気にヤズドへ入って……と話していると、おじさんが脇から口をだす。

「そら、無理と違いますか」

聞くとイスファハーンからヤズドへ行く人はきわめて少なく、一日に一便あるかどうかだという。「シマッタ」私たちはうっかり首都テヘランの感覚のままでいたのだ。

バスの発着所へ行くと、なるほど古びた小型バスがあった。このヤズド行きは、客がいっぱいにならなければ出ない。これから町中触れ歩くから、まあ買物でもしておいで、と言われて私たちは気勢をそがれた。買物といわれても、満席になればすぐ出発してしまうのだから、そう遠くへも行けない。しかたなしに私たちは待合所の近辺の木陰に座って、ふだんはめったにしない身の上話などを始めた。

レジア女史は二十年も前になろうか、結婚しようと思ったことがあったという。結局はペルシア文学を生涯の伴侶として選んだのだが、彼女は自分の棄てた道に未練もなさそうだし、といって現在の道にも何らの気負いもない。この人はバスが出なければ、きっと明け方までもこの顔つきでここに座っているのだろう。私はレジア女史の背後に、広大なインド大陸を見たような気がした。

バスは市内を一巡し、二、三人の客を拾って戻ってきた。

「もう二、三度廻らないとな」

運転手の説明に私の胸には不安がひろがる。

「お菓子屋さんへでも行ってみましょうか」

レジア女史はそんな私をうながして、美しいサリーを翻すように大きな菓子店のガラス戸を開ける。

「旅に出たら、必ず土地の名物は食べましょうね」

「もちろんよ、食物は文化よ！」

私たちは大いに意気投合し、この町の名菓「ギャズ」を買いこむ。私は小さな枕ほどもある「ギャズ」の包みを抱えて少し元気づいた。「ギャズ」という音が美しくないが、これは中々風味のある、日本のさらし飴のような白くねっとりした菓子だ。それに旧約聖書にもコーランにもこの食物と思われるものの記述があって、そこでは「マナ」という名で登場している。イスラエルの人々がモーゼにひき連れられシンの荒野をさまよった時、飢えに苦しむ人々のために神が天から降らせ給うたのが白き「マナ」である。

しかし「シンの荒野」は、私たちのこれからのバスの旅路を暗示しているのではないのだろうか――気にかかったがレジア女史には何も言わなかった。

鶏の道づれ

小型のバスは夕暮になってもまだいっぱいにならなかった。そこで、私たちを含めて十五、六人の客を乗せたまま、町をまたひとまわり客集めに動きだした。

最前列の席にレジア女史と並んで窓際に座った私は、なるべく早く客が集まるように、窓から首を出していた。町の子供たちが喜んで、

「ジャーポニー！　ジャーポニー！」

と、のろのろ動くバスのわきについて走るので、車掌氏も気をよくして大声をあげた。

「ヤズド行き――ヤズド行き――」

そして私たちに片目をつぶってみせてから、長身の躰を半分外に出してつけ加える。

「インド人も行く、日本人も行くよ、ヤズドへ行こう、このバスで！」

すると路地から太った男がとび出して来た。まるで縞のパジャマといった、たっぷりしたズボンを紐でとめたこの男は、手ぶり身ぶりをまじえた早口で、さかんに車掌、運転手とやり合っていたが、やがて運賃交渉が成立したらしい。羽根の先を切った鶏を二十羽ほど抱えこんできて、最後部の座席に鶏といっしょに陣どった。空のダンボール箱を通路に積んで、一般客とのあいだにいちおうのしきりはこしらえたが、鶏はバスが揺れるたびにけたたましい叫びをあげて、座席の下から前へとび出そうとする。それをどなりつける鶏屋の声、バタバタという羽ばたき。

屋根に荷を積みあげる長距離バス.

私たちは顔を見合わせた。降りようか？　まあいいわ、鶏と旅行するのも思い出になるわ。それに夜になれば、鳥目だからおとなしくなるでしょう――実際なんという物好きな私たちであったことか。

町なかの一巡をおえたバスが発着所に戻り、これから出発というその時、頭に緑のターバンを巻いた小柄な若い男が、足音もたてずにバスの入口に現れた。

「ヤズド行きの皆さまのために――」

男はちょっとよろめいたが、もう一段上がる。見ると彼は半眼開いたような白濁した目をあげ、ちょっと顎をつきだして、手さぐりでバスの通路に立つ。私たちの頭上に両手をかざす。顔も手もまっ黒に陽焼けしている。

「お祈りをして進ぜまーす」

ああ、こうしたことを生業《なりわい》として方々を歩いている目の不自由なおもらいさんなのか。車掌氏は馴れているとみえて声をかける。

「短くていいぜ！」

彼は暫くコーランの文句をぶつぶつ唱えた。

「では、皆さまの前途に、神の祝福を！」

歌うように語尾をのばすと、後部座席まで行って、そこから後ずさりして小きざみに戻ってくる。戻りながら両側の座席にそろりそろりと手を出して、乗客の喜捨を受けている。まっ黒なひび割れたような手が、私の顔のまえに差し出された。おそるおそるお金を掌にのせると、

「アッラー（神よ）！」

と天を仰いで神に感謝する。何も見えない白い濁った目が、座っている私の位置からはいっそう無気味に見えた。

こういうとき、イラン人は決して厭な顔をしない。むしろ進んでお金を出す。それは、「恵んでやる」というのではなく、神の前に供物を捧げるかのように敬虔な表情をする。

しかし私は何ともいえない暗澹たる気持になっていた。いくらイランを知るためとはいうもの

の、こんな哀れなバスに乗って、鶏の鳴き声といっしょに旅をしなければならないのか。おもらいさんの祈禱も、神の恵みを願うというよりは、前途に暗い不安な砂をまいてくれたようなものだ。レジア女史も急に黙りこんでしまった。

シーリーンの夜

こぎ出《いで》るように砂漠に向けてバスが走り出したとき、すでに夜の十時を廻っていた。砂漠の夜は夏でも気温が急に下がる。私たちは持ち合わせの衣服を着こんだ。車内の灯がいくつかを残して消えると、乗客は急に話し声が低くなる。鶏もおとなしくなった。バスは暗い穴ぐらへでも落ちこんで行くように、窓外には闇が拡がっていった。

ニザーミーの恋物語『ホスローとシーリーン』のなかの有名な一章「シーリーンの夜の嘆き」に描かれる夜は、こんな夜ででもあったのか。愛するホスローとの恋も思うように実らず、悩み苦しむ美女シーリーンにとっては闇夜ほどおそろしいものはない。

「それは翼に山を乗せた鴉《からす》のごとく重々しく、鴉の群れにことごとく覆われた山を思わせるような暗い夜――情炎さめし心さながらに、ひえびえと寒気を吐く夜――昼の訪れもない夜々を告げる夜であった。

黎明の鳥はつばさもくちばしも闇の鉄枷《かせ》につながれ、朝《あした》を知らす鼓手の手には蛇がからんでいる。

大地は暗黒の穹窿《きゅうりゅう》の蔭に入って、鳥も魚もことごとく憩うている。目から光を奪い去る暗き夜は、大熊座の星々を散らした。闇は世に足枷《あしかせ》をかけた。天はその場におぼつかなく極のようにとどまり、宇宙万物に造化のはたらきは見られなかった。

在《あ》るものはただ、この夜ばかり。

万物はことごとくこの夜の外に在《あ》った」


いつの間にか寝入っていた私は、ふっと目を開く。窓外にはシーリーンを苦しめた闇の世界が拡がっている。ああ、闇また闇か。私はまた落ちゆく勢いで眠りの世界に入りこんでいった。

闇は視覚の世界を閉ざすから、その分だけ人は匂いや音に敏感になるのか、私はふと子供の寝息にも似た、かすかにたつ規則正しい音に目をさました。いったいここはどこなのかしら、カーテンの隙間から外を見た。

銀白の海

私は、さわさわと小さく寄せる銀白のさざ波を目のあたりにしている。ああ、海なのだ、この爽やかな静けさは……。しかし、ハッとして私は目をこする。海であるはずがない。

よく見るとそれは、絵筆で描いたような砂原の風紋で、中天にかかる新月に照らし出された砂漠だった。砂上に描かれた風紋が、まるで鱗のように光っているのは、この砂漠に多量の塩分が含まれているからなのだ。

しかし私に合理的推論がはたらかなければ、数刻のあいだ海と思った信仰がさらに続くのかもしれない。私は海の上を渡りたもうたキリストの奇跡を思い出した。時には疑惑に苦しむことがあっても、その信仰が一生のあいだ人の心をとらえるのかもしれない。

私はしかし、あまりにも眠かった。そして月光と砂の饗宴に心の安らぎを覚えて、またもや深い眠りに落ちていった。

「黒人（闇夜）はエチオピアから樟脳《しょうのう》（曙光）を奪ったが、途《みち》すがら樟脳箱は砕け、夜はしらじらと明ける。

　やがて城砦（地平）より月を眺めていた黒人が、地平に隠れおちる月を見て、白い歯をみせて嗤《わら》う――黎明である」

「シーリーンの夜」はこのようにして明けた。

一条の光がさす。たちまちのうちに目を覚ましてゆく荒野を、私はじっと見つめていた。それは手品師が、裏と表、色を違えた布を一瞬にひるがえしたかのように、夜の銀白の海は姿を消して、ただただ土色が拡がっていた。砂上にはっきりと印された風紋は、幾千年と続いた静けさのうちに不動の形をとどめている。

　曙光はたちまち空をバラ色に染めあげた。

　闇を呑みつくした光の世界は、夜にはまた漆黒の闇に呑み込まれてしまう。光と闇の相克のうちに大地は

砂漠は海，隊商は船，月光に砂漠は凪いでいる。

年を重ねている。

「どう、『マナ』は降っている?」

レジア女史がささやく。バスの中に人の動く気配がして、私たちは無事に「シンの荒野」を渡り終えて、目指す町ヤズドへ着いた。

二　白黒の馬

沈黙の塔

「コーン、コーン」

という音がする。石を砕く音にしては優しい。何なのか、それにここは……と考えながら、私はしだいに目覚めてゆく頭をそのまま、しばらく夢と現《うつつ》の境を楽しんでいる。北側の開け放した窓から朝の清澄の気が流れこんでくる。

かすかに紅茶の香りがただよってくる。隣のベッドを見ると、レジア女史はまだ白い布一枚かけて、ピクリともしない。下腹のあたりで組み合わせた細い手が、ミイラのように黄色味を帯びて黒い。テヘラン出発以来だいぶ強行軍だったし、疲れたのかしら。彼女を起こさないようにじっとしたまま、私は昨日の一日を反芻してみた。

鶏と同道のあのバスで、朝のヤズドの町に着いてから陽の高いうちは旅館で休息をとった。夕方、拝火教徒の「ダフメ」(沈黙の塔)という葬塔を見に出かけた。塔は郊外の小高い山の頂にあって、サリーを着たレジア女史の足では、中腹までがやっとと思われる。それでも休み休みに三十分ほど歩いて頂上の塔まで辿りついた。

拝火教徒は死者が出ると、遺体を白布で巻いてこの山頂まで運び、塔の中に収める。塔といっても高さ五メートル、直径二十メートルほどの環状の小さな砦のようなもので、天井がぬけている。内部はすり鉢型にえぐられているという。土を神聖視する拝火教徒は遺体を土に葬らず、この塔に収めて鴉やそのほかの鳥が遺体を啄《ついば》むままにまかせる。死者の魂は天高く神のみ許へ運ばれるのだと、信者たちは考えている。

沈黙の塔，つつ抜けの上部から時として鴉が舞いあがる．

思えば葬儀の慣習はさまざまで、イスラム教徒は土葬である。火葬はイスラム教徒のもっとも忌み嫌うところだから、現在の日本が火葬だというと、彼らは非常に厭な顔をする。ところが鳥葬と聞くと、日本人のだれもがこれを残酷野蛮な風習だと思うに違いない。もっとも近年この鳥葬は衛生上の理由で禁じられ、ふもとの祠堂で葬儀を行い土葬にするとのことである。

私たちが山頂に着いた時、塔のまわりにはユネスコ派遣の調査員という三人のスイス人がいた。この土地の老人が彼らを案内している。私たちは彼らについて歩いた。塔の入口。老人はいくばくかの貨幣を握らされたのか、小さな扉を開けた。三人の研究者がのぞきこむ後方から、私が内部を見ようとすると、レジア女史が強い力で私の腕をつかんだ。

「見てはダメ、他人のお棺だから」

それは自分の宗教をもった厳しい顔だった。塔の内側から、大きく翼をひろげて何羽かの鴉が空中に舞い上がった。私たちは追われるようにこの場を離れた。

思えば留学生活とはなんと貪欲で、また時には無作法になるものだろう。しかしこの貪欲さがなければ、宗教、風俗のまったく違った国で勉強することはできないのだけれども……。

私たちは山の中腹まで下りてから塔を背景にして写真を撮った。夕陽が砂漠の地平線を赤く、そして紫に染めると、「沈黙の塔」はしだいに黒く浮き出て見えた。ヤズドの町はまるで人など一人もいないかのように静かだった。

宿の主人の話では、私たちののぼった塔はいま使われていないのだという。

ヤズドの朝

「起きているの？　ちっとも動かないので心配したわ」

声をかけると、レジア女史が白い布の中で動いた。

「きのう『ダフメ』(沈黙の塔)を見たばかりだから……」

と私が言いかけると、

「拝火教徒の遺体のようだった？」

レジア女史は小さな笑い声をあげた。この人は日本人なら決して口にしない遺体という言葉を平静につかっている。そして、彼女が言うとすこしも不吉なものに聞こえない。信仰があるからなのか。彼女はそっと上半身を起こす。

「あの音――何でしょう、先ほどからしているのだけれども」

「コーン、コーン」

という響きは窓際に立つとよけいはっきり聞こえてきた。

「あれはお砂糖を砕いているのよ、きのう町で、墓石のようなお砂糖の塊を見かけたでしょう」

レジア女史に言われて気がついた。底がさし渡し十センチ、高さ二、三十センチほどの円錐形、大きいものは七、八十センチもありそうなまっ白な塊が、町の店先に積み重ねてあった。

イラン人は紅茶を濃く煮出して、この砂糖を砕いた小片をお茶にひたしてから口に入れる。紅茶を一口飲む、また砂糖、といった具合にしてお茶を飲む。日本のように、粉砂糖や角砂糖がでてくることはむしろ稀だ。砂糖の産地であるヤズドで、石のような砂糖を砕く音に目を覚ますとは、また風流なことだ。

郊外の路地は土塀に囲まれてひっそりしている．

　私たちが食堂へ入ると、旅館の主人が今砕いた小指の頭ほどの砂糖を小鉢に盛って、お茶といっしょに運んでくるところだった。

「おじさんおはよう！　いい音で目を覚ましたわ」

　おじさんは砂糖砕きの小さな斧を見せてくれて、これはザンジャーンものに限るという。ザンジャーンはイランの北西部にある小さな町だが、刃物の産地だそうで、日本ならさしずめ備前とか肥前というところだろう。なにしろこの乾燥の国の砂糖は堅いのだ。

　宿の主人は拝火教徒で普通のイラン人にくらべる

と、なぜか全体に脂ぎったところがない。やせ型でなかなかモダンな四十過ぎのインテリ男性である。おばさんもワンピースにスカーフという姿で食堂に出てきて、客も少ないのか私たちといっしょにお茶を飲む。二人とも話しぶりに誇張がなく、誠実、実直な感じがする。

私はイラン人の思い入れたっぷり、芝居気たっぷりの話も大好きだが、たまにはこんな渋い人柄と、安心して話をしてみたい気になる。

人口ほぼ八万というヤズドは、村といったほうが似つかわしい小じんまりした町で、拝火教徒がおよそ五千人いるという。イラン全土のほぼ二万人の拝火教徒の四分の一がこの町に集まっていることになる。私はテヘランでも何度か拝火教神殿と彼らの集会を見たが、虐げられた少数民族とはおよそ縁遠い、きわめて明るい彼らの表情を意外に思っていた。

宿の主人は日本の女性が泊まるのは初めてなのでとサイン簿をもち出して、何か書いてくれと言う。何にしよう。私はしばらく考えてから「本来無一物」と記した。もともと仏教の心得などあるわけではないが、今回は最初からさまざまな感懐を覚えた旅で、そこへきのうの「沈黙の塔」であったから、ついこんな分別くさい言葉を書いてしまった。私の説明がおじさんを大いに喜ばせたらしい、今日はどこを見たいのか、案内してやろうと申し出てくれた。

町の寺院やバザールは自分たちでも見て歩ける。もう一度砂漠が見たい、それも海のように見えた夜の塩砂漠が——こう申し出ると、レジア女史も、あの時は眠っていたのでぜひと口添えする。

宿のおばさんは不意に立ち上がって、私たちを奥の部屋へ連れてゆく。部屋の壁に、たたみ半畳ほどにひき伸ばされた写真がかけてあった。「月光に輝くヤズド砂漠、空中写真」と記してある。

今は満月でないからこうはいかないがと言いながら、宿の主人はジープをもった若者に頼んでくれる。思いがけない夜の砂漠散策の約束に元気づいて、私たちは昼の町をあちらこちら歩き廻った。

ざくろ

ヤズドはざくろの町だ。このあたりは日干しレンガではなく、まったくの土塀に囲まれた家が多い。高い塀の上から、葉の色もつややかなざくろの木が枝をいっぱいに張り出して、釉《うわぐすり》をかけた焼物のようなまっ赤な花をつけている。

「日本のざくろはこの位しかないのよ」

と私が指先で大きさを作ってみせるとレジア女史は、それでは美女の胸を何と表現するのかと問う。イランでは豊満な美女の胸を、銀のざくろに喩えて、詩にもしばしば現れる。この国のざくろは秋になれば赤ん坊の頭ほどになって、まっ赤な色に染まる。皮は赤の染料として使われ、実そのものは手にべっとりするほど甘い。私はレジア女史に、女性の着物姿を美しくするために、日本人は大きなざくろを小さくしたのだと答える。

　ざくろは原産地といわれる中央アジアの「タシケント」（石国）から唐の長安に入ったそうだ。中国経由の日本で、それを柘榴と書くのはこのためである。日本人が小さくしたざくろも、原産地に近いこのあたりでは、大きいのが当然なのだろう。拝火教徒はざくろを豊饒のシンボルとして尊んでいるという。

　私たちは拝火教神殿を見る。村の小学校図書館か保健所かと思われるような、簡素な白い建物の奥に炉があり、その廻りが鉄格子で囲われて聖火がさかんな炎をあげていた。紀元前千二百年頃から燃え続けているという聖火を、白装束の神官が番をしておられた。この方は、外科医のように大きな白い布で口を覆い、おごそかではあったが明朗な声で「どうぞもっと近くへ」と声をかけて下さる。火を見ているうちに、お盆の迎え火が思い出されて懐かしい気がした。

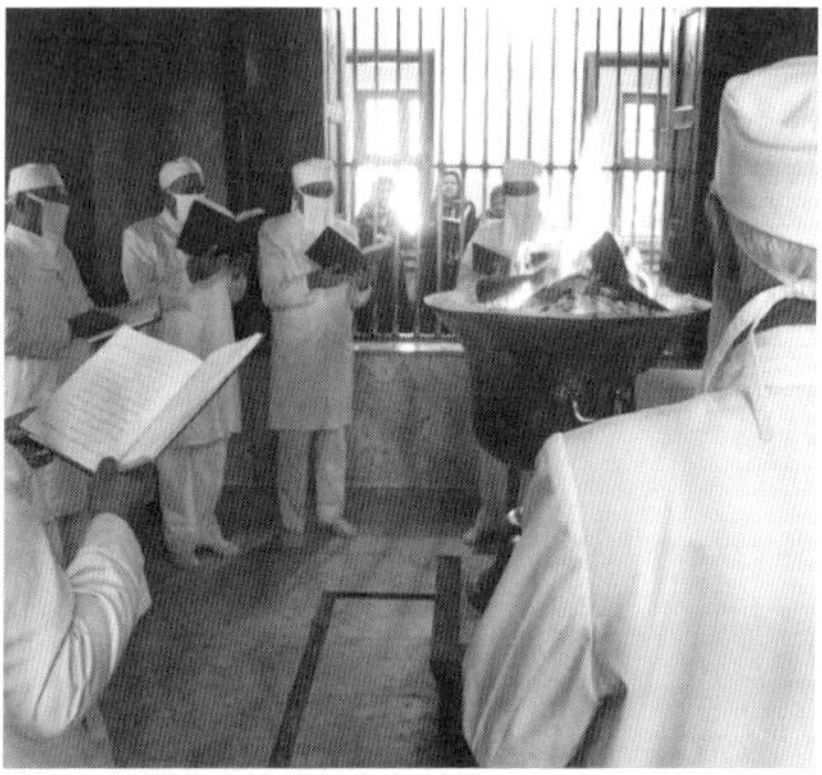

拝火教神殿は明るく，心に安らぎを覚える．
（写真提供：イラン文化センター）

この拝火神殿の明るさは、イスラム寺院と対照的だった。それは建物の平明さ、内部の聖火の輝き、神官の物腰によって印象づけられたものなのだろうが、異教徒や無宗教の者をたじろがせるようなところがない。後にヨーロッパを旅行して薄暗いキリスト教教会に入っても、一種の心安さが乱されることはなかった。しかしイスラム寺院はそうではない。四年の留学期間を通じて、またその後二、三度のイラン旅行の時でも、イスラム寺院に入る時はいつも私の心に畏《おそ》れの気持がひろがるのだった。それはイラン人の信仰への陶酔をわかちもつことのできない、外国人の讃嘆と怖れをないまぜた感情なのだろうか。

私たちは町へ出る。四辻の一角はかまどの口のような小さい石の洞《ほこら》がある。そこで火を焚いたものに違いない、中は黒く煤けている。洞の上には「アウラマズダのみ名によりて」という文字がかすかに読みとれる。イスラム教を国教としながら、この国には古い民間土俗信仰の名残りが数多くみられる。アウラマズダは拝火教の主神で、光の神の名である。その名に由来して日本にはマツダランプという電球があるのよ、と言うとレジア女史はびっくりした顔を私に向けた。

月の砂漠

夕食をすませてから、私たちは宿の主人、おばさん、それにおじさんの知人の息子イーラジと五人で、小さなジープに乗りこんだ。

町は二十分も走り続けると、私たちの背後でまっ暗な砂漠に呑み込まれた。砂漠の暗黒は何ともいえず恐ろしい。私はさかんにおしゃべりを始める。日本には「月の砂漠」という歌があるの。へーエ、どんな歌かね、歌え歌えと言われて、私は何年ぶりかのように日本語の歌をうたった。金と銀との鞍を置いて、王子さまとお姫さまのラクダが砂漠に影をひいてゆく。日本人にとっては感傷的に聞かれるこの歌が、今、渺々《びょうびょう》たるイランの砂漠でうたわれると、声は情ないほど闇に吸いとられてゆく。

うたい終って歌詞を説明すると、宿のおじさんは、なるほど、日本人は砂漠を知らないねと言う。砂漠は海だよ、ラクダは船だ。暑い時期に砂漠を移動する者は、夜、星を頼りに旅をする。星の位置を一つまちがえば旅人は死んでしまう。日中の暑く灼けた砂は何一つ生み出しはしない。人間を呑み込もうと待ちかまえている厳しい自然だよ。

かつての農業国日本の土は豊饒を意味する。しかし砂漠の国では、砂漠はそこを乗りこえていかなければならない荒海なのか。

「でもおじさん、みはるかすこの砂丘のかなたに、ラクダの隊商を見たら、それはやはり美しい絵じゃないかしら？」

おじさんは笑い出した。笑いがおさまると、私の頭の

砂漠をこえてラクダをひく男の面《つら》がまえ．

中にある美しいイメージをこわしてくれた。

「ラクダは反芻動物でな、しょっちゅう食べ物を口へ戻しては食うとる。まあ近寄ってみなさい、ひどく臭い泡をとばして歩いているのさ」

レジア女史がそれに口を合わせて、象だって近くへ寄れないほど臭いのだと言う。それに、ラクダをつれた連中の抜け目なさを私に思い出させてくれる。そうだった。珍しく町なかでラクダの隊商を見て、カメラを向けるとちっともうまく収まらない。そのはずで、隊商のおやじはわざとラクダを動かすのだ。ちょっと撮らせて、と言うとすかさずお金を要求してくる。一枚硬貨を出してもまだ動く、二枚、三枚と次第に値をつり上げる。陽にやけた顔にくっきりと深いひだが彫られて、その奥に眼が烱々《けいけい》と光っていた。

白黒の馬

砂漠はやはり凪いだ海を思わせた。

私が夢現《うつつ》に見たものは、やはりそこにあった。一昨日在《あ》ったものが、また同じ様相で私の目に映る。明日も、何年か先も、きっと砂漠はこの風紋を描いているのだろう。

砂嵐が荒れ狂えば、その様相をまったく変えてしまう砂原も、嵐が去ればまたこれと同じ風紋を人の目に映すことだろう。私の何日かの旅、何年かの留学、何十年かの生涯など、この大地にくらべてみる時、一瞬巻き上がる砂嵐の一粒に過ぎない。

イランの詩人たちは一日一日を光と闇、つまり白と黒の斑馬《まだら》の天駆《あまが》ける姿にたとえる。かりに私たち人間がいかなる芸に秀でていようとも、この白黒の馬を御《ぎょ》すことはできない。詭計《きけい》術策に長《た》けた廻《めぐ》る天輪だけが、この白黒の馬をあやつることができる。この馬の背に乗って、一人がこの世に現れる。他の一人はこの世から連れ去られてゆく。この世は人間にとって寸刻の宿でしかない。

だれもが黙って立ちつくしていた。

砂漠の夜気は肌寒いほどに感じられる。

「帰るかね」

運転のイーラジの声に皆はまたジープに乗る。

拝火教徒はどのような死生観をもっているのだろう。私たちの問いにおじさんは、簡単に言えば、とことわってから説明してくれた。

死者は神の審判によって、天国と地獄へ行く者に区別される。生前、善行を積んだ者はチンヴァント橋を渡って天国へ行く。悪業を重ねた者は橋の中途から転落して地獄へおちる。

私は仏教の地獄、極楽の話をした。するとおじさんは、仏教は拝火教の影響を受けたのだから当然同じだろうと言う。

イーラジが自分たちは違うと言う。彼はこの町のイスラム教徒なのだ。イスラム教徒の一生は、唯一神のアッラーがすべてをみそなわして、最後の審判が下される。しかしその日がくるまで、人間の魂は地の底でかりの眠りに入るのだという。この世で善行を積むのは、その審判の日に備えてなのだ。

「それは、キリスト教やユダヤ教の影響ね」

レジア女史が言う。そして、自分はヒンズー教徒ではないがとことわって、ヒンズー教徒の死生観を説明する。それは仏教によく似ている。人の一生は、前世から来世へとつながっている輪廻《りんね》の輪の寸刻でしかない。この世で積んだ善行は、必ず廻《めぐ》り廻って来世の幸福となって戻ってくる。だから、この世で受ける苦しみは、前世で自分が犯した悪業の報いなのだという。

それにしても、末世になったら救いにくる者はだれなのか。拝火教ではゾロアスターの予言者。仏教では弥勒菩薩《みろくぼさつ》。キリスト教ではキリストである。イスラム教ではどうなのか。イーラジは首をかしげる。イスラムではアッラーは裁きたもうだけだ、救われるとは限らない。

「イーラジ、大丈夫よ、シーア派には隠れイマームがいるじゃあないの」

幼い時に神隠しにあったという十二代目の「イマーム」(教主)は、イスラム教のシーア派では救世主的な意味をもっている。

「またあのポトポトの歌をうたっておくれよ」

イーラジは隠れイマームに救われたように、かん高い声を出して妙な節まわしをまねる。さっきの「月の砂漠」のことだ。

砂漠、シルクロード、ロマンチックな異国情趣を想わせる「月の砂漠」も、現実の砂漠を前にして生きているイーラジには「ポトポトの歌」としか聞こえなかったのだ。

三　夏の苦しみ

宗教の町マシャッド

この夏は昨年よりずっと暑さに馴れてきた。乾燥のはげしいこの国で、暑い時期はむしろ肌を出さない方が疲労しないということも分ってきた。

人々の衣服を見ると、薄い綿でたっぷりゆとりのある袖つきの、長めのワンピース、だぶだぶの綿のズボンなどをよく見かけるが、これも乾いた暑さに耐えるイラン人の智恵なのだ。

昨年私の隣室にいたポーランドのマリヤは夏になると、トウモロコシのような赤毛をときどき発作的に掻きあげては「タマラナイワ!」を連発していたが、ある朝あまりの暑さに耐えかねたのだろう、バケツ一杯の水をカーテンにかけてしまった。時ならぬ悲鳴に行ってみると、部屋はまるで蒸し風呂のように熱い湯気がもうもうとたっていた。

やがてやってきたゴラおじが、夏は早起きして窓をしめ、涼しいうちにカーテンを二重にしめて部屋を暗くする。陽の当っていない方の窓だけ開けておくものだ、と教えてくれた。

それにしても寮の小さな部屋では、しめきりにしたら暑くてたまらない。ヤズドの旅から帰って一カ月はがまんしたが、それから私は北東部にある宗教の町、マシャッドへ出かけることにした。

これは汽車を使っての珍しいひとり旅だった。イランでも人口第三と言われる大きな町で、それにイスラム教シーア派の最大の聖地でもあるから女の一人旅も心配はない。列車の中は参詣人が多かった。汽車の窓から見える風景はイランの中では緑色の多い方で、ところどころに現れる砂漠も、塩砂漠とはかなり趣が違う。曙の光を受けると、かすかに緑がかった茶色に見える砂漠はいく分湿っているようだ。

十六、七時間の旅の果てに着いたマシャッドは、大寺院の黄金のドームに輝く町だった。この光輝を中心に広々とした並木路が放射状に延びて、そこには乾いた音をたてて馬車が走っている。しばらくぶりに見る豊かな緑に目を奪われ、町角にぼんやり佇んでいる私の前を、人々はみな黄金のドームへと向かい、そこへ吸い込まれ、またそこから吐き出されてくる。

寺院から出てくる人々の顔は、イラン人にしては珍しく俗気のぬけた、爽やかな色をたたえている。参詣をすませて罪をはらい、重荷をおろした気になるのだろうか。

しかし町の表情が清くあればあるほど、宗教心のない私は置き去りにされたように淋しい。

私は気をとり直して町を歩いてみる。ペルシア文学の揺籃《ようらん》の地であるこのマシャッドは緑が多いだけ果実も豊富だ。町にはラグビーのボールを思わせるメロンや、面長のスイカが出まわっている。これはなに？　とメロンを指すと、八百屋のおじさんは、しばらくポカンと口をあけて私の顔を見ている。ややあって、「ハルボゼだす」

たしかに外国人がテヘラン訛りで話すのだから不思議には違いないが、私は少しジリジリしてきた。何か話そうにも、先方はせっせと品物を積みかえている。テヘラン商人の打てばひびくようなユーモアあふれる会話のないのが淋しい。人間は勝手なものだ。私は十日もするとテヘランの喧噪と人間臭さが懐かしくなった。

テヘランが懐かしいのは、そこに私の生活の本拠があるからなのだろうか、このマシャッドが宗教の町だからなのか。深い木蔭のある町並は、旅先の落着きのない私の心を、むしろ不安にした。もうたいして暑くないかもしれない。私はテヘランへ帰った。

熱　夏

ところが大学寮は今や焦熱地獄で、午後の西陽が容赦なく射しこむ私の部屋では、夕刻、ベッドの金具が鍋の手のように熱をもち、目を閉じると眼球までが熱く重たい。

寮に残っている学生はごくわずかなので、寮監のゴネリー先生は時々、一階のサロンで夕暮にお茶の会を開いて下さる。私はその時、先生に一つの提案をした。

「寮生たちも屋上で寝ることを許可していただきたい」

イラン人は暑い夏の夜、屋上や戸外にベッドを持ち出して寝る。イランの小学生用の本にも、「夏は屋根の上で寝ます」と書いてある。日本でペルシア語を勉強していた時は、この文章を何かのまちがいかと思っていた。ところが雨の少ないこの国では、北部のカスピ海沿岸を除けば、傾斜した屋根を見かけることはほとんどない。平らな屋根——屋上にベッドを持ち出して寝るのも生活の智恵というものだ。砂漠に囲まれた町では、夜半の気温がずっと下がって、明け方の一、二時間はこの国の爽やかな憩いの時刻である。

ゴネリー先生は答えを渋っておられる。男子ならともかく、女子学生が……。では中庭の小さなプールで泳いでもよいでしょうか。私たちはくい下がる。中庭のプールというかコンクリートの溜池は、毎日水もとり替えて噴水もある。しかし、これは男女どの学生の部屋からも見える。先生はまたもや、まあ考えておきましょうという答えしか下さらなかった。

夏のあいだだけこの寮の空室に寝泊まりして民俗学関係の調査をしているオランダとスイスの女子学生は、両手をひろげてヒョイと肩をすくめる。なんて女には不便な国なんでしょう！

夏のゴラさん

ところがその夜十時も過ぎたころ、ゴラおじが現れた。窓は全開、扉も開け放して、めかくしの白い布をのれんのようにぶら下げているだけの私の部屋の前で、

「エミコジューーン！　ちょっと来ておくれ」

という。プールに何か落としたので取ってきてくれ。そして窪んだ目をおかしそうに光らせて声をひそめる。

「スイスもオランダも連れておいで」

なーるほど、私は彼女たちを誘って中庭へ下りた。私たち三人は服のまますっぽりと、音ひとつさせずに池にひたる。水は思いのほか冷たい。十分もすると躰の芯まで冷たくなるほどだ。そのうちゴラおじがやってきて、牛乳びんをストンと落とす。

「さあ、それを拾ってもう上がりな」

私たちは満足してゴラおじの言うとおりに池から上がった。

「おじさん、また拾ってあげるわね」

私たちは口々にこう言ってゴラおじの肩を叩いた。すると彼の手がスイと伸びてきて、私たちのびしょぬれの服の上からお尻のあたりをかすめ撫でてゆく。早業だ！

「また、そのうちにな」

アッと思う間にゴラおじは闇の中に消えていた。

これはいったいゴネリー先生の発案なのか、ゴラおじの智恵なのか。それにしてもスイと触っていったわ、あいつめ！　冷たい水はたしかに気持がよかったけれど、何だって溜池なんぞにコソコソと入らなくてはいけないのだろう。私は部屋に帰ってぬれた服を干しながら、何だか自分が可哀想になった。

休暇中は大学寮の食堂も締まってしまうので、私は毎日どこかで食事をすまさなければならない。寮の個室ではお茶ぐらいは沸かせるが煮炊きは禁じられていた。

町にはサンドイッチ屋が方々にあって、学生たちはよくそこで立ったまま頬ばっている。ボソボソのフランスパンの中の柔らかい部分をこそぎ取って、そこにソーセージ、野菜、チーズ、時には羊の脳のバタ焼などをはさんで食べるのだが、これも毎日ではいかにも味気ない。といって学生たちのよく入る町のレストランでさえ、女の一人客というのはほとんど見かけることがない。私は毎日、その堅いサンドイッチを買ってきて、わが二十五号室でお茶を入れて食べることに決めていた。
二、三週間もこんな生活が続くと、自分でもだんだんとイライラしてくるのが分る。暑い昼のあいだは自分の部屋では本を読むこともできない。日中にコンクリート壁が吸った熱気が、夜半まで部屋にこもっている。食事は判で押したようなサンドイッチ。それでも食べないわけにはいかない。私はパンの上に新聞を置いてそれを見ないようにしながら、カサカサと音のたつ食餌を、むしりとっては口に入れ、それを紅茶で流しこんでいた。

するとどこから見ていたのか、ゴラおじがゆで卵をいくつか持ってきてくれた。たまには暖かいものを食べた方がいいよ、彼はそれだけ言うと帰っていった。

この夏はもうすでに二度、予定通りの旅をすませた。時にはゴラおじの牛乳びんで水浴もした。昼の暑い時間は、特別に一階のサロンを使わせてもらって本も読めた。昨年の夏にくらべれば、今年ははるかにうまく生活している。それなのに、私の心はなぜか大きく揺れはじめていた。

こんなところに外国人が三、四年いたって、ペルシア文学など分るはずはない。よし分ったにせよ、それがいったい何になるのだろうか。日本では、あの速記文字のようなものが読める人、ぐらいにしか思ってくれないだろう。もちろん、それでもかまわないのだ。ペルシア文学のために貴重な青春を捧げてもよいと納得させるものが、もしも私のうちにあるならば。

町を歩くと子供の物乞いがついてくる。

「ジャーポニー、お金」

と手を出す。本当に困っているのか、私をからかっているのか、哀れっぽいふうをして服をひっぱる。前に寮の近くでパンをたくさん買ってやった女の子が覚えていて、仲間を連れてぞろぞろとついてくる。

「ジャーポニー、ジャーポニー、パン買っておくれ」

こういう時の哀れっぽく語尾をのばしたペルシア語は、実際なんとものの悲しい調子なのだろう。

る。

「お帰り！」

私はつい大声をあげる。ワーッと子供たちは囃すように散るのだが、またぞろぞろと集まってくる。

「お帰りったら、消えちまえ！」

ついに声を荒らげ足をトンとふみだす。

だいたい最初にパンなど買ってやった私がいけなかった。いくばくかの金額をもらって留学している者が、他国の貧しい子供にほどこしを与えるとは僭越だったのだ。もし本当に親切の心があるなら、人前でパンを買い与えることなどしないはずだ。

「相手が怖れるほど居丈高《いたけだか》になるな、しかし相手がつけ上がるほど親切にするな」イランの諺にもある。私は子供を追いちらしたことで、むしろ自分がすっかり惨めになってしまった。

ティヤーの決意

この夏の終り近く、私はもう一度小さな旅に出て帰ってみると、意外なことにティヤーの部屋の扉が開いていた。ガランとした寮に友人が戻ってくる時の喜びは、無人島に漂着した人が沖を通る船を見かけたあの心境なのだろう。

やっぱり友だちだ、この暑いのに早めに帰ってきてくれたのだわ、私は小走りに彼女の部屋にとび込んだ。ティヤーはごった返した荷物のあいだから上気した顔をあげた。胸に赤い花柄のブラウスを抱きしめたまま――

「エミコ、わたし結婚するの」

私は自分の頬がこわばっていくのを覚えた。「ああ、この女《ひと》も！」

ティヤーは、昨年この寮に入ると間もなく仲良くなったアラブの青年と結婚するという。彼女がアメリカへ帰ったのも、その相談のためだった。ところがアメリカの両親はこれに大反対で、場合によっては親子の縁を切るという。それというのも彼女の家はユダヤ系であるから。

「最初に言わなくてごめんなさい。三代も遡るのよ。でもアラブだから反対だなんてバカげた話だわ」

　ティヤーは昂奮してはきだすようにいう。

「それはかなり面倒ね」

　私は分別くさい顔をする。ティヤーは恋人ができてから、私とは前のように話さなくなっていたし、この夏だってさっさとニューヨークへ帰ってしまったのだもの、すこしは考えたほうがいいのよ。私はいじ悪くだまっている。彼女はそんな私にかまわず、さらに言葉をついだ。

「私の父ってずい分お金持のくせに、私の結婚にはビタ一文出さないって言うの。でもいざとなれば、私にだってもらう権利はあるのだわ」

　それは結婚に反対の父親ならだれでも言いそうな台詞《せりふ》だ。ニューヨークの五番街に金融業を営むユダヤ系のアメリカ人――私はむしろ当然のような気がする。

　結婚するとして、学校はどうするのかときくと、その質問がアメリカ女性には意外だったとみえる。

「もちろん続けるわ。勉強を続けるために結婚するのですもの」

　女性の楽しみの少ないこのイスラム国で、独身の男性と女性が恋人のままでいることは非常に難しい。心身の健康が損なわれ、目的とする勉学もいびつなものになる。どんな反対があろうとも、だんぜん結婚する、それもできるだけ早く――彼女はきっぱりこう言ってから、もちろんアメリカだったら同棲するのだけれども、とつけ加えた。

ふだんは穏やかなティヤーの目が、この時は燃え上がっているように見えた。私はいつか古式体操を見にいったとき、ティヤーだけが陶酔したように眼を輝かせていたことをふと思い出した。「健康のために」何と私には痛く響く言葉であったろう。

もともと芯の強い人とは思っていたが、恋人ができて彼女はいちだんと強くなった。独身の女性ならだれにも思い当る焦躁感が、ティヤーの覚悟を聞いているうちにいっそう私の胸にひろがっていった。

その後私は、この寮で多くのヨーロッパの女子学生と、アジア系の学生との恋愛と結婚に立ち会うことになるが、そのどれもが、日本で見てきた学生の恋愛とはまったく違ったタイプのものであった。恋を知る、その人のために悩む——しかし彼女たちは、それによって決して自分の主たる目的を損なうようなことはなかった。むしろ言語、文化の面で、健康の面で、恋愛をプラスの方向へ導いてゆく。

男女のつき合いで日本人がたびたび口にする、堕落とか、身をもち崩すなどという言葉はまったく当てはまらない、堂々とした健全なものであった。だから恋の嵐が過ぎ去っても、彼女たちは決してしょげたり、なげやりになったりしない。恋愛と自由の歴史が根本から違うのだ。

ティヤーは大学近辺にアパートをさがしはじめた。噂はたちまち寮で働く人たちの口にのぼった。セキネ婆さんは廊下で出逢っても、ティヤーには金壺眼《かなつぼまなこ》をいじ悪く光らせるだけで、そのかわりに私には猫なで声で話しかける。

「元気かね。日本人は立派だよ、男と二人で夜の町を歩いたりしないからね」

他人の弱点を決して人前では口にしないイラン人も、男女間の倫理道徳にかかわることでは、女性に対して女性が厳しくなる。ティヤーは痛くも辛くもないという顔をしている。軽蔑したふうもない。顔色ひとつかえずに、せっせと洗濯をする、本を読む、時には私の部屋で話しこむ。私の人生よ、私が歩いてゆくのだもの、とやかく言われることはないのだわ。そして、辛く当る人、親切にしてくれる人、だれに対してもティヤーは以前とちっとも変わらずに接している。

これは本物かもしれない。讃嘆の気持がひろがると同時に、私はそんなティヤーを隣室から失うのが残念でならない。レジア女史もインドへ帰ってしまうという。この暑い国で毎日を喘ぐように勉強しているあいだに、人生にとってかけがえのないものを失ってゆくのではないのか。私は不安と焦躁に苛まれ、わけもなく部屋中を歩き廻ることが多かった。

けんか

うつうつとして過ごした夏も終りかけのある夕方、町へ出た帰りに私は木の実を買って部屋に戻った。ナッツ類はこの乾燥の国の特産物で、ピスタチオ、カシューナッツ、からつきのピーナッツや南瓜の種などお茶によく合う。

その日も私は新聞を読みながら、手はカシューナッツと口をしきりに往復して、ほぼ一皿平らげかかるところでふと見ると、小さな虫の卵がつらつらと続いて新聞の活字の上に落ちた。これはどうしたのか。残りを紙にひろげてみると、干からびた虫がポロリ、さらにつづれた卵がボロボロ。しかもすでに半分は私の胃の中に入っているのだ。これは許せない。私は残りを紙に包むと考える暇もなく部屋をとび出した。

店へ入ったとき、顔見知りの亭主は二、三人の客を相手に大きなお腹をつき出して賑やかに話をしていたが、私を見てあいそうよく「サラーム」と手を出した。私はその手をとらずに、妙におちついた声で言った。

「おじさんのところでは、虫もいっしょに売っているの！」

背の低い亭主は私を下から見上げるようにした。いくぶん顔色が変わった。大きな紫がかった鼻が、ムッとしたように鼻孔をひろげる。他の客は私たち二人をみつめている。その視線の中で、昂奮を押えながら私は虫くい豆を包んだ紙をポンと台の上にひろげてみせた。「そりゃわるかったね」亭主は必ずそう言うのだと私は信じきっていた。ところが、ひと呼吸おいて、亭主は腕ぐみをしながらこう言った。

「あんた、学生さんよ、それでもペルシア文学を勉強しているのかね」

意外な言葉だった。私は不意をつかれて、返す言葉もみつからない。わきの客は亭主の言葉に頷くようにしている。

文学を勉強しているなら、もっと言い様があるはずだ。ペルシア語ができないのならいざ知らず、一年二年と大学に通って……おじさんは堂々とけんかをふっかけてくるのだ。私はひっこみがつかない。しかし、ひっこまざるをえない。言い返す言葉は捜せばみつかったろう。しかし、それより何よりも、おじさんの言葉が痛かった。

暑さに弱った躰。二年続いた異国生活の緊張。言葉に馴れて、気持のどこかに芽生えてきた思い上がり。顔から血の気のひいてゆくのを感じながら私は店をとび出した。

気がつくと、私はめちゃくちゃに町の中を歩き廻っていた。埃と喧躁、どこを歩いても「ジャーポニー！」と声をかけるおせっかいなイラン人。自分が悪くても決して謝ろうとしないイラン人。ああ、なぜこんな国で、私は二年も過ごしてしまったのだろう。

女親分

大学の西と南の一画を縄張りとする物乞いの女親分がいた。彼女が姿を現すのは、正午まえの二時間にかぎられている。布地は粗末ながら、いつも汚れのないチャードルを着、厚い胸を張って背筋をのばし、悠然とかっ歩する。大柄な彼女が大学の南の正門前まで行って、くるりとチャードルを翻して、また西へ向かって歩く姿は、王宮の護衛兵のようだ。

時には立ちどまって腕ぐみをしながら通行人をじっと見ている。目星をつけた者につかつかと近寄ると、腕をぐいとつかみ、その鼻先に掌をパッと開く。

「お金！」

通行人はその掌の上に当然のように硬貨をおく。彼女は天を仰いで「アッラー！」と声高に言う。もし天の恵みがなくても、彼女は決してコソコソしない。さしだした手を、フンとばかりにひいて、また周りを睥睨《へいげい》しながら歩き出す。

この女親分と通行人が議論しているところを見たことがある。

「おまえさん、金をやったんだ、礼ぐらい言うものだ」

そう言った男を彼女は自分のまえに引きもどす。このお金は、だれのお蔭でおまえの手に入ったと思うのか。アッラーのお蔭だよ。そのお金が私のところにくる。これもアッラーのみ心だよ。だから私は「アッラー！」と天なる神にお礼を言った。おまえに礼を言うことはないよ。

腕ぐみをして立っている彼女の姿は物乞いどころか、この界隈の女親分そのものだ。私も腕をつかまれたことがある。その時は財布を見ると、あいにくこまかいお金がない。すると彼女は「じゃあ、こまかくしてやろう」とポケットからジャラジャラと硬貨を出して私の手にのせ、そのうちの一枚をつまみ上げてニッと笑った。

「アッラー！」

私が天を仰いでこう言ったのと、彼女の言ったのが同時だったので、二人とも笑い出してしまい、以後何度か言葉を交わす仲になっていた。

「どうしたんだね、この頃元気がないよ」

女親分は私に目をとめる。私はふと、先日の豆屋のいきさつを話す気になった。

彼女は咽喉をそらせて大声で笑った。

「おまえさん、元気をお出し。もっと町へ出て、イラン人をよくごらん」

でも、おばさんだったらどうするのだろう。あんな虫くい豆、まさかイラン人が黙っているわけはないでしょう？

「まあね、虫も栄養だ、食べたって死にゃあしないよ。それにわたしだったら紙にくるんだまま、ちょいとおやじ、とりかえておくれよ……それもほかにお客がいない時にね」

なるほど、そうだった。

人前で恥をかくことを嫌うイラン人に、しかも外国人が訛りのあるペルシア語で……。

それにしても、この女親分は堂々と大地に足をつけて歩いている。「もっと町へ出てイラン人をよくごらん」という言葉が私の耳の底にのこった。

ドイツからの手紙

長い夏が終ればまた新学期になる。しかし、この年の私は留学期間を延ばそうという決心がつきかねていたのだが——そこへドイツから一通の手紙が届いた。ドイツ、いったいだれから？　と訝りながら封をきると、見覚えのあるカイゼルひげのような日本文字が踊っている。それは、この時期にドイツの大学に籍を置いていた日本の一研究者からのものだった。

この夏、ペルシア文学の勉強を続けるという自信を失いかけ、ティヤーの結婚で女としての人生も考えさせられていた私は、この人の許に助言を求める手紙を出していた。信頼のおける学者とはいえ、その人の一言に自分の進路の左右をかけるのが無責任なことは分っていた。しかしその頃の私は、何かにすがりたい気持でいっぱいだった。

手紙にはあらまし次のようなことが書かれてあった。

「私は自分が外国に身を置く研究者であるから、あなたがそこでしか学べないものを、さらに学びたい気持はよく分ります。

ところで、私のような学問を続ける者にとっては、長期の滞在よりせめて一年の短期間、それを何度も繰り返すことの方が効果的であると思っています。

そしてこのドイツに関してのみ言うならば、二年以上ここに住まう日本の女子留学生は、あまりにも自由であり過ぎるように思われます」

言語学の研究者であるこの方は、ドイツ語も言語学も、日本で不自由なく学ぶことができる。現地を踏む必要はその仕上げの段階で十分なのだ。研究書も日本で容易に手に入る。しかしイランの場合はどうか、まず言葉を習うことが難しかった。書籍もイランから直接にということは不可能に近い。数えるほどしかいない在日イラン人は科学系統の学生がほとんどで、私が勉強したい文学を彼らから学ぶことはできない。

しかし、このように考えたのはずっと後になってからのことだった。手紙を読んだ時、最後の「自由でありすぎる」という言葉だけがふかく心に刺さってきた。自由？　とんでもないことだわ。女性が一人でレストランに入ることさえ自由でないこの国、男と女が立ち話をしているだけで噂にのぼるこの国、あなたはぜひ、イスラム国をごらんになるといいわ。

自由！　しかし、なんと懐かしい言葉なのだろう。たしかに私たちは自由ではない。女性にはきわめて厳しいこの国。それだけに私は何かをつかんで帰りたい。女の私にだって、この不自由さと戦う自由、そのくらいはあっていいはずだ。

私は留学継続の書類を書き始めた。

四　冬至と新春

秋に入ると間もなくティヤーが結婚した。式は私が今までに出席したどの結婚式より簡素で感動的だった。

ティヤーの結婚

花婿はイスラム教徒のアラブの青年。そのために彼女もイスラムに改宗し、衣裳は白いスーツの上に白のチャードルを被っただけである。テヘランの小さな法律事務所で、所定の書類におのおのがサインをする。それが結婚式のすべてだった。招待客は証人として花婿の友人が二名、ティヤーの側には寮監先生と私が参列しただけで、書類が整うとカップ入りのアイスクリームが一つずつ手渡された。契約登録係の坊さまもいっしょにこれを口に運ぶ。事務所は冷房もなくまだ暑かったので、私たちは大急ぎで溶けそうなアイスクリームを食べなければならなかった。

ティヤーが、まさかこれほど簡素な式をあげようとは思っていなかった。私は寮を出るとき庭に咲くジャスミンの白い花で小さな花束を作ってもっていったが、三十分ほどですべてが終った式に、この小さな花束はいかにもふさわしかった。ティヤーは花束を受けとると目をまっ赤にして、エミコ！　と言うなり私の肩を抱いて泣いた。

夏の終りにニューヨークで喧嘩別れをしてきたという両親が、一人娘のあとを追ってテヘランへ来たのは、つい十日程まえのことだった。ティヤーとのあいだにどのようなやりとりがあったかは聞かなかったが、どうしても結婚に同意できないという両親は、結婚式を目前にしてテヘランを発っていった。帰国の前日、ティヤーと私が彼らの泊まっているヒルトンホテルに招かれて食事を共にしたとき、ティヤーのお母さんは私を片隅に呼んで「エミコ、どうかティヤーの姉妹でいて下さい」と手を握りしめた。

私はティヤーのこの簡素な結婚式に心からの喝采と祝福をおくった。彼女は両親の出席しないこの儀式の感動に支えられ、自分の選んだ人生を貫くに違いない。私たちは何も言葉には出せなかった。二人とも唇がピクピク慄《ふる》えて、実際何も言えなかったのだ。

東洋の智恵者

私たちのマスター・コースの二年、すなわち私がテヘラン大学に入って三年目の授業が始まった。クラスのメンバーは昨年と同じで、クラスは前よりいっそう親しみを増し、お互いに名前《ファースト・ネーム》で呼びあう。インド、パキスタンの学生たちも、私たち女子学生によく話しかける。この学年が終れば、あとは故国でドクター論文を準備してもよい。この大学のドクター・コースは、論文指導の先生と連絡をとってさえいれば特に授業を受ける必要はない。だから論文審査のために再度この国へやってくる——近隣諸国の学生にはむしろその方が有利である。しかし私のようにいったん帰国すれば、またいつ出てこられるか分らない者は、マスター修了だけで帰るか、あるいはドクター論文の方向だけでもつけておく必要があった。私はその頃、すでに四年もイランに滞在してドクター論文作成に余念のないインドのレザーを介して、イランの文学者ミーノ

智者ミーノヴィー先生

ヴィー氏にお逢いすることになった。

私設図書館をお持ちのミーノヴィー氏は、かつてテヘラン大学で教鞭をとっておられたが、この頃はもっぱら大学外にあって、若手の学者たちに先達と仰がれている方と聞いていた。

「気難しい学者でね、うまくいけば図書館を利用させてもらえるよ。ある意味では大学の図書館よりずっと完備している」

というレザーに連れられて、テヘランの北のはずれにある先生のお宅を訪れると、うず高く積んだ本の山のかげから姿を見せられた先生は六十過ぎか、西欧の学識を身につけた東洋の智恵者、ふくろうといった風貌の文学者だった。衿垢のついたワイシャツ姿で袖をたくし上げ、折目のとれたズボン、それもベルトではなく太ったお腹の下に、無造作に紐でくくりつけてある。しかし、先生の眼光は人の心を射通すように鋭かった。人の気をそらさぬ、調子のよいイラン人一般とはまったく違った話し方をなさり、「さてもさても、珍しいお国からの客人じゃ」といった風雅なペルシア語を使われた。

若い頃イギリスに長く留学し、イランよりはむしろヨーロッパに学者の知人が多いとのことだったが、日本の古典にはひじょうに興味を持っておられ、『古事記』『日本書紀』『万葉集』についてゆっくりと質問を続けられる。そのあいだにも大学の先生方が訪ねてくる。電話がかかる。論文の質問、本の校訂、学会の打ち合わせ……噂にたがわぬお忙しさだ。先生は、この図書館が気に入ったかね、私がるすの時でもお使いなさい、と丁寧におっしゃって下さった。

こうして私は週一回はこの先生の許に通い、本をお借りするだけでなく、先生のご教示、示唆をいただいてドクター論文の準備を進めることができた。

「イランの古い慣習をよく見ておくように」

私はしばしばこのご注意をきいた。多くを語られない先生のお心では、イランにあるイスラム以前の文化的伝統が、イスラム諸国のうちでイランを特殊なものにしていることをおっしゃりたかったのであろう。

そして一階、二階、地下室まで埋めつくした本の中から、イランの古い祭祀、典礼の本を何冊かえらびだして下さった。

冬至のすいか

テヘランの冬は短い。それにいままでに過ごした二回の冬ほど、この年の寒さは身にこたえなかった。暑さでも寒さでもぶつかってくるがいい。私は日本を振りきってしまおうと心に決めていたから、冷たい小雪の中でも昂然と顔をあげて歩いた。

西暦の十二月二十一日はこの国の冬至にあたる。二、三日前からテヘランの八百屋の店先には、室《むろ》に囲ってあった西瓜が並び、いっせいに売り出される。そんな時、大学で親しくなったメヘリーから、家で冬至祭をするからと招待をうけた。

メヘリーはこの国の女子学生の大半がそうであるような、いわゆるブルジョア家庭の子女ではない。アルバイトに韓国大使館でタイピストをしながら古代文学を専攻している学生で、また彼女の従姉が日本大使館に勤めているので、日本文化にもたいへん興味をもっている。

この国の祭礼は必ず前夜に行われる。それは古くは日没を一日の境とした観念にもとづく。だから、たとえば二十一日が冬至だと思ってその日の夜行くと、催しは前日の夜すでに終っている。この時もメヘリーから、前の晩だからまちがわないようにと電話がかかってきた。

メヘリーの家はテヘランの東端にあった。中学の教師をしながら大学院へ通う姉一家といっしょに住んでいる。こんなふうに、小・中・高の学校の教師をしながら大学に通っている学生が多かったから、これらの学校では専任の教師が少ない。また大学の女子学生のうちには、結婚した人や婚約した人がひじょうに多かった。

顔見知りの友人たちといっしょに、部屋の真中においた大きなこたつを囲んで座につく。日本のやぐらごたつと同じだが、中の火鉢にはたどんの類が入っていて、やぐらの上に大型の厚いふとんがかかっている。こたつは「コルスィー」といってイランの北部では古くから愛用されてきたという。

部屋の一隅にはジュウタンの上に小さな布を敷いてコーラン、ローソク、パンなどが置かれて、それと共に西瓜、ざくろ、りんご、かりんなど、冬には珍しい果実が盛りあげてある。冬の日は早く暮れる。薄暗い電灯のしたで部屋の隅の大ローソクがともされた。

この日、すなわち一年中でもっとも夜の長い冬至を、イラン人は悪神アーハリーマンの攻撃をうける不吉な夜として、火を焚いて一族がその周りに集い、太陽の新生を待つのだという。冬至のことを「シャベ・ヤルダー」(生誕の夜)というのはこのためである。そういえば、今日の陽の光はたしかに弱々しかった。今夜は泊まっていきなさい、こんな暗い夜はアーハリーマンが出るから、とメヘリーのお母さんは優しい。

アーハリーマンは闇に跳梁《ちょうりょう》する悪神、これに対抗するのが光の善神アウラマズダ——こういう善悪の対比が古代のイランにあって、それが現在まで受けつがれている。

やがてこたつを囲んで果物を食べる。光の神の恵みによって実った西瓜やざくろは、少しほうけた味がした。

「うちはアゼルバイジャーンの出でね、西瓜を天井につるして冬までもたせるのよ」

とメヘリーが説明する。地方によっては乾果物を木の枝につるすところもあるそうだ。そんなところに雪が降ったら、クリスマス・ツリーとまちがえるじゃないの。第一クリスマスだって冬至に関係があると思わない？　とおおいに座が湧く。

日本はどうなのかときかれて、私は柚子湯や南瓜《かぼちゃ》を思い出す。私の説明を、メヘリーはすぐにノートにとる。なぜ南瓜なのかしら。柚子湯も南瓜も躰が暖まる、かぜの予防だとか言われているが、由来はしらない。不思議ネー、おなじ瓜類を食べるなんて、とメヘリーはしきりに大きな眼を輝かす。

イランでは夏の光に恵まれた産物を、光の神アウラマズダに捧げて、今夜の悪神との戦いに勝つようにと祈るのだそうだ。こういった信仰はイランにイスラム教が入る以前、すなわち七世紀より前の拝火教のものである。

「おばあちゃん、あれをやろうよ――」と子供たちが小さな布を持ち出してくる。

「そんなら、ばあちゃんが唄ってやろうかね」

詩占いが始まる。占いをとり囲む誰でも、心に願うことを決めることができる。女の子は四角い布のぐるりを、糸を通した針でチクチクと縫い続ける。各自、どこかの角を自分の願いの片隅と決める。「二番目の角、私の恋」というように。

それから、おばあちゃんの詩が始まる。

「小路の塀に咲く　いとしのバラよ
いとしのバラ！
小さかったおまえ　私が大きく育てあげた！
レモンのように酢っぱかったおまえ
蜜のように甘くしてあげたのは
このわたし！」

「酢っぱかった」ところで二番目の角へ来た。ああ、私の恋は成就しないのだわ！

「ああ、だれかと婚約していれば、今日は贈り物をもらえたのにね」

メヘリーがおどけたように言う。一年で一番長い夜にちなんで、婚約をしたり婚約者へ贈り物をするのも冬至の夜の習慣なのだ。マハバシュは婚約したそうよ。すぐに離婚だわ、相手はフランス帰りですもの。——女の話題はもっぱら結婚のこと。メヘリーの母親も姉も離婚してこの家は女系一家だ。イランでは離婚の話題にはすこしも暗いかげがない。「エミコ、イランの男性には気をつけなさい」皆は口を揃えていう。

冬至の夜はこんなふうに更けてゆき、翌日の太陽は新生の光を得る。朝の皇帝が黄金の旗幟《きし》を手に東天に昇ると、人々の顔に喜びが輝く。この日から数えて四十日が大寒、その後の二十日が小寒といわれる。

美女たちの涙

冬至によって陽は新たな生を享《う》けた。闇の悪神は祓《はら》われて、世は光を得たのだとはいうものの、十二月から二月の半ば頃までのイランは暗い。暑い国の人々は暑さには強いが、寒さには背をこごめる。土の家にジュウタンを敷いたイランの家は、たしかに寒さが身にしみる。街からは花も果実も姿を消し、時たま街かどで五個、六個とつみ上げて売られるオレンジだけが、この時期の希望の色に見える。

私たちの暦でいう三月二十一日の春分の日が、この国の新年である。だから二月も終りに近づくと、街の人々の目はいっせいに輝き出す。店先には新年の飾り物、贈り物の品が並ぶ。暖かい風がまるで絵筆ででもあるかのように、花壇にパンジーや水仙の色を甦らせる。花屋のウインドーは聖火壇となって、燃えるような彩《いろどり》の花また花が並ぶ。新春の花は香りが高い。「さあ、正月がくる」いっせいに目を覚ましたような街の賑わいだが、これが留学生にとってはかえって疎《うと》ましいものにみえる。

その日は午後遅くから授業が一つあるだけで、パキスタンのシュクフテが私の部屋に遊びにきていた。そこへトルコのかわいらしい女子学生が扉を叩いた。彼女はまだアンカラの大学生で、論文の準備に一年だけ来ているので、淋しくてたまらない。

「アンカラからお菓子がきたの。いっしょに食べましょう」

それではみんなを呼ぼうということになって、寮中の女子学生が私の部屋に集まった。パキスタンのシュクフテと私がマスターの二年。フランス、ユーゴスラビア、お菓子をもってきたトルコとは別のトルコの女性がマスターの一年。それに留学生の語学課程にいるスイス、ポーランド。あとは単位をとる必要のない聴講生のアフガニスタン。そして、お菓子をもってきたトルコのユジャル。全員で九名が時ならぬお茶の会にはしゃぐ。

「アンカラの名物よ。世界一おいしいお菓子、ママンの匂いがするのよ」

持ってきた本人は茶目っ気たっぷりで、丸いチョコレートのような菓子を皆に配る。一巡すると箱の中に菓子は残り少なになったが、小さな寮室は九人の女性のかん高い声ではじけそうになる。私はたまたま両親から送られてきた家族の声と、日本の音楽のテープをながした。

「これが私の父」

老いた父の声。もともと感情を表にあらわさない人だ。とつとつと原稿を読みあげるように話しかけてくる。ほかの機会であれば、外国人には奇妙な言葉に聞こえるだろうが、皆は神妙に耳を傾けている。私には父が言わずにいることの意味が分る。しかし私はペルシア語に直すとき、わざと切りつめた。簡単な時候の挨拶のような言葉になった。

「これがママン」

母の声がながれ出すと、部屋はシーンとした。ある者は足許に、ある者は天井の一角に視点をすえて身を固くしている。母は目の前に私がいるように自然に話している。その場にいない家族の消息を報せる。他愛もない世間話のような母の口調は故国を離れている八人の娘たちに、それぞれの家の茶の間の空気をしのばせるのだろう、彼女たちは息をとめたように身動きひとつしない。そして私がペルシア語に直しているあいだもおなじ姿勢を保っている。

それから、ドッといっせいに喋りだす。つもりつもった感情を吐きだすように、相手が、他人が聞いていようがいまいが構わない。誰もが故国のママンのことばかり。やがて日本の音楽を聞き終るころには、もうアンカラ名物の菓子はなくなっていた。

私たちも録音してエミコのお母さんに送ろうということになった。「私が歌う」シュクフテがパキスタンの歌をうたう。ピラピラ、ヒラヒラ——かん高い声が流れる。次がもう一人のトルコ。彼女は堂々とした体格で、低音の渋い声をしている。自国語で詩を誦するから私たちに意味は分らないが、大げさな身振りを入れて悲しい響きを伝える。

お茶目なトルコが立ち上がった。

「ネエ、言葉は分らなくてもいいじゃない、みんなでひと言ずつ、エミコのママンに挨拶しましょうよ」

彼女はマイクをもったまま、遠く窓外の空の彼方を望むような目つきになる。一瞬、みんなのあいだに静けさがゆきわたった。

「お母さん、お母さーん、私、トルコのユジャルです。いま、みんなでお母さんの声を聞いたの……」

トルコ娘のかん高い片言のペルシア語が「ウッー」という呻き声にくずれて、かわいらしい顔がゆがむと「ワーッ」と泣き出した。ママン！　お母さん！

留学生たちは、イランの正月に向かってうごき始めた街の明るさのなかで、だれもが胸の奥にしまっていた決意があったのだろう。それがいっせいに緩んで、涙と共にほとばしり出る。みんな洟《はな》をすすっていた。顔を覆う。泣き声に泣き声がかえってくる。

私も机に両肘をついて顔を伏せた。前年の九月以来、決して触れまいと心に誓った一本の張りつめた細い糸、私の心の奥深くかくしていた細い糸が、ピリピリとふるえる。大きな熱い固まりが、喉もとにこみ上げてくる。

間もなく春になる。あと半年もすれば、この一年も終る。それなのに、なぜ泣くことがあるのだろう。しかし涙はあとからあとから溢れてきた。私は立ち上がって、つめたい水で乱暴に顔を洗った。それから背中をきちんと伸ばして、すでに皆が逃げ帰った部屋へ行ってみる。

ソフィア・ローレンと自称しているユーゴスラビアは、太い樫の枝のような腕で、ぐいぐいと涙をこすって「チキショウ、チキショウ」と繰り返している。パリジェンヌ——寮内はもちろん自室でも靴、ストッキングを寝る時以外は決して脱いだことのない、アカデミー・フランセーズ会員の娘ブリジッドは、小さな白いレースのハンカチを一枚、顔の上にのせてベッドに横たわっている。スイスとポーランドは、お通夜でもするように沈痛な面持で手をとり合っていた。

一番先に泣きだしたユジャルが、もうかわいらしい顔に戻って「大変よ」と呼びに来た。もう一人のトルコが鼻血を出して倒れたという。日本でいえば「美空ひばり」といった声でトルコの歌をうたい、さっきも故国をしのぶ詩を誦した人。彼女は肥っていて血の気が多く、昂奮性でよく鼻血を出すのだ。私は事務室へ電話をかけた。「なるべく美男のお医者さまを至急お願いします」

お茶の会は惨憺たる結末となった。アフガニスタンの注進か、セキネ婆さんがやって来た。

「みんなおいで。何だね、ママン、ママンて、ここにいるじゃあないか。さあ、私が抱いてやろう」

婆さんは骨ばった両腕をひろげて、また集まってきた女子学生たちを、雛をかかえこむ親鶏のように抱いて、一人ひとりにキスを浴びせる。ふだんは「何よ、セキネ婆ア」などと悪態をついている女子学生たちも、半分きまり悪そうに婆さんのそばに寄っている。

ゴラおじもやって来た。ひと言いいかけて、笑いをこらえるように横を向く。横目使いに、チラチラ私たちを見ながらこう伝える。

「なんだかお祭りが始まったって、男の学生たちが大学へしらせたんでな……今日は留学生クラスの午後の授業がなくなったそうだよ」

授業！　すっかり忘れていたわ。よかった、目が腫れてるもの。女子学生たちは早くも涙を収めてたち直る。留学生の涙はそう長くは続かない。

翌朝、掃除に来たときのゴラおじが、なんともいえない優しい目の色をして言った。

「みんなして集まって泣いたってな、ゴネリー先生が心配していたよ。まったく、まったく」

噂はすでに寮中に、いや大学にまでひろまっていた。「なーに、春先の雨よ。たまにはいいでしょ」私たち泣いた者どうしは首をすくめてみせる。

新春

イランの新年は、私たちの暦でいうと春分の日にあたる。しかも、今年の正月は〇時〇分〇秒ですと、天文学的に正確な時刻が毎年発表されて、日頃は時間にルーズなイラン人の面目をこの日一日でとり戻す。たとえば一九八〇年の三月二十一日は十四時四十分四十八秒に始まった。イランの新年には、毎年六時間ちかいずれがあって、その正確な時刻に新年の祝事をおこなう。

冬至に招待してくれたメヘリーの家族が、正月のお祝いにも招いてくれた。

その日、私は昼少し前に寮を出た。タクシーが渋滞して動きがとれない。皆が新年になる時間を家で迎えようとするからで、交通巡査も大わらわになる。運転手も、「弱ったなあ、あと一時間しかない。家についていないと、死んだ爺ちゃんに悪いからなあ」とぼやく。

イランのお正月は、本来、祖先の霊が天界から降りて来て家族と共に祝う日なのだ。盆と正月がいっしょにきたと日本では言うが、まさにその賑わいである。

どうにかメヘリーの家に着くと、ああ間に合ってよかった、と皆がほっとする。お土産に持っていったヒヤシンスの鉢を渡すと、メヘリーのお母さんは目を細めて、エミコはイラン人のようだと

飾り物を囲んで新年を迎える家族.

いう。正月の花はヒヤシンスなのだ。皆、新しい服を着ている。新調なの？　ときくと、にっこり頷いて「まあ見てよ！」。居間に入ると、壁が白く塗りかえてある。ジュウタンも洗いに出して色は鮮やかだ。ああ、日本でも昔は障子を貼りかえ、畳を新しくしたなあ――私は遠い昔のことのように日本を想い浮かべた。

イランの正月の飾り物は、まず七つのS音のついたもの、「ななかまど《サンジェド》、りんご《スィーブ》、小麦の胚芽《サマヌー》、酢《セルケ》、にんにく《スィール》、香料のスーマック《ソマーグ》、それに青草《サブゼ》の一皿」。この青草は正月の二十日程前から、麦や粟の新芽を水栽培で作っておく。小さな畑のサンプルを思わせるこの皿は、緑の少ないこの国の人々の植物に対する憧れをよくあらわしている。その他に、コーラン、パン、ローソク、鏡、オレンジ、卵、金魚が二匹。

「卵は私が色をつけたの」と小学生の女の子が「布に油と絵の具を浸ませて卵を包み、色をつけましょう」と書いた家庭科の教科書をもってくる。卵は宇宙を、そして誕生を意味する。金魚は不老長寿の霊木を護る二匹の魚、という古代イランの伝説にもとづく。

「でもこの頃では、日本から金魚を輸入しているそうよ」

笑いながらメヘリーの姉が説明する。これらの飾り物のどれもが、豊饒、生誕、天体などの意味をもっている。

ドーンと花火が上がって、テレビの画面が「お正月、おめでとう」を伝える。一同はお互いにキスを交わし、おめでとう、おめでとうと繰り返す。

「さあ、おまえたち」

おばあちゃんは私たちみんなに小さな金貨を一枚ずつ下さる。それから、これはエミコに、と奥からおばあちゃんが持ってきたのは黒いチャードルだった。子供たちまでが、ワタシも、ワタシも……と言って、ままごとの小さな鍋や、サモワールを私の膝の上においてくれる。

お茶を頂き、お正月のお菓子を食べ、飾り物の由来などを聞いているうちに、窓の外に行列でも出たようなざわめきがおこる。親戚知人への年始廻りが始まったのだろう。二階へ上がって通りを眺めると、だれもかれも、お酒も入らないのに晴ればれと頬を輝かせ、新しい服を着て挨拶を交わしている。

三月末の陽は煌《きら》めきこぼれるルビーのかけらのようだ。イランの新年は光の祭りである。

五　廻《めぐ》る天輪

黒

私たち日本人の感性は余韻を楽しむことを知っている。鐘の音はもちろん、古池にとびこむ蛙にも、そして暮れなずむ夕方には太陽の余光をたのしみ惜しむことができる。忙しい日常生活でも、ふっともの思う淋しさにとらわれる時があるとすれば、それは光たゆたう暮れ方の時刻であろう。

陽は熟れたように赤く変わり、さまざまに雲の色を染めて落ちてゆく。山があれば山の端が、水があれば水際《みぎわ》の色が何層かに変わる。

ところが砂漠の国では、闇は一瞬にしてあたりを包んでしまう。狂ったように落ちてゆく陽が、いきなり黒衣をすっぽり被せられたように、あたりは暗転する。私たちは、炭素の粒子に満ち満ちたような闇のただ中にとり残される。

朝もまた突如として明ける。それは暗黒のたれ幕を切って落とすようだ。東天に白い一条の帯が現れ、涼しい東風が吹く。陽はたちまちガラスを打ち砕く勢いで、紅《くれない》の砕片を撒きちらす。日本で私たちが、雨戸や厚いカーテンにまもられた薄暗がりの中に、鳥の鳴き声を聞いたり、雨の音を聞いたりしている暁の時間はないといってよい。薄明の中を新聞や牛乳を配達する人たちの気配が動くという情景がない。

私は二年半前、この国に着いたその日に、大学寮の窓から中庭を見下ろした時のことをまざまざと思い浮かべる。それは夏の終りの夕刻であった。中庭を、まるで黒い布でしきったかと思われる建物の漆黒の影と、陽の当る部分の目くるめくような白い輝きとが、明確な対比で私の心を捕えたのだった。あれから何百回となく、この国の夜を送り朝を迎えて、日本には決してない光と闇、昼と夜のあることを痛感するようになった。

イラン人の服装は何といっても黒が多い。黒を着た、ことに女性は、心に秘めた覚悟といったものを面《おもて》にあらわしている。イラン人の髪は黒い。それに大きな目、高い鼻梁、屹《き》っとしまった大きめな口。この肉体に宿る精神と感性の烈しさが、彼女らの身にあいまいな色を着《つ》けさせないのかもしれない。目を眩《くら》ませるような強い光に拮抗《きっこう》する色、それはすべてを収斂《しゅうれん》する黒。

もっとも、イラン人の芸術性のために付言すれば、黒にもふた通りあって、黒い絹の服という時は「メシュキー」（麝香《じゃこう》の黒）、黒い綿のくつ下などには「スィヤー」（黒）を使うのが普通だ。美女の髪、煌《きら》めく黒い瞳などは「メシュキー」を使わないと詩にはならない。

次にあげる詩は、今までにもたびたび引用したロマンス叙事詩の女主人公、美女シーリーンが、恋する人からひき離されて暗黒の夜にひとり嘆き苦しむ場面である。

「おお時よ！　これは夜、それとも永遠の不幸なの。本当に夜なのかしら。黒い蛇、恐ろしい食人鬼ではないの。

私が泣くのは、この闇の黒人が決して嗤《わら》いもせず、曙を連れてこないからだわ。おお、蒼茫の天よ、どうしていつものように今夜はめぐらないの。……文目《あや》もわかたぬ霧のように、そこにじっとしているのね。おまえは炎の上、剣《つるぎ》の上も行くではないの」

黒は美しさと烈しさを際だたせる．
（写真提供：清水敏明氏）

「シーリーンの夜の嘆き」として有名な、そしてイラン人のもっとも愛する章の一部だが、その終りに「朝の讃歌」と題する一節がある。砂漠の闇に閉じこめられて、永遠に続くかと思われる暗黒の苦悩があるから、それに続く朝の喜びはひとしお大きい。

「朝の帝国は壮麗の地、望みのものは何にせよ　この国でみつけられる。宝の城郭への道を見出した者は朝の鍵で開門する。朝にこそ人は目指す城門を開く。鍵は目の前にある。それぞれに人の望むもの、その門はここに開かれる。

生命の溢れひろがりゆくそのとき、口中に頌讃のバラが育ってゆく。幸運が万人に幸いし、口々に神の讃歌のうたわれんことを」

この光と闇のコントラストが私たち日本人の感性に映るときは、これほどに強烈ではない。例えば『枕草子』にはこう記されている。

「春はあけぼの。やうやうしろくなり行く、山ぎはすこしあかりて、むらさきだちたる雲のほそくたなびきたる。

夏はよる。月の頃はさらなり、やみもなほ、ほたるの多く飛びちがひたる……」

何という優しい自然なのだろう。もちろん日本にも暗闇はあり、日本女性も黒い服を着る。しかし日本の黒は礼節謹慎の黒だと思う。

私はまたヨーロッパ旅行の折、黒い服に身を包んだ北国の女性たちに出逢った。稲穂のように輝く金髪、灰色がかった青い目、そしてイラン人のいう「牛乳がゆ」の白い肌をした女性の着る黒は、柔らかな高雅な香りを放つように私には映るのだった。

もちろんイラン女性が黒ばかりを着ているわけではない。闇の凝集力に対抗して、発散の色——白もよく着る。燃える陽の赤、冴えわたる碧空のパーシャン・ブルーも着る。

しかしイラン人はめったに中間色を着ない。あいまいな色を着ては、この国の厳しい自然を生きぬいてゆくことが難しいのだろう。まして日本では好んで用いられるはなだ色、鶯色、古代紫といった複雑な、ひと味抑えた色を見ることはきわめて稀だ。

しかしそのような色が技術的に出せないかというと、決してそうではない。古来、中東でもっとも高い芸術性を発揮したイラン人の所産にミニアチュアがあり、ジュウタン、絹織物がある。近年でも絵本、ポスター、切手などは、近隣諸国の色彩感覚にくらべると群をぬいて見事なのだ。

イラン女性の着る黒は烈しい誓いの黒である。

無時間性

今までにも述べてきたと思うが、イランのいわゆる庭つき一戸建ての家は塀が高くて、中を覗きみることができない。道との境は鉄柵や垣根ではなく、日干しレンガを積み重ねるか土塀である。しかしどの家の庭もほとんど同じで、青いタイルを貼った長方形の——決して丸や、ひょうたん型ではない——池が真中にある。大きな庭なら、この池に流れこむ溝を中心に左右対称に木が植えてある。それは、自然から隔絶し、人の手に成ったことが明らかな形である。イラン人にとって自然とは、人間に酷薄な生を強い、生命を奪ってゆく戦いの相手なのだ。私たち日本人は、自然を庭の内へとり入れようとする。たとえば借景がよい例で、庭園とその背景になる裏山とが渾然とした一つの世界を作るようにする。自然に溜った水のように池を作る。

しかし、このようなことがイラン人には想像もつかない。以前、テヘラン市内に日本庭園が作られたことがある。ひょうたん池に柳、築山に石灯籠まで置いて、一時は好奇心の強いイラン人を喜ばせたが、たちまち人が寄りつかなくなり、ついにとりこわされてしまった。

私はあの荒涼たるヤズドの塩砂漠を忘れることができない。月光に照らし出され、銀白に波立つ海のように美しく見えた砂原が、昼の光の下では索漠たる土、また土の荒野であったことを。草も木もなく、動物の影もないこの荒野に俳句の世界を求めることはできない。いつ終るともしれない詩のリズム、涯《はて》しなき砂漠の旅を思わせる詩句の繰り返しと、神へのひたすらな祈りが在《あ》るばかりである。

「そなたの美が　だれの目にも太陽であれ！
おお　うるわしの顔《かんばせ》よ　その美にさらに美をくわえ
大羽の鷹　そなたの捲髪が　鳳凰のごと
世の諸王の心を　その翼もてうち従えよ
おお　美女よ　そなたの捲毛に囚われぬ者
そなたの顔《かんばせ》に恋せぬ心は
そなたの秋波――その矢を受けるとき
そなたの捲毛のように乱れ
永遠《とわ》に　苦悩の血のうちに転《まろ》ぶがよい」

ここに紹介したのは十四世紀の抒情詩人、ハーフィズの詩で、イラン人が詩占いをする時はこの詩集によるというほど、彼らの生活に密着した詩の一つである。しかしイラン人以外の者が、この詩に吉兆凶兆をもとめて心をときめかすことは難しい。なぜこのハーフィズの詩にイラン人が魅せられるのだろうか。

私たち日本人の感性は、十七文字に凝縮した詩句の中になんらかの象徴をみる。そのように、イラン人はこの詩の中に彼らなりの象徴を見出している。

美女は美女でなくて神であり、捲毛は神の啓示、顔は神の美の啓示、唇は言葉や生命を授ける神の属性になる。苛酷な天に弄ばれて生きてゆくイラン人は、言葉の裏に隠れた、別の抽象的な意味を約束ごととして感受する。だから「美女よ！」という呼びかけは「神よ！」という叫びに変わり、我と神との密約を憶いおこさせる。彼らの心は、その隠れた意味を憶うことによって昂まってゆく。美女や黒髪を通して神に祈るのでなければ、どうしてあの荒野に立つことができるだろうか。

火の祭り

一九七九年の四月、王政が崩壊し、イランは指導者ホメイニー師のもとにイスラム共和国となって新生した。町にはホメイニー師の写真やポスターが出廻った中で、とくに目をひいたのが、光の中に立つホメイニー像であった。歴代のイスラム・シーア派の教主は神の光を受けつぐものとされており、ホメイニー師を教主《イマーム》と呼びかけた民衆の心情が、あのようなポスターになったと考えることもできよう。しかし私は、イラン人の心の奥につねに存在する光信仰を考えざるをえなかった。冬至にしても、その他の祭礼にしても、明らかに光の祭りであり、火の祭りなのである。

イラン暦で一年の最後にあたる水曜日「チャハールシャンベ・スーリー」（赤い水曜の祭り）を見に行ったことがある。春分にもっとも近い水曜の夜、祖先の霊が天降《くだ》るといわれ、その道しるべに火を焚く祭りである。人々は町角で、家の門口で、庭で小枝や木片を折り重ねて火をつける。町中、あちらにもこちらにも赤い炎が上がり、人々はその周りで歌ったり、火をとんだりする。

その夜、私たちは思いたって砂漠へ出てみた。周りは黒い粒子に埋めつくされたような闇である。後ろから何者が近づいてこようとも決してその姿を見ることはできないような、そうした暗黒の拡がりのかなたに、赤い炎がいくつかゆらめいている。それは私たちの住まう、この世のものとは思えない鮮やかな色だった。いくつかの人影が、影絵のようにその炎を囲んで踊っている。私たちは、近づくことのできない別世界のこの影絵に、いつまでも見入っていた。

闇は病魔、闇は悪鬼、闇は老齢であり死である。そしてこの闇があるからこそ、イラン人の心は光を切に求めるのだろう。

廻《めぐ》る天輪

「廻る天輪の悪業を視るがよい
いま　この世に　友はひとりとしておらぬ
過去に　未来に　なにを求めるのか
孤独を友として　現世の相《すがた》を視るがよい」

十一世紀に生まれた詩人オマル・ハイヤームの名は、イランよりむしろ西欧において名高い。彼は四行詩でこのように詠っている。

「この世はむなしい。天は我々に生命をさずけ、またとり上げるが、それは気まぐれな天の戯れにすぎない。廻る天輪に弄ばれる我々は、この世という仮の宿に、一夜の夢をむすぶ旅人なのだ。

廻る天輪のいたずらを見るがよい．黒と白の楽士に踊らされるこの世の空しさを…….

我々には長い年月と思われる一生も、この仮の宿で騒ぎたてる一夜の賑わいでしかない。我々は、天という傀儡《くぐつ》師にむなしく踊らされている傀儡なのだ。この世に執着の心をもたぬがよい。あの世の平穏を求めていさぎよく旅立つがよい。ひと握りの土から作られたこの身は、また土に戻ってゆくだけのことだ」

　ある夜、私はペルシア文学者の野外の宴に招待された。イスラム国イランにしては珍しく、紅い葡萄酒が饗された。客の一人がつと盃に紅《くれない》の酒をくんで、足もとの土にあける。

「われらの祖父にもこの盃を！　やがては、われらも仲間に入るのだから」

　そして、それに続いてひとつ、またひとつ、と地上に盃がふせられていった。

次に掲げるのはたびたび引用してきたロマンス叙事詩『ホスローとシーリーン』の掉尾《ちょうび》をかざる一節だが、そこには作者ニザーミーの人生観がもられている。そして、それはまたイラン人一般の心に通じるものでもある。

王ホスローは暗殺される。王妃シーリーンはその死に殉じて自らの胸に刃をあてて夫の墓の中で死んだ。

「読者よ、この世とは、酷薄無頼《こくはくぶらい》の徒、心を許してはならぬ。この世は　誰にも忠義だてはせぬもの。とどのつまり　一つまた一つととり戻すことのほかは、このさもしい浮世の日々が　人に何を与えるであろう。初めにはお百度踏ませて生命を授けながら、終りには　ただの一度でとり戻すのだ。

読者よ、生きている限り　そなたの身は錯綜せる機械《からくり》。落ちて砕ければ　もはやその身は無。堅固な城壁をめぐらせるこの囲いの中、輪縄の結ばれておらぬ首があるなら見せてみよ。人はこの檻の中から飛びたつこともできず、それを開けることも叶わぬ。どのように出口を穿つべきか。いまだ穿った者はおらぬに　我らがどのようにこれを成しえよう。

この剣呑《けんのん》な大地、暴戻《ぼうれい》な力のもとにあっては、身じろぎもせず座っておるがよい。そしてただ一度だけ　己《おの》が身の上に涙を流すがよい。人皆ひとしく悲惨の身であれば、我らの境涯に涙する者はおらぬのだから」

第四章　イラン人の生活

おしゃべりはイラン人の何よりの楽しみ.

一　ゴラおじさん

やきもち

今年三十四歳になったゴラおじは、骨ばった肩でフーッと息をつく。べつに疲れたわけではない、何だかおもしろくないのだ。

朝七時、外国人留学生寮の南側の端から掃除を始める。今起きたばかりの生暖かい人間の匂いのする部屋——まだベッドにもぐっている者もある——朝の部屋は、その住人の生活や人柄を正直に語っている。

本来は留学生のための寮だが、南側だけはほとんど客員教授の部屋になっている。先生方は早起きで、もう服を着こんで悠々と窓際でお茶を飲んでいたり、煙草を一服という先生もいる。ロシア人の老先生は早くもタイプを叩いている。

ゴラおじは、南側ではほとんど口をきかない。「おはようございます」「おはよう、ゴラーム・ホセイン！　シーツを替えなさい」「はい、先生」「ゴラーム・ホセイン、そのカーテンを開けなさい」「はい、かしこまりました」

先生方は人使いが荒い。フル・ネームで呼び捨てにする。しかし先生方には決して冗談を言ったり口答えをしてはいけない、とゴネリー先生からきつく言いつけられている。

西側の個室に移る。この並びは女子学生だ。ベルジークの女子学生はみんな朝寝だ。（ゴラおじはヨーロッパ人を全部ベルジーク「ベルギー人」と呼んでいた）。ゴラおじが扉を叩くと、ねぼけ眼《まなこ》をこすりながらガウンをはおって起きだす。

「もう朝？　イランの夜は短いのね」

頭は火をつければいまにも燃え上がりそうにモシャモシャとさかまいている。「ゴラジャーン（ゴラさん）」「ゴラジューン（ゴラちゃん）」女子学生はみんなあいそが良い。だが、ゴラおじはどうもベルジークはにが手なのだ。あの白い艶のない肌は彼の好みではない。「牛乳がゆのイカレタやつ！」それより象牙色のつやつやした肌がイラン人は好きだ。

昨年アフガニスタンから来たフーズィエが、ちょうどそんな肌色をしている。ゴラさんはアフガニスタンの美女の部屋を掃除するのを楽しみにしているようだった。ところがこの一、二カ月、彼女は寮へ帰るのが夜遅い。門番の爺やは何でも知っている。十時の門限にはかならず遅れる。それも十分や二十分ではない。フーズィエは「私の爺ちゃん、おねがいョ！」と気前よく三十リアールも握らせる。「アッラーは何事もごぞんじじゃ！」と天を仰いでいるうちに、チュッと投げキッスをして、もう門の中に滑りこんでいるというのだ。

ゴラさんは、ああ、門番になればよかったと思っている。

わが親友ゴラさん（左）

ゴラおじは、毛布をかぶってまだ眠っているアフガニスタンの美女を見ている。天使のように小さな寝息をたてて……机の上にはタバコの吸いさしが灰皿に残っている。洗濯ものがまるめてある。ゴラおじは「チョッ」と舌打ちして、モップでゾロリと部屋の真中をひとなでするると、ドアをバタンとしめて出てくる。

前日、下のサロンで結婚披露宴があった。こんな時のゴラさんは、黒いお仕着せを着てジュースやコーラをサロンに運ぶ。私たちの部屋に灯がついていると、階下からそうっとアイスクリームなどをもってきて、さし入れをしてくれるのだった。

「ゴラさん、ゆうべはありがとう」

アイスクリームの器を返しながらお礼を言っても、今朝のごきげんはなおらない。

「いい年をして、ゴラおじは、またむくれているのさ」

相棒の金髪のおばあちゃんは、美女の部屋をあごでしゃくりながら私に言う。

「ソラ、どいた、どいた」

ゴラさんはモップの柄で、ばあちゃんの腰をドンとつく。尻もちをついた拍子に、赤いシュミーズがぱっと出る。「なんだね、こんなばあさんをかまったりして」ばあちゃんは青い綿のスカートをポンとはたいて立ち上がる。

イラン人はおせっかいで、やきもちやきだ。それは親切心を裏返したものでもあるのだろう。男女にわけていえば、男性が女性に対して嫉妬心をもやすのが圧倒的に多い。それも、たとえば掃除係のおじさんが寮の女子学生に、タクシーの運転手が女客に、レストランのボーイがお得意の婦人に嫉妬する。こうなると、日本ではまず考えられない光景になる。そして現実には、この国のすべての男性は、いかなる女性に対しても嫉妬する権利をもっている。

彼らが女性を見る目つきには、恋から、ごくわずかな好意に至るまでのさまざまな色合いがある。そして、きわめて例外的な「生命をかけた恋」を別にすれば、恋でも親切でも好意でも、それぞれの段階に応じたやきもちをやいて、自分の感情を示し、相手の反応をたしかめる——つまり楽しんでいるのである。

しかし、私はまさかゴラおじの嫉妬が私にまで及ぶとは考えもしなかった。

つい最近のこと、新しく来たアメリカの男子学生と寮の庭のベンチで話をしていた。後方の灌木の陰から小石がとんでくる。最初の一つは子供のいたずらかと思ったが、二つ三つと音をたててとんでくる。だれッ！　と立ち上がると、黒シャツをきた、たしかにゴラさんの後ろ姿が逃げていった。

そのゴラさんが、私の枕もとに白いジャスミンの花を置いてくれたり、長い夏休みのあいだに卵をゆでてもってきてくれた、あのゴラおじだとはどうしても肯《うなず》けない。


こんなこともあった。

アダム

いつだったか風邪をこじらせて寝ていたとき、何日も熱が続いてシーツは汗くさくなっていた。ゴラさんも心配して、しきりに紅茶をいれてくれたり、果物を買ってきてくれたことがあったが、「新しいシーツととりかえてやろう」という。

少しはさっぱりするかと、ゴラさんの好意に甘える気になった。するとゴラおじはシーツをとりかえながら、スイと私の腕にさわる。何かの拍子かと思っていると、今度は大胆にも私の胸に手をのばしてくる、大形のざくろにたとえられるイラン女性の胸とはくらべようもない哀れな胸に。そうそう、いつか中庭のプールで水浴びをしたときも、スイとさわったな。

「もういいわ、あっちへ行って」

私は、きつい声を出した。だらしなく目尻をさげて名残りおし気に出てゆくゴラおじを見ていると、なんだかむしょうに腹がたったものだ。

しかし、これはゴラさんに限らない。バザールの人混みで、バスの中で、イランの男性は何気なくスイとさわってゆく。その大人たちを見ている小さな子供までが、ヨチヨチ走ってきて私たちのお尻をなでてゆく。

おそらく、彼らはきわめて率直なアダムなのだろう。ああ、あそこにイブが行く、ちょっと髪をなでたいと思う。ところが厳しいイスラムの戒律が、人前でそのような振舞にでることを禁じている。だから、男と女が話しているだけで、一緒に座っているだけで、彼らは嫉妬に苦しめられる。それが昂じて動物的な感覚が鋭くなるから、嫉妬のたねになるものを遠くから嗅ぎつけて、灌木のかげに身をひそめて石を投げたりするのだろう。

私はそんなゴラおじを、一度、思いきりおどかしてやろうと考えた。

ある朝、ベッドの上にちょうど体の大きさに服だのクッションを重ねて毛布をかけ、人の寝ている形にしておいた。

「おはよう」ゴラおじの声がした。部屋の扉をあけて少し待っている気配がする。「エミコジューン」ゴラおじは入ってきて毛布に手をかけようとした。

今だ！　「ゴ、ラ、さん！」洋ダンスのかげからとび出して彼の背中にとびかかった。「オッ」という小さな叫びだけで、ゴラおじはヘナヘナと腰をぬかしてしまった。やり過ぎたかな。「ごめん、ごめん」と手をひっぱったが腰がたたない。

「ゼイトゥーン（オリーブ）好きのシェイトゥーン（いたずらもの）め！」

ゴラさんはちっとも怒っていない。腰をぬかしたまま、韻をふんだようなへらず口をたたいている。イラン人は元来ユーモアの精神に富んでいる。

日本の友人が訪ねてきた時のこと、私たちは「水たき」をしようと料理禁止の寮室に、鶏と玉葱を買いこんで料理をはじめた。匂いはたちまちひろがってゴラおじがとんで来た。

「コレ？　日本のコーヒーよ！　ゴラさん飲んでみる？」

私がウインクを送りながら言うと、ゴラおじもたちまち相好をくずして「カフェ・ジャーポニー、カフェ・ジャーポニー」と歌うような声をあげて行ってしまった。


「ねえ、ゴラジャーン、字よめるんでしょ」

「もちろんでさあ」

ゴラおじは機嫌がいいと、私の部屋でしばらく話をしてゆく。この国では字の読める者と読めない者では、給与が十倍から十五倍も違うという。「おれは読めるからして、大学でも勤まるんだ」とゴラおじは胸をはった。当時、字を知らない者はテヘランで四十パーセントと聞いている。

『今朝は起こさないでください』

試験勉強で徹夜をした明け方、私は扉に貼紙をして午前中ゆっくり眠ろうと思った。すると寝ついてすぐ、部屋の扉がドン、ドンと激しく鳴った。ゴラおじがただならぬ顔つきで立っている。

「何か書いてあるんで、大事な用事におくれるといけないから」

いつもより早く起こしたというのだ。

ああ、ゴラさん！　悲しいのかおかしいのか自分でも分らなくなって、私は「アリガト」とその貼紙をはずした。これが一年目だったら文句を言うところだった。

イラン人は何か尋ねられたとき、できないとか、知らないとか決して言わない。道を聞いて見当違いを教えられ、憤慨した旅行者は多いことだろう。しかしイラン人は、知らないと言うのが失礼に当ると思っているだけなのだ。それにイラン人の名誉のためにつけ加えれば、これは決してイランだけの話ではない。イタリアのローマ中央駅を尋ねて駅の周囲をぐるっと一巡させられたり、カラカラの遺跡を尋ねて半日、近辺を歩いたことがある。イタリアはイラン以上に陽気な国だから、その国の親切には多少の税金を払わなければならない。

ラマザーン（断食月）

イラン人が三つの暦を使っていることは前にも述べた。西暦、イラン太陽暦、イスラム太陰暦である。そしてこの国の行事や祭祀はイラン太陽暦、すなわち三月二十一日春分の日を新年とする暦にもとづいている。

イスラム太陰暦は世界の全イスラム教徒共通の暦で、宗教行事に限ってこの暦が用いられる。太陰暦であるから、毎年ほぼ十一日のずれがあって、何年か経つうちに、春の行事と思っていたものが別の季節になったりする。

イスラム教徒が断食を守る月、ラマザーンは、イスラム暦の第九月目に当る。

「これ信徒の者よ、断食も汝らの守らねばならぬ規律であるぞ……」（コーラン）

イスラム教徒はこの月――二十九日のあいだ、日の出から日没までの時間は水を含めていっさいの食物を摂らない。

ラマザーン月には、人々の生活のリズムががらっと変わる。

日の出前、早々にたっぷりとした食事を摂る。カロリーの高いものを摂っておかないと、一日躰はもたない。棗《なつめ》の砂糖づけが街に出廻るのもこの時期である。

朝の祈りをすませ、午前中はまだ力がある。十一時、十二時頃には飢餓感に苦しめられるという。次第に気がたってくる。イラン革命の発端も、一九七八年のラマザーン月に、アバダーンでおきた映画館焼打ち事件、その他の地方での一連の流血事件に求めることができよう。

さて、午後は仕事をする元気もない。大学の授業も午後はほとんど休講になる。人々はモスクへ出かけたり、ゴロッと横になったまま日没を待つ。断食月は最初の一週間がもっともつらいという。

夕方、陽の沈みかかる頃からパン屋の前に行列ができる。日没をつげる鐘の音を聞きながら、パン屋がガラガラと戸をあける。善良な信徒は食物のありがたさを心にきざみ、今日もまた断食を守ることができた意志の強さと健康を、神に感謝しながら家に帰る。

すべての食料品店もレストランも、夜は十時過ぎまで店を開けている。うす暗い街灯に浮かびあがる大通りでは、アセチレンガスの匂いのするガス灯をたてた下に店がでる。棗《なつめ》、チーズ、クルミ、木の実、果物が路上に並ぶ。夜のあいだにたっぷり食事をするので、この月は街全体が夜おそくまで明るい。ラマザーン月の夜は、善男善女でいつまでも賑わっている。

テヘランの町なか，時刻がくればこうして祈る．

一度にどれほど食べるにしても、夜の一食と早朝の食事だけでは量も少ない。のこりの一食分は貧しい人人のために、喜捨をするのがこの月の大切なつとめ、これを忘れては断食の意味がない。

それに、一年のあいだに摂った多量の脂肪分が落ちるから、健康にはきわめて良い。隣のホセインは断食を守ったから肝臓病が治った、断食を破った罰で裏のおじちゃんは死んだという噂も、それなりに根拠があるのだろう。

しかし老人、幼児、妊婦、病人は断食というこの苦行を免れる。イスラム教徒でも旅行中の人は、食習慣の違う土地では守りにくいから免除される。そのかわり喜捨をする。または、ほかの月に断食をするといった便法がとられる。断食の途中で禁を破ったものは、その後二カ月の断食をして罪をつぐなわなければならない。

労働よりは楽しみを求めるイラン人。烈しい欲望をもてあまし気味のイラン人。自己主張が強く協調性に欠けるイラン人。乾燥の地であるために、脂肪分を多く摂取するイラン人。

たとえ一カ月の仕事が停滞しようとも、宗教は厳重な掟《おきて》を課して、彼らの肉体と精神に健全さを取り戻させようとしている。

ゴラさん一家

さて、ゴラさんに話を戻そう。きわめて人間的な欲念が強く、嫉妬深く、ユーモアの心に富み、噂ずきで親切な私の友人ゴラおじは、私にとって単なる寮の掃除のおじさんではなくなっている。イラン人の生きた教科書であり、三年目に入った私とゴラさんとのつき合いでは、時に肉親に対する感情のようなものを覚えることがあった。

この年の断食は寒い時期だった。

断食月の終るという夕方、ゴラさんの娘が二十五号室の扉を叩いた。だれに似たのか、キラッと光る賢そうな目をしている。

「断食明けのお祝いをするから、父《とう》ちゃんがおいでくださいって」

十一歳にしてはしっかりした口調だ。

「スィーミー、断食を守ったの？」

彼女は嬉しそうにコックリ頷く。この子は最初の一週間、目の色が定まらないようで元気がなかった。続くのかな、と思いながらそれとなく見ていると、だんだん口をきかなくなる。目尻がキリッとして、小さなチャードルを被ってせっせとモスクへ通う後ろ姿は、何か他人に言えない決意を秘めているようにみえた。断食月の少女の姿は、ハッとするほど健気《けなげ》だ。一カ月の苦行を終えて私の前に立ったスィーミーは、肩のあたりが清々しく痩せて、大人びた深い目の色をしていた。

ゴラおじさんの家は、大学寮のすぐわきのボイラー室に続くコンクリート造りの一部屋だった。広さは十四、五畳あるが粗末な敷物が一枚、部屋の隅にはふとんが積みあげてある。

スィーミーの下に男の子ばかり三人、いたずらそうなイガ栗頭を並べる。おかみさんは灰色のチャードルをひきずるようにして、だるそうに胡座《あぐら》をかいている。このあいだ、石段の上に大きなお腹を乗せるようにして座っていたこのおかみさんを、門番の爺やが顎でしゃくって「ごらんよ、またお荷物をかかえてるぜ」と言っていた。

もう四人も子供を生んで、またここで一人お腹に抱えている。三十そこそこというのに、皮膚は裏皮のようにつやがない。おかみさんはスィーミーに言いつけてまず薄いスープを出した。断食した者に、いきなり普通の食物を食べさせては体に毒なのだ。

「なにしろ私がこの体で、今年は断食ができなかったから……」

おかみさんは娘をいたわるようにスープを盛ってやりながら、

「この娘《こ》はね、あなた、父《とう》ちゃんよりよほど烈しい気性なんですよ」

と部屋の隅にかしこまっているゴラさんを睨む。ゴラさんは断食月の半ばすぎに、おかみさんの飲み残したスープをつい一口やってしまった。それを、弟の面倒をみていた長女のスィーミーにみつかってしまったとか……こんな噂はたちまち寮中に流れて、ゴラさんは残りの日々を肩身のせまい思いで過ごしたらしい。冬の断食は楽なのに、とおかみさんが言う。夏に廻ってくると日照時間も長く、渇いて死ぬ人もでるという。

「おれはずっとルーゼ（断食）を守ってきたんだが、今年はおまえが食ってるもんだから……」

家の中で誰かが食事をしているのを見るのはさぞつらいことだろう。外国人用のレストランやホテルでも、この期間は通りに面した窓はカーテンを下ろしているのが常識だ。

スィーミーの頬はやっと子供らしく輝きだし、せっせと食物を口に運んでいる。

「ぼくも来年は断食したい」九つになる男の子が言う。

「おまえなんぞはいいんだ、バカ」ゴラさんはやっと元気が出たように子供を叱りながら、大きな鳥肉の入ったそら豆ごはんを運んできた。

やがて果物、お茶が出る頃になって、

「日本にも断食があるのでしょう」

とスィーミーが聞く。学校で習ったという。禅宗の修行を指すらしい。

「自分から断つんでは苦しいですね」

おかみさんはまたゴラさんを睨みつける。今日のゴラさんは養子のように膝を揃えてかしこまっている。

二　マハバシュの結婚

結婚という取引き

私の留学期間中に、ひとりの大臣が結婚した。その時のインタビュー記事の中に次のようなやりとりがあった。

「あなたは、なぜ妻としてイラン女性を選びましたか」
「イラン女性でなければ『アタレ・マタレ・トゥトゥレ』が分らないからです」
私はこの記事をたいへん興味深く読んだ。興味の第一は、イラン人がイラン女性を妻とする――日本人ならごく当りまえと思うことが話題になった点である。当時、イランでは男も女も、外国人と結婚することを好む風潮があった。政府の役人、大学の教師、事業家で、外国人の妻をむかえた人はひじょうに多かった。女性の側にしても、ことにアメリカ人、ヨーロッパ人との結婚は親戚、友人間の羨望の的であった。

第二は、ここに引用した「アタレ・マタレ……」という大臣の答え方を面白く思った。この遊びについてはすでに第一章の終りの方で触れたが、日本の「ずいずい・ずっころばし」のような遊びで、イランの子供たちはよくこの歌を唄いながら、膝頭をひとつひとつたたいて遊ぶのである。

大臣は「イラン人にはイラン人にしか通じない心がある」ことを言いたかったのだろう。政府の高官が子供の遊び歌を引用した心を、私は興味深く思った。

もうひとつ驚いたのは、この大臣がもはや初老の域に達した年齢でしかも初婚であったこと。ヨーロッパのある文豪は「男の初恋を満足させるものには、女の最後の恋しかない」と言ったが、それはもちろん青年のときの初恋である。ところがイランの恋では、男の最後の恋と女の初恋のカップルが恋の理想像なのだろうか。男盛りもすぎた分別《ふんべつ》盛りの男性と、ういういしい女性——これはミニアチュアなどにもよく描かれるモチーフなのだ。

これは男性優位の社会の縮図ではないのか。ところが、「とんでもない!」という答えがイランの若い男性から返ってくる。「マハル」(婚資金)を整えなければ、好きな女性に申し込むことなどできない。イラン女性は、婚資金のない男性のところへは決して来てはくれないのだという。

婚資金は、寡婦資金とも訳される。結婚に際して、夫となる者から妻となる人に贈られる結婚契約金である。

婚約寸前にまでこぎつけながら、婚資金でこじれて頭を抱えこんでいる憂《うれ》い顔の青年——私はこういった花婿脱落者を数多く知っている。

「日本では、どうなの?」

彼らはよく私に質問する。日本でも古くから結納金があって、近頃はかなり派手になった……と私は説明する。それから、すこし誇張して彼らの蒼ざめた顔色に刺戟をあたえてやる。でも、恋愛関係にある男女の意志に障碍の入りこむ余地はほとんどない。日本には「手鍋さげても……」という古い言葉がある。すると彼らは、まったく羨ましいかぎりだ、さすがにフジヤマ・ゲイシャの国だとおかしなほめ方をする。

イランの女性は、この「手鍋さげても」に反論をくわえてくる。およそあてにならない男心よりは婚資金の方が、どれだけ頼りになることか。男の心ほどいいかげんなものはないのだからという。

この年の春、マハバシュが結婚した。相手はテヘラン大学を出てフランスへ留学した、石油会社勤務の前途有望な青年である。しかしゴールインまでに彼女は何度か「取引き」をした。

最初はおそらく二人の恋から始まったのだろう。しかし結婚にこぎつける確信ができ、その上婚資金の額をつり上げることも可能と見るや、マハバシュはたちまち態度を変えた。心変わりしたかのように恋人を無視する。釣りおとした魚は大きい。青年は追い、契約の金額を増して懇願する。彼女は手を与えながら胸許をちらつかせ、この胸のうちにある心を得たいという欲望を確実に相手の青年に植えつけて、次々に値をつり上げていった。

契約はいまにも破局かと見える。すると、頭を抱えこんだ青年の前に立って彼女は婉然とほほえむ。それはちょうどバザールの取引きを思わせた。三年のあいだ、契約は浮きつ沈みつしていた。もっとも、青年もなすところなく頭を抱えていたわけではない。ほかに女友達をつくろうとした。しかしイランでは、このエリート青年の目がねにかなう良家の子女は、外では男性と口をきかない。たとえ大学のキャンパス内で自由に話し合っている友人でも、一歩外へ出るとまるで別人になる。世間の目を恐れるからである。青年は考えた。そして外国人である私たち女子学生に接近し、ちらちらとマハバシュの反応をうかがっていた。

「藍《ニール》の買手あらば袋を開けて売るがよい　たとえそこがナイル《ニール》河であろうとも」

私たちもそろそろ藍の売り時ではないかと思っていた矢先、二人の婚約が成立した。結婚式に先立って、まず「アグト」（契約式）があった。

契約式

イランの契約式は一日がかりである。午後になってから私はマハバシュの家へ行った。契約式は普通花嫁の家で行われる。

家の中は男性と女性のふたつの世界に分れていた。一階の客間は、入ったとたんにむせかえる女性たちの体臭、賑やかな笑い声、子供たちのかけ廻る騒々しさでいっぱいだった。正面の真新しい鏡を前にしてマハバシュは白い衣裳をつけ、頬を輝かせて座っている。彼女の親戚も花婿側の親戚も、女性はすべてこの部屋に入っている。ひと昔前は既婚者だけで、離婚歴のある者は入れなかったというが、最近はそう面倒なことはいわない。

男性はすべて二階の部屋に集まってお茶、コーヒーを飲み、水煙草の廻し喫みなどをしながら比較的静かに、ひたすら坊さまのおいでを待っている。

イスラム教徒の結婚は契約である。したがってこの「アグト」（契約式）がもっとも大切な儀式で、披露宴がこの式につけ加わることはまずない。契約式に先だって両家のあいだでは婚資金の金額、婚資金の中に含まれる花婿側からの贈り物――鏡、燭台、コーラン、指輪、砂糖――と、花嫁の持参金、披露宴の分担金額などがすでに決められている。

マハバシュが三年間かけてつり上げた婚資金は百万リアール（当時五百万円）だとのこと。ちなみに当時大学出の平均給与が三万～六万リアール。法律事務所の話によれば、婚資金は三十万から五十万リアールが平均だという。百万の婚資金に対して、マハバシュの持参金は三十万リアールで、これを彼女は現金でなしに、日本でいう嫁入り道具にしてもってゆく。

坊さまはなかなか来ない。マハバシュの部屋では花婿から贈られた鏡や燭台、指輪の値ぶみがしきりに行われる。

「これ、どう、安く買っても十万リアールはするじゃない？」

「どーれ、私の指輪とくらべてみよう、ふんふん、これは大したものだね」

「ところで納采金《のうさい》はどうなったの？」

「三万リアール、もちろん現金よ！」

マーッと羨望のため息がもれる。納采金というのは、花嫁の母に対して支払われる「シール・バハー」（授乳礼金）で、遊牧民族などでは羊一頭、山羊一頭と家畜で支払われたそうである。現金で払われるこのお礼金の半分をマハバシュは母からお祝い金としてその場でもらうのだという。日本の結婚式場では決して聞くことのできない契約金、謝礼金、現金といった言葉がポンポンととび交う。

こうして私が女だけのこの部屋に入ってから二、三時間も経った頃、扉の外に男の声がした。

「マハバシュ嬢との結婚を希望する花婿、ハサン・タバタバイーなる青年は……」

中年の坊さまの落ちついた声だ。ハサンもそばにいる気配。坊さまは続けて、花婿の学歴、職業、収入、婚資金の額、納采金の額を述べ、

「エー、贈り物としましては時価十万リアールのダイヤの指輪、鏡、銀の燭台、コーラン、砂糖、しめて十八万リアールでございます」

坊さまはここまできてひと息おく。

「マハバシュ嬢よ！　どうかこの青年との結婚契約に同意していただきたい」

室内は老婆たちのシーッという声に制せられて息をひそめる。マハバシュの上気した頬が美しい。

「まだまだ……だめだよ」

老婆の一人が花嫁に言いきかせるようにささやく。べつの老婆が大声で扉の外に向かって言う。

「まだ契約しないと言うとるよ！」

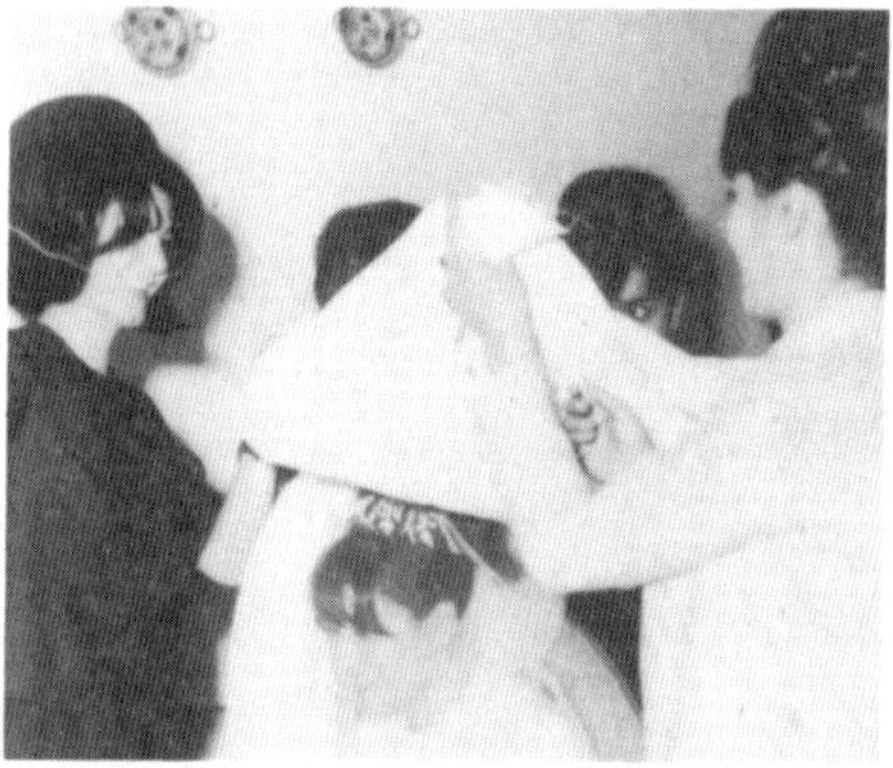

女たちは楽しげに歌う「お姑さんの舌を縫おう」

すると足音は遠ざかっていった。

室内はまた割れかえるような賑わいに戻る。

「こんどくるまでに、あれをやっておかないとね……」

四、五人が白い布を持ち出してきた。布の四隅を一人ずつ持って、座っている花嫁の頭上にひろげ、一人が布の端を糸で縫いはじめる。

「おしゅうとめさんの舌を縫おう　こじゅうとさんの舌を縫おう」

皆は唄うように声を合わせる。どこの国でもババ抜きは有難いらしいが、この国ではお姑さんも小姑もいっしょになって唄っているのだから陽気なものだ。七色の糸で縫うと縁起がよいというが、今日は赤だけだった。

お姑さんの舌はほんの三十センチほどで縫い納めとなり、次は大きな砂糖の塊《かたまり》――イランの砂糖はカチカチに固まっている――をぶつけ合わせて布の上でカッチンカッチンと砕きはじめた。

「シーリーンタル・バーシェ（甘美でありますように！）」

また皆が声を合わせる。

花嫁がより甘美に香り、新生活がスイートであるようにとの祈りをこめて砂糖をふりかけたり、撒いたりという表現は文学作品にも屢々あらわれる。沈香を焚く時に砂糖をかけると沈香はよりよく香るという。それならばこの美しい花嫁は沈香で、今ハラハラと砂糖をかけられて、燃え香ろうとしているのか。

そのうち、再び坊さまの声が扉の外にする。お喋り好きなイラン人。坊さまとなればそれが商売のようなもので、先ほどと同じように花婿の学歴、職業、収入、……を並べたてる声もよどみがない。

「エー、贈り物としましては……しめて十八万……どうかこの青年との結婚契約に同意していただきたい、マハバシュ嬢！」

坊さまが最後の「マハバシュ嬢」で急に声を張りあげると、部屋の隅の子供たちが、たまらなくなってキュウキュウと笑い声をあげる。

若き日の自分を思い出してすっかり昂奮している中年、初老の婦人たちに囲まれ、花嫁は目を輝かせて黙っている。

再び断られて足音が遠ざかってゆく。

「今日のマハバシュの可憐なこと」

などとささやき合って涙をうかべながらキスをしてやる。散りゆく花へのいたわりが七分に、あとの三分は自分たちもこうして祝福を受けて入った結婚生活――喜びよりは苦労の多かった生活の思いがさまざまにこめられている。

さて、このプロポーズ劇は心配はいらない。必ず三度繰り返される。どんなに熱烈な恋仲でも、三度乞われて初めて「バレ（はい）」と承諾すべきものとされている。

三度目、いよいよその時がきて、また最初から同じ言葉が唱えられた。

「……どうか同意して下さい！」

部屋中がこの時を最高の昂まりに盛りあげるべく、一瞬、シーンとしずまった。マハバシュの母は、娘を抱くようにして耳もとに小声でうながす。

「さ、言いなさい」

小さな「バレ」という音《おん》が形のよい唇から恥ずかしげにこぼれた。

ワーッという歓声が湧きあがる。扉が開いて花嫁の父、花婿、それに坊さまがなだれこむように部屋に入ってきた。花嫁は白いベールの下で感動の涙をながし、父親の腕にとび込んだ。居合わせた人はみな互いに抱き合いキスを交わしている。

花婿の後ろに影のように立っていた坊さまが、束ねた紙幣をマハバシュの鏡台の上においた。納采金である。すると、まだ涙の伝っている頬で、マハバシュが鏡台の前に跪いた。レースの被り物をちょっと上げる。不意に、まじめな顔つきになっている。彼女は納采金のお札《さつ》を数えはじめた。白い手袋が邪魔だから無造作にぬぎ捨てる。こういう突然の変化に私はいつも驚かされる。自然に私の目は「何ひとつ見おとすまい」という光を帯びるのだろう、マハバシュは私にニコッと笑いかける。再び真面目な顔にもどるとお札《さつ》を数え終り、きっちりふたつに分けて、

「ママン！」と母親を呼んだ。

半分は彼女の母のものである。花嫁は自分のものになった半分を、銀行員である従兄に渡してふたたびベールを下げた。

この後にくる契約式はきわめて事務的にすすめられた。坊さまがコーランを読みあげる。花嫁は膝の上にひろげたコーランを唱《とな》える。市役所の登録係が大きな台帳をひろげる。花嫁、花婿、保証

人が二人ずつの計四人、坊さまと市役所の係員、これらの人の署名ですべては終った。花嫁衣裳に身をつつんで終始うつむいている可憐で清楚な日本の花嫁が、札束を数えるこの花嫁を見たら何というだろう。

しかし紅潮した頰で目の前に立っている花婿の心より、今手にする現金の方がどれほど当てになることだろう。廻《めぐ》る天輪は気まぐれだ。今日この二人が幸福のうちに抱擁しあう祝いの部屋を、あすは悲しい別離の場と変えるかもしれない。マハバシュの手にした一万五千リアールと婚資金契約書は、どのような愛のことばより確かなものではないか。イラン女性なら、臆することなくこの現金をこそ愛の証《あかし》と認めるに違いない。

日本の男性と結婚したあるイラン女性は、婚資金について次のようなイランの考え方を教えてくれた。

「婚資金があるからこそ、実家の母が病気だとか、妹の結婚式の費用だという時に、いちいち夫に気がねせずに出費することができるのよ。私は夫を愛しているからこそ、お金のことでいちいち言い争いなどしたくないの」

たしかにイランの婚資金は、結婚生活の上で夫婦が互いに気まずい思いをする、ことに妻の側の多額の出費——その解決の鍵となるのかもしれない。

花婿の夜

マハバシュの契約式が終って、私は大学の友人たちと寮へ戻ると急に疲れが出た。午後のおよそ五時間ほどを女部屋のむせかえるような中で過ごし、お茶を飲みお菓子を食べただけで、ろくに座ってもいないのだった。花嫁花婿はどこかへ旅行にでも行ったのかしら。それにしても、契約式は披露宴と違って食事も出ない。そうだわ、誰かを誘って食事に出よう。

私はフランスのブリジッドの部屋を覗く。

「あら、もう帰ってきたの？　おもしろかった？　へえ――それで、それから……」

ブリジッドは最近イランの青年とつき合っているので大いにこの契約式に興味をもって、私といっしょに町に出ようと言う。まず軽い食事をしましょうということで、私たちは大学通りを東へ東へと歩いて小綺麗なイタリア・レストランに入った。

「タバタバイー君、どんな顔してた？」

ブリジッドはパリ大学で、今日の花婿のハサン・タバタバイーを知っていた。

すると、うす暗い店の隅で、向こうむきに座っていた男性がふり返った。アッ！　私は声をあげるところだった。先ほどの花婿が悄然とそこに座っている。

「どうしたの、いったい！」

と問いかける私たちのテーブルに彼は席を移してきたが、憮然たる面持だ。

説明によれば、今日は契約をしたのであって結婚そのものは一週間先なのだ。いや、もっと先になることもある、女性の都合でね、と言う。

もともとこの結婚はマハバシュ家の方がいくぶん格が上だとのこと。ハサンは例の婚資金を整えるため、だいぶ苦労をしたらしい。ハサンの父は彼の留学中に亡くなって、この結婚には伯父が後ろ楯となっていた。

「一週間なんて、そんなバカな！」

ブリジッドは口をとがらせる。パリジェンヌには想像もつかない愛の契約である。せめて今日ぐらいいっしょに夕食を摂る、家具を見にゆく、そんなことでもできなかったのか、私も花婿に同情してしまう。しかし、私たちにいったい何ができよう。

ハサンは私たちに肩を叩かれて夕闇のなかに消えていった。

披露宴

マハバシュの披露宴は大学のクラブで華やかに催され、二百人前後の着飾った男女の客が集まった。私たち寮生も何人かが前もって招待をうけたが、当日になってから、寮のだれにでも出席してほしいというマハバシュの希望が伝えられ、多くの寮生たちが出席した。

マハバシュは美しい白の衣裳で花婿と腕をくんで招待客のあいだを廻る。イランの結婚式やパーティーはすべて立食形式で、テーブルスピーチなどない。時々老婆たちが激しく舌をふるわせて、歓喜の口笛といったかん高い声をあげる。結婚式にはつきものの喜びの声なのだが、昔のおまわりさんが犯人をみつけた時の呼子に似ていると私は思ったりする。

こうして結婚式をあげたマハバシュは三年たらずで離婚した。

留学を終えた私が日本へ帰り、再びイランを訪れた時、ポンと肩を叩かれて、「私、いま独りよ！」とまるで旅行から帰ったばかりというように陽気な声で告げられた。

例の、もめにもめた婚資金百万リアールはもらったのかしら？　彼女は派手な身振りを交じえて離婚のいきさつを話してくれた。

暮してみてうまくいかないことは三月ほどではっきりした。それでも婚資金をひき出そうと二年半もねばったのだけれど……彼女はおかしそうに笑った。贈り物としてもらった品物、結婚式の費用などが婚資金から差し引かれた。なんだかんだと理由をつけてハサンは現金を出すことに反対する。結局家庭裁判所にもちだして、手に入れたのは半分にもならない金額だという。

それにしてもマハバシュの顔はかげ一つなかった。（婚資金は年々高くなり一九八一年現在、中産階級の平均額は三百万リアールもするという。もっとも現在のリアール価は二円程度だから昔の五分の二しか価値はないが。）

三　イラン人の楽しみ

娯楽と楽しみ

イランで過ごした四年のあいだでもっとも苦しかったことは、と聞かれたら私は、第一に娯楽の少なかったことをあげるだろう。帰国して好きなように旅行もでき、スポーツも楽しめる。ラジオでもテレビでもさまざまな番組が楽しめる。日本はなんと娯楽の多い国だろう！　そう思って過ごしてきた。

ところがつい先だって、ヨーロッパからの留学生と話をしていて「日本は娯楽の少ない国です」と言われてびっくりした。

よく聞いてみると、日本人といっしょにスポーツをしても、楽器を弾いても、いつでも日本人は真剣になりすぎる。向上心そのものは立派なことだが、向上するために必ず自分と他人を比較して、他人より上手に他人より強くなろうとする。相手を負かすとせいせいする。それは娯楽ではありませんと言われて、なるほどそういう見方もあるのかと感心した。娯楽施設はあるけれど、本当に楽しんでいる人は少ない、ということをその留学生は指摘している。

ウサギ小屋に住む働き蜂などと言われてから、日本にもにわかにレジャーを楽しもうという気運がでてきたように思われる。しかしずい分と無理があるようだ。第一、資源の乏しい日本では、働かなければ国の経済がこれほど繁栄することはなかったろう。それに、生来好奇心が旺盛で、儒教の影響であろうか勤勉になり、心を正し身を修め家を斉《ととの》えることを人の道と心得てきた日本人には、暇をぼんやり過ごすことは罪悪だという観念が頭からぬけない。「時」は、日本では金《かね》である。

ではイランではどうだろう。砂漠に生あるものの姿を認めることは稀だ。砂漠で見かけるのは、砂の上をとぼとぼといつまでも歩いている人間とラクダの姿。イラン人にとって「時」は無限である。その無限の時を、廻《めぐ》る天輪がつかさどっている。人間は時に対して無力である。人間の一生は一瞬でしかない。ではこの一瞬を楽しもう、そうイラン人は考える。

私は、イランには娯楽がないと思った。日本にいる外国人は、娯楽施設はあるが日本人は楽しんでいないという。そう言われてイランのことを考え直してみると、日本のような娯楽施設はないが、イラン人は日本人よりはるかに楽しむことを知っていると思わないわけにはいかない。

日本の平均的サラリーマンの娯楽は、マージャン、パチンコ、テレビ、それに先頃のアンケートではごろ寝というのがあった。学生がスポーツ、音楽、読書、家庭婦人なら買物、おしゃべりといったところだろうか。

イラン人だと、年齢、性別、職業を問わず、訪問、映画、散歩、風呂、買物、ゲーム（トランプ、クロスワード・パズルなど）があげられるだろう。訪問というのは、小さなパーティーに、お客を招いたり招かれたりのことで、日本人のおしゃべりの楽しみと同じであろう。ゲームは、日本のマージャンのメンバー、野球のチームとは違って不特定の人々が参加する。

こうしてみるとイラン人と日本人の共通項は、買物とおしゃべりになろう。ほかの楽しみはずいぶん違っている。そして日本人の楽しみが気心を知った小人数にかたまる傾向があるとすれば、イラン人のそれは大勢の人々の中に入っていこうという楽しみである。

ショッピングの楽しみは私も知っているし、バーゲン会場を歩きまわることも多いが、いつでも日本の店の真剣な雰囲気が気になる。黙々と品物をひっくり返し、ひっぱり出し、右左のものとくらべる。店員と冗談口をたたいている人は、まず見かけることがない。

ところがイランの買物は客と店員の寸劇のように見える。バザールだけでなく、普通の店でも定価通り買うことはない。

高い！　いや高くない！　問答の果てには、お客様は神の賜物《たまもの》……といった詩句もとび出す。こういったやりとりは第一章の「テヘランの町」ですでに述べたが、これは買物を通じてのコミュニケーションにほかならない。イラン人はこの楽しみを買うために買物に行く。テヘランにはスーパーもデパートもあったけれど、イラン人はやはりバザールに集まる。

日本人の楽しみとするスポーツ――ゴルフ、テニス、水泳でも、読書やパチンコでも、人と話をすることの少ない娯楽だ。イラン人はスポーツでも大勢でしゃべりながらできるものが好きだ。

つまり、イラン人の楽しみはすべて会話につきるといえそうだ。日本でも最近はおしゃべりの国際社会に仲間入りができそうになってきたし、会話を楽しむ人たちも多くなったけれど、イラン人のおしゃべりとは大分違う。

言葉の楽しみ

日本人の会話はまず、お天気から始まる。それからいきなり、家庭家族の情報交換に入る。あるいは真面目な仕事の話。だいたい説教型か私小説型になる。同じレベルに立った意見交換は「時」の浪費だから、通常は上の者が御高説をたれ給う。下の者はただ聞くだけ。反論をすれば損になるし、これも「時」の無駄だから「はあ、はあ」と同調する。反論、批評は飲んだ時にするが、ついでにその席にいない上役の悪口というオマケがつくこともある。

あまり親しくない二人の会話は、共通の知人さがしから始まる。その知人がみつかると、実はつまらない人物なのに、この二人にとっては救いの神になる。もしその人物が実力者であれば、自分とその人のかかわりがどれほど深いものであるかを誇示する。あんなことがあった、いやこんなことも……。これが履歴書型。そして世間一般に通じる客観的話題に発展しない点で私小説的でもある。思わず笑いたくなるようなユーモアのある「話」になることはほとんどない。

イラン人の会話は相手をほめる言葉で始まる。彼らも噂は大好きだが、何人か集まった時にはだれもが参加できる話題を提供する。特定の一人ばかりがほめられたり、けなされたりしないよう、だれもが自然に気を配る。そのかわり意見は堂々と述べる。議論になるとだれも容易に譲らない。自説の傍証がために、時には古典詩がとび出す。きわどい小咄《こばなし》になることもある。

語彙《ごい》の選択も厳しい。たとえば、私がある女《ひと》の目は「美しい」と言ったとする。ただ「美しい」ではこの国では意味をなさない。「水仙の花のように……」「夢見るようなうれいを含んだ……」「アーモンドのように切れ長の……」、なるほどと皆が頷くまで、さまざまな形容詞が吟味される。こういった会話を愉しむマナーを知らない人を、イラン人は「ナマッキー」（魅力・または塩味）のない人だと評する。

これは日本のことだが、あるアンケートで、商品の品質性能を能弁に説明するセールスマンと、あまり喋らないが実直そうなセールスマンのどちらの品を買うかというのがあった。回答の数字は忘れたが、後者の方が率がよい。日本では、「巧言令色少なきかな仁」である。イラン人に言わせれば、これはとんでもない。言葉は意を伝えながら、しかも美しく楽しくなければならない。もしも商品の品質を上まわる言葉に心が打たれれば、彼らは心の中でさまざまな計算をした上でそれを買うかもしれない。第一、喋り上手でないセールスマンを彼らは想像することができないであろう。

さて、話をイラン人の娯楽に戻そう。イラン人に暇があったら、だれでもしそうなことをここに紹介してみよう。

映画

日本映画が来ているから、と友人のメヘリーに誘われた。『民子という名の娘』という題で、なかなか評判の映画だという。メヘリーは「一度見たのだけれど、あんまりステキだったから……」と言う。筋を聞くとよく覚えていないらしい。とにかく天国のようなすばらしい景色が映ったという。「雨が降ってきたようだわ！」と優しい声で民子が言うのだそうだ。「ねえ、ステキじゃない？　雨が降ってきたようだわ！　なんて……」

私は苦笑してしまう。その雨に日本では悩まされることがあるというのに。

テヘランにはかなりの数の映画館があるが、そのどれもがいつも満員で、一回終るたびに全員を入れかえるが、立ち見はさせない。定員は三百か四百ぐらいだろうか。どの映画館も思ったよりきれいだ。当時は映画の始まる前に必ず国歌が奏され、全員起立して斉唱することになっていた。画面には国王一族のニュースが、それから広告、予告編という順序だった。どんな外国映画もすべてペルシア語に吹きかえてあるので、私たち外国人には耳ならしの練習になった。

映画館――日本ではすっかり客足の遠のいたこの娯楽の場に、イラン人は続々と集まる。時間表を見て、何時から何時まで映画を見ようなどと考える者はいない。一日を時間で割って計画をたてることは、彼らには考えも及ばない。

切符売場には長い行列ができていた。その列の中には必ず知った顔がいる。抱き合って挨拶をかわす、ポケットからとり出したピスタチオの実を食べながら列の中途に入りこんでおしゃべりに余念がない。

「わしはちょっと急いでるでな」

堂々と割り込む者もある。入られた方も「どうぞ、どうぞ」などと言う。知人かと思えばそうでもない。

メヘリーのクラスメートが四、五人かたまっていて、私たちを入れてくれた。後ろにいる男性にメヘリーが言う。

「ごめんなさい、あなたに背を向けて」

これは決まり文句の挨拶。

「いいえ、美しい花には前も後ろもありませんよ！」

日本人が聞いたらキザな言葉が返ってくる。時には映画の一回分以上並ぶこともあるが、この砂漠の国民はイライラしない。

イランの映画館は同じ館の屋内と屋上にスクリーンをもっていることが多い。夏場は屋内よりは屋上のほうが快適だ。雨の心配はないし、何より料金が安い。

今日の私たちの『民子』もその屋上映画だった。屋上に上ると暑い夏の日がやっと暮れて、方々にネオンサインが輝いている。

やがて『民子という名の娘』というタイトルが風にはためくスクリーンに映し出されると、周りのイラン人が私の方を向いて「タミコー、タミコー」と呼びかけてくる。隣のメヘリーが口をとがらせて「エミコー、エミコー」と私の名を唱えて応酬する。

箱根のような緑ふかい山間《やまあい》の道を二人の男女が辿る。男はアメリカ人だ。アメリカ作製の映画なので弁髪に結った中国人風の男が、中華料理店のランタンを下げて出てくる。袖に両手を入れて中国風に頭を下げる。民子はオカッパの可憐な娘だった。

「かわいい！　小さい鼻だ！」

ピューと口笛がとぶ。イラン人の鼻は私たちにすれば立派だが、彼らは「美人は鼻が小さい」と言う。稀少価値である。

恋人たちは小さな茶室造りの家の中に消える。周りからホーッ、ホーッと溜息がもれる。

「なんてきれいな所なんだろう、日本は……」

「まるで天国じゃあないか」私の目にはかなり暗すぎる緑の木蔭、シダの下草などが、イラン人の目には天国の緑と映るのかもしれない。吹きかえてあるので、この民子も流暢なペルシア語である。

「月でも出るといいのに、まっ暗だわ」

二人は向かいあって手をとった。ラブシーンが始まろうとしている折しも、映画館屋上の左手に月が上がった。

「おーい、月が出たぞ！」「心配するな」だれかの叫び声に屋上はドッと湧く。そういえばこのあいだの映画ではね、月が出たところへ本物の月が出たのさ。へーえ月もまた気のきかねえことだな、まあ豆でもどうです。おや、あんたもおいででしたか……。あとは、わいわい、がやがや、後ろを向く、豆の殻がとぶ。もうまじめに映画を見ている者は少ない。

前に下町の小さな映画館へ行った時は『メッカ巡礼』がかかっていた。そのうち画面いっぱいにコーランの一節が大写しになった。すると「だれか読め、だれかー」と声があがった。私の隣にいたイギリスのジョンはアラビア語がうまい。彼が立ち上がって読み始めると、映画館のあっちでもこっちでも「アッラー・アキバル」(神は偉大なり)の声がおこる。床に伏してお祈りを始める者もあった。映画が終って彼らはジョンを見つけると「なーんだ、外人さんか」と大喜びで彼は握手ぜめにあったものだ。

これでは自宅でテレビを見るより余程おもしろい。イラン人は映画が好きなのではなく、映画館へくる人々が好きなのだ。

十三日の祭り

冬を除いてイラン人は「散歩」が好きだ。降雨量は春、夏、秋を通じて平均四十ミリを越えるのは雨の多いカスピ海沿岸、そのほかの特殊な地域だけだから、雨の心配はまずない。また日本のからっ風、春先の突風のようなものも稀で散歩にはもってこいである。春と秋は休日の金曜日の一日中、夏なら夕方に、彼らは揃って砂漠へ散策にゆく。

前に、イランの家は庭を高い塀で囲って自然が家の一廓に入りこむことを拒んでいる、自然は戦う相手だ、と書いた。それでは砂漠がなかったらどうかというと、やはり先祖代々そこに住まい、自分たちの人間性を育ててくれた砂漠への郷愁は当然ながら持っている。それが、この散歩によくあらわれている。

私がヨーロッパ帰りのイラン人旅行者たちと、同じ飛行機でテヘランに着いた時のことである。滑走路に着地して当然まだベルトを締めていなければならない時に、機内のイラン人は歓声をあげていっせいに拍手をし、まだ動いている機内の通路に早くも列ができた。「我々の砂漠だ!」彼らは喜びの色を隠しきれない。

砂漠は海だ、砂漠は恐ろしい、しかし畏怖の念はまた強烈な引力でもあるのか。彼らが砂漠を畏れる顔つきは、海を畏れながらも海を愛する私たち日本人と同じである。

だからイラン人は時々、砂漠に散歩に出かける。

イラン暦の正月（三月二十一日）から数えて十三日目は正月や冬至などと同じで、イラン人がイスラム教に改宗する以前の国教——拝火教時代の祭日のひとつである。彼らはこの日を「十三日の祭り」と呼んでいる。

この日、人々は砂漠へ出て、わずかな流れや池でもあれば皆争うようにそのほとりに集まる。旱《かん》魃《ばつ》の神との戦いに、水の神が勝って豊饒の年となることを祈る日だからである。西暦に直すとちょ

正月の十三日，砂漠に水を求めて散ってゆく．

大学前の街角．ヤギの仔を囲んで遊ぶ男たち．

チェスもまたイラン人の楽しみのひとつ．
（R.ギルシュマン他，“PERSIA” より）

うど四月の初めで、季候も上々、服喪中の人と病人を除いて、朝から町中が大騒ぎになる。まずジュウタン——イラン人にとって一枚のジュウタンは住居である——それにサモワール、パン、チーズ、サラダ菜、調味料、肉の煮込みを入れた大鍋、お茶道具、毛布、マクラまで揃えて、まるで引越荷物だ。時には親戚一同集まって小型のトラックが出る。車のある者は車で、ない者はタクシーやバス、何らかの乗物を利用して砂漠のオアシスともいえないオアシスを求めて散ってゆく。

さて砂漠へ出てみると、まるでテルテル坊主の品評会のように黒や白のチャードルを着た女性たちが出揃っている。

こんな乾いた大地にも神は一筋の水を賜わるのか、水はキラキラと光って清冽に流れている。バスを降りてこの流れまで歩いて来た人々は、川沿いにジュウタンを敷く。車で来た人たちはさらに上流にのぼってゆく。こうして、去年来た処、いつも来る処に陣どると、サモワールでお茶を沸かす。

「まあ、一杯いかがですか」

社交好きのイラン人はどんな見知らぬ人にも親切にお茶をすすめる。昔の日本にはお花見という風物詩があったが、最近はつくしもよもぎも都会の人には縁遠くなってしまった。日本の春も美しいが、こうしてみると薄茶色の茫洋《ぼうよう》とした砂原が心なしか湿気を帯びて、陽の光を吸いこんでいる。川の中には暗緑色の植物がゆらいでいる。お酒も入らないのに、タンバリンに合わせて陽気な歌や踊りが始まる。

今日一日はイラン人も心を開いて砂漠に馴れ親しむ。砂漠もまた彼らに柔らかな光を投げかけて、生きている限りはむなしい戦いをいどんでくる相手を優しく見守っているように見える。川べりの小さな草を娘たちは結び合わせて、

「来年のこの日は、夫の家に居ますように」

と縁結びの願いをこめて祈るのだ。

風呂屋

「ハンマーム」（風呂屋）はどこかと尋ねると、とたんにイラン人は相好をくずす。「それ、その角だよ！」と建物の屋上を指す。「ハンマーム」と聞いて彼らの顔に浮かぶ笑いは独特である。それは「ハンマーム」がイラン人の生活に欠くことのできない健康、娯楽、団欒の場だからであろうか。教えられた屋上にはえんじ色に黒と白の筋の入った大判の布が何十枚となくはためいている、これが風呂屋の旗印である。

扉口は普通の家と少しも違わない。入ると暗い細い廊下がまっすぐに奥までのびている。つき当りの角には椅子に座ったおばさんがいて、右手がぱっと明るくひらけている。

「はい、二十リアール（当時百円）」

おばさんは料金とひき換えに例のえんじ色の旗印を渡してくれる。右手の明るくひらけたところは二十畳ほどの大部屋で、隅にはいくつかベッドが置いてあるが七、八人の客は床のジュウタンに座って、手まね身振りの話の最中、ブンブンと唸りをあげるように声が反響する。これがペルシア語で「女風呂のように姦《かしま》しい」と言われる待合室なのだ。

イランの風呂屋は一般に個室制の蒸気風呂で、家族でも男女が一室に入ることは許されないが、同性なら二、三人で一室を借りることはできる。この日メヘリーと私が入ってきたこの風呂屋は小さい方で「女性の日」と入口に札がかかっていたから、日を決めて、男女別々に利用しているとみ

える。

だれそれは二人目の奥さんをもらったのだとか、うちの隣の娘は一週間で離婚したのよなどと噂話がもっぱらだが、イラン人の噂話は他人に決定的な打撃を与えるものではない。ちなみに二人目の奥さんも離婚もイランでは日常茶飯事で、暗いかげはない。それにこういう噂はたちまちお咄《はなし》にとってかわる。

「ムッラーがさ、二人の奥さんを連れて船遊びに出かけたのよ。一人は若くて一人は年とった奥さんでね……」ムッラーは坊さまのことだが、この場合は「昔々、あるところに」というのと同じようなものだ。

「船が河の中ほどまで進んだとき、二人の奥さんが両側から聞いたものさ。『もしここでボートが沈んだら、あなたは私たちのうちどっちを助けますか？』さあ、ムッラーは困ったね」

落語と同じで落ちはだれにも分っているのだが、話し振りにひかれて一同は息を凝らす。話し手は続ける。

「そうだ、そうだった。ムッラーはハタと膝を打って、年とった方の奥さんに向かって言ったね『おまえ、たしか泳げたっけな！』」

ワーッと笑い声。まったくだ！　男なんてそんなものよ、と今度は話し手が代わる。

浮世風呂の話を小一時間も聞いているうちに順番がきて、メヘリーといっしょに私は浴室に通じる別の細い廊下を、案内のおばさんに導かれて個室に入った。このような個室が七つ八つあるようだ。八畳ほどの風呂場、それに小さな脱衣所がついている。使用後は消毒するのか薬の匂いがして、きちんと片づいている。

メヘリーは小さなトランクを持ってきていた。得意げに開けてみせたその中には、着替え、タオル、それにコーラにみかんまで入っている。まるでピクニックね、二人は顔を見合わせた。この国では裸になってはいけない、必ずこの腰巻を巻いてねとメヘリーに注意される。それが風呂屋の屋上にはためいていたえんじ色の布で、先ほど入口のおばさんから渡されたもの。

風呂場はホカホカと蒸気がたちこめ、一隅にお湯と水の蛇口に桶がふたつ。湯船はない。蛇口と反対の一隅に大理石の大きな台があって、この上に寝て蒸されるのだ。この乾燥の国では毎日お湯に入って脂肪を流してしまっては健康を損なう。この「ハンマーム」(風呂)もせいぜい十日か二週間に一度。通常は各家庭でシャワーを利用する。今日はメヘリーもアルバイト先から休暇をもらっての「ハンマーム」だという。

「これ、なんだか分る?」

メヘリーは湯の花——あの粘土の固まりのようなものを見せる。これは「ハーク」(土)といってこの国の粘土質の土なのだ。

「ある日浴室に、香り高きひと握りの土《ハーク》が友より届けられた」

十三世紀の詩人サーディーは『バラ園』という教訓書の序文にこう記している。メヘリーは「バラの芳香の徳をうけて、ともにありしこの土も美しく香る」というくだりを私に思い出させながら、自分は持ってきた縞の荒織の袋にこの土を入れて腕をこすり、ぼろぼろと垢を落とした。

「垢すりさんもいるのよ、十リアールで頭まで洗ってくれるわ」

でもイスラム国だから、男性には男、女性には女の垢すりさんよと言う。
四、五十分も蒸されて大量の垢を洗い流した私たちは身も軽々と薄着のまま待合室に戻った。大型の白いタオルを渡される。「これにくるまって、暫く休んでいくほうがいいのよ」メヘリーに言われて、私も姦し女たちの話に入る。イランのおばさんたちは親切で好奇心が強い。たちまち質問攻めになる。私が日本の風呂屋の話をすると、

「ヘエーッ、裸かね、ほんとの裸！」

今まで世の男性何するものぞ、といった勢いで話をしていたおばさんたちが急にシーンとなる。やがて、同じ湯の中に何十人も入るなんて……と気味わるがる。きっと自分たちの流してきたキロ単位の垢を思い浮かべているのだろう。

日本人はだいたい毎日入るから……といくら説明しても汚い汚いを連発する。

「ずい分広いプールなのかね」

「溺れやしないかい」

「水がもったいないね」

日本の雨は一日でイランの月間雨量を越えるのは普通だ。第一、梅雨どきには一カ月毎日雨が降って、それが一年に二回ある、と多少オーバーに話す。日本は小さい島だそうじゃないか、きっといまに国中が流されてしまうよ、やっぱりイランみたいな砂漠の方が良いね――待合室はまた騒然となる。私は少しおどかしてやろうと思って、

「昔は混浴のところもあったのよ、今でも田舎に行けばあるけど……」

おばさんたちの騒ぎは叫び声に変わった。

「アッラー！（神よ）」

しかし好奇心に富む彼女たち、日本の露天風呂でも見たら躊躇なくとび込むのではないかしら。

蒸気で蒸された躰はこうしているうちに芯の芯まで暖かさが浸み通って、陶然としてくる。この世のありとあらゆる蟠《わだかま》りがほぐれてくる。女風呂の待合室はどんな病院の治療にも勝るものに思われた。

四 忌みもの

私たちは外国へ行ったり外国人の家庭を訪れたりすると、必ずオヤッと思うような慣習や感情の表現にぶつかる。

犬と豚

たとえばヨーロッパへ旅行した人は、玩具の動物の表情が実にいきいきとしていることに気付いただろう。パイプをくわえた犬、草原を走ってきたばかりのような若駒、トランプに興じる蛙、それらはまったくユーモラスで人間と共存する動物を想像させる。街を歩くと犬を散歩させているフランス人、公園でロバに乗るドイツの子供たちをよく見かける。動物園でも動物たちは鳥籠や檻の中におしこめられていない。バスの中で子供と並んで座っている犬を見ると、犬が家族の一員であることが分る。ことにフランスでは実によく人間と散歩をしているから、表情も穏やかで吠えたり嚙みついたりしない。なるほど、この生活からあの玩具の犬の表情が生まれるのだと納得がいく。

日本でも犬、猫、小鳥、愛玩動物は多いが、日本の犬は運動不足で神経衰弱気味になっている。犬は人間に隷従する愛玩用の生物にすぎない。したがって子供の食器や服に描かれる動物たちも日本では単なる図柄でしかない。

ところで、イラン旅行をしたりイラン人を招いたりする時に、ぜひ気をつけねばならないことがある。それはイラン人の忌み嫌うことや、ものを知っておくこと。

イランには玩具が少ない。それは偶像崇拝を禁じたイスラム教に起因しているのだろうか。イラン人は愛玩動物をもたない。一軒の家に小鳥や猫を見ることはない。まして犬に至っては決して飼うことはない。イラン人がもっとも忌み嫌う動物は豚と犬である。

ヨーロッパでは智恵者のシンボルであるふくろうもイラン人は縁起が悪いといって嫌うし、鏡が破れるとこれも縁起でもない、ということになる。

イスラム教徒が豚肉を食べないことは、現在では多くの人が知っているだろう。内陸の砂漠地帯で、豚肉の腐敗の速さは想像以上だが、イスラム教徒は豚以外の動物でも、アッラーのみ名を唱えて頸動脈を切って屠った動物でないと食べない。

しかし犬が嫌われるのはなぜだろうか。不思議なことだ。

「バカヤロウ」というペルシア語が「ペダレ・サグ」（おまえのおやじは犬だ）となる。たとえば帰国する外国人が捨てていった犬が野良犬になって餌をあさっていると、イラン人は本気になって石を投げる。ある外国人が犬の玩具をイラン人にあげたばかりに、仲たがいをしたという話もある。パーティーの席で日本婦人の美しい留袖姿を見ていたイラン人に、あれは何かと聞かれた。裾に描かれた「こま犬」を、私は珍種の獅子ですと言ってきりぬけたこともある。

しかし、イラン人の歴史を遡ると不思議なことに、犬は人間にとってそれほどに忌むべき動物としては扱われていない。

拝火教（ゾロアスター教）の聖典にはこう記されている。

「人がこの世で死ぬと、あの世へとかけられたチンヴァト橋を渡る。善人はこの橋を無事に渡り、悪人は橋より奈落へ転落する。善人はあの世の対岸で、麗しい乙女と二匹の犬に迎えられる」

極楽といっても死の世界だから、その入口にいる犬が嫌われるようになったのであろうか。

もうひとつ、これはネパールのある村で、少数民族の調査をした研究者の話。この地方では犬を人間の祖先として大切にする。どの家にも日本の神社で見られる「こま犬」を小型にしたような小犬が飼われている。この犬はイラン原産だと住民は言っているそうだ。

同じイスラム国でもアラブでは狩猟に使われることもあって、主人のテントで布にくるまれて寝る犬もある。サルーキーという高貴な風貌の猟犬がそれで、これもまたイラン原産といわれている。

犬嫌いのイラン人が聞いたらさぞかし眉をひそめるだろうが、世界の愛犬家が羨望する犬たちが、イラン産とは皮肉な話である。

邪視

これはイランだけではない、イスラム圏を旅行すると、子供の額や頬に藍墨でバッテンを描いたり、一文字に引いてあるのを見かける。かわいらしい男の子を女装させる。これは古くからこの地方にある邪視——恨みの目——を除けるまじないで、ことに男の子が対象になる。古く日本でも元服前の男児に女童《めわらわ》の姿をさせる風習が貴人のあいだにあった。

幼少時の死亡率はどの国でも男児の方が高い。小さい子が病気をすると、イランでは「邪視」に魅入られたといって非常に怖れる。

「子供が出てきても、あまり可愛いと言ってはダメよ、ことに頭なんかなでてはダメ！」

と友人のメヘリーに注意されて驚いたものだ。もし次の日に子供が熱でも出そうものなら、エミコの邪視にやられたということになる。

「うちの子供は、クラスで一番なのよ」

「マッシャッラー（邪視がとりつきませんように）」

母親の自慢を日本式にほめそやすと、その子が二番三番におちた時は「あの人」のせいになる。時には、子供がペンダントのように邪視除けのお守りを下げているのを見かける。掌型の金属に大きく片目が描かれて、気味のわるいものだ。

そのかわり幽霊とかお化けの観念はない。イスラム教では死者の魂は、最後の審判のときまで地下に眠っている。この世で無惨な死をとげても、神のお裁きによって救われるかもしれない。だから、世を恨んで化けてでる必要はない。

来日したイランの学者を案内して歌舞伎の『源氏物語』を観たことがある。怨霊となって髪ふり乱した六条の御息所が迫出《せりだ》しからおどろおどろと姿を現すと、このイラン人学者は手を打って大喜びをした。観劇の感想はギリシア古典劇に似たところがあるという。なるほどギリシアの神々と八百万《やおよろず》の神、精霊、いずれも多神教である。

ものの怪《け》、鬼、精霊は日本の温暖多湿の風土ではさまざまな種類があるが、この国では一般に「ジン」といわれる悪霊で代表される。「ジン」は砂漠で道を迷わせる。蜃気楼がたつと「ジン」のしわざだという。しかしアラビアン・ナイトのランプから出てくる「ジン」のように、時にはこっけいな、超自然のはたらきをするものもある。「ジン」はコーランによれば神の創り給うた被造物である。暗黒の砂漠に立っていると「ジン」が黒犬に乗ってアラビア砂漠からペルシアへひととびでやってきそうな気がする。

砂漠に砂嵐がたち、竜巻がおこる。いままで眠っていたような広原が、天地創造の図のように荒れ狂う。それを具象的に現したのが「ジン」であろうか。そして、砂漠を超自然の速さで駆けぬけ

願かけのおこもり堂.

ササーン朝の銀器. 魔性の動物は漆黒の砂漠を駈ける.

てくるものは、時には禍《わざわ》いを、時には幸せをもたらす。

美女シーリーンの愛した名馬、漆黒のシャブディーズを身ごもるために、一頭の牡馬は遙かなる距離を駆けきたって、一つの洞穴に入ったのだ。

願かけ

メヘリーのおばさんが七日間、テヘラン郊外のおこもり堂へ入った。私たちはおこもり明けの七日目にお堂へ出迎えにいった。

「このイマーム・ザーデは病気にきくのよ」

とメヘリーが説明する。テヘランの北部の小さな山の頂に、とんがり帽のような屋根がみえる。

「イマーム・ザーデ」というのはイスラム教シーア派教主の子孫の墓である。イスラム教徒であるイラン人の公式の信仰の場が寺院であるとすれば、この「イマーム・ザーデ」は民間信仰の場である。日本でいえば巣鴨の「とげぬき地蔵」とか、「淡島さま」というようなものだ。

メヘリーのおばさんは一週間のおこもりを終えて、おこもり堂の掃除をして出てくるところであった。病気の娘の衣服の端切れにお金をくるんで、お堂の中に張り渡された紐に結んだという。さまざまな布切れが所せましと結びつけてある。恋の成就祈願、わが子の婚姻良縁祈願もあるが、病気の治癒祈願がもっとも多い。

人々が願いをこめて何かを結ぶという考え方は日本でもイランでもおなじだが、まるで端切れのボロのようにみえる一つ一つの幣《ぬさ》には、いく日もおこもりをするイラン人の切実な想いがこめられているようで、印刷したおみくじや絵馬などより凄まじい。

ここで、病気のことが気になる方々のためにひと言触れておきたい。

イランの都会の病院は非常に完備している。医者のほとんどが五年、十年と欧米で学んだドクターで、麻酔の術も発達している。もともと手さきの器用な国民なので、盲腸の手術など実に上手だそうだ。私は四年の留学期間に歯はずい分治療してもらったが、丁寧で非常に技術水準が高いと、これは帰国後にかかった日本の歯医者さんが驚いておられた。

イランは高原で空気が乾燥しているので油成分を多量に摂る。それで肝臓を悪くする日本人が多いと聞いているが、なるべく土地の人の食べるものを食べ、イラン人が昼寝をする時はいっしょになって昼寝をする、イラン人が薬草を煎じたら自分もそれを飲む、というのが健康で過ごす秘決だと私は思っている。

イランの風土病に「アレッポの腫物」という皮膚病がある。これはひどいかゆさで、患者が皮膚を深くかいてアバタの痕ができるという。たいへんな美人の頬やおでこに、ハッとするほど大きな傷痕を見かけることが多いが、これは「アレッポの腫物」のあとだ。しかし、ふしぎなことに外国人はこれにかからない。

テヘランには二十四時間サービスの大薬局があった。ある日本人が真夜中に湯たんぽでやけどをして、この薬局の世話になった。その方は終夜営業の薬局に感激しておられたが、働くことのあまり好きでないイラン人には珍しいことだ。革命後、開店しているかどうか。

イラン人はだいたい長命である。現在の中央アジア――かつてのイラン領は、世界でもっとも長寿者の多い地である。一つは湿気がなく、病菌が繁殖しにくいこともあろう。強烈な太陽が殺菌のはたらきをしていることもあろう。一日五回の祈禱の前に手足を洗う。立ったり座ったり、上体を何度も曲げたりのお祈りは、自然に内臓の運動になっていることもあろう。そして何よりもイラン人は、自分の論理に従って(彼らは神の意志のままにというが)他人の思惑を気にしないで毎日を悠悠と送っているからであろう。

死

私がテヘラン大学に入学してまだ一カ月位の頃、古代文学の先生のお宅に招かれた。片言《かたこと》の会話がやっと通じる程度の頃だった。食卓についた美しい夫人が、

「エミコ、あなたの国は土葬ですか」

意味がよく分らず冷汗をかいている私に、脇から先生が助太刀をなさる。しかし意味が分ると私はいっそう困った。パーティーの席上で死にかかわる話題。私が小声で火葬ですと答えると、日本びいきの先生は、「この学生はまだ言葉がよく分らないのだよ。日本のような美しい国が火葬であるはずがない……」としきりにとりなしておられた。

イランでは「ペダレ・スーフテ」(おまえのおやじは火葬にされた)と言うのは最大級の罵倒の言葉だ、火葬は大罪人に対する処置なのだから。火葬か土葬か、そんなことがイランでは日常の会話にのぼるから、近頃は私も、日本は電気で処置していますということにしている。

死者は、蓮の水、樟脳水、真水(またはバラ水)で三度湯灌される。「キャハン」と呼ばれる経帷子《かたびら》

——木綿の白布——で遺体を包む。心がけのよい年寄りはカルバラーとかメッカといった聖地でお浄めをうけた白布をつねに手許においている。樹木のきわめて少ないこの国では、粗末な木の棺は遺体を墓地へ運ぶあいだの仮のものである。白布で包まれた遺体がとり出され、立派な墓であれば、土中にすでに作られたレンガ造りの洞におさめ、扉をたててまた土をかける。そうでなければ、深く掘り下げた土中にじかに葬り土をかけ、その上に一つのレンガが置かれる。いずれの場合も北枕で、顔をメッカの方向に向けさせる。

イラン人は人間の一生を「ヘシュト」（日干しレンガ）に始まって「ヘシュト」に終るという。生誕の時レンガの床《ゆか》の上に産み落とされた人間は、死してただ一塊のレンガを印《しるし》として砂漠に横たわる。

死してかえる土から、人はレンガを造る。

七日、四十日、あるいは一年と黒衣を纏って喪に服す人々は、遺体を示す一つのレンガのうちに寥々《りょうりょう》たる人生の縮図を見ている。

第五章　聖　域

＊金曜モスクの入り口に立つ僧侶

一　マジュヌーン

昂奮と共感作用

毎年八月の末、テヘラン大学正門に面した大通りでいかにもイランらしい光景がくりひろげられる。入学試験合格者発表である。

一人の青年がいきなり大地に跪く。せいいっぱい両手を天にあげてどなりだす。

「ちくしょう！　オレは、絶対に合格のはずだぞ！」

彼は本やノートを地に叩きつける。あちらこちら赤線をひいた教科書がとびちる。

「おお、神よ、おれは勉強したじゃないか！　なぜこれで合格しないのか！」

両腕を開き、絶望の身ぶりで一年間勉強してきたテキストやノート、今は路上に散っている残骸をまわりの人々に見せる。これは、白黒の廻《めぐ》る天輪のなせる業だ！　彼は頭髪をかきむしり、ワーッと泣きだす。

すると初老の男がとび出してくる。地に頭を埋めるようにして泣いている青年の背に手を置く。

「泣くな、青年よ、わしの息子も落ちたのだ。おお、神よ！　公正なる神に誓って、わしの息子はよくできた。高校では一番だった。そうだろう、なあ？」

彼はあたりを見廻す。

「そうだ、そのとおりだ」

人々のあいだから声が起こる。あらたに地に跪く者もでる。とりまいて見ている人々の顔に侮蔑の表情はまったくない。一年の努力を公正な神がみそなわしてくれなかった、この不幸に心を打たれているようにみえる。これは祈りなのか、呪いなのか、無信仰の私には分らない。見ようによれば滑稽な風景。しかし、この国の寺院やバザールの群集のうちに漂う異国人を寄せつけない異様な雰囲気が、この路上にもある。

それはひとつが他を呼ぶように相呼応して昂奮の輪は見守る人々に確実にひろがってゆく。そしてこの場合、自ら跪くにせよ、またはそれを見守るにせよ、そこにいるのはほとんどが男である。

ファラヴァシー教徒

合格発表が終ると、なんとなく慌しい新学期の空気が学内に流れる。

九月、私は寮の庭に咲く白いジャスミンを感慨深く眺めた。この国へ来てすでに四年目を迎えようとしている。昨年の夏、必ず何かをつかんで帰ろうと決意して、私はこの一年を懸命に過ごした。悔いはない。

幸い、この国の当時の留学生システムによれば、マスター・コースを修了した段階で必須の授業からは解放される。あとは論文の指導教授と相談して、イラン人学生の大学院クラスをいくつか聴講する。週に一度、論文の進み具合を見て頂くだけでよかった。

指導教授にも薦められ、ことに当時ドクター・コースに席をおくメヘリーに「ぜひこれにしなさい」と言われて出席することにした講義の一つに「イスラム以前の文学」というのがある。

「じゃあ火曜日、○○番教室でね！」

メヘリーがウインクを残して、私の部屋から出ていった。彼女はイラン人にしてはなかなか皮肉な目をもった、そしてもちろん茶目っ気のある女性だ。

約束の当日、私は百五十人ほどが押し並ぶようにして座る大教室にいた。私が今までマスター・コースで受けた授業は十数人の留学生コースで、イラン人の中に入って授業を受けるのはこれが初めてである。すでにメヘリーは最前列に座っていて、隣に確保してある席に私を座らせる。

「この席をとるの大変だったのよ」

彼女は自分のノートを私の席からとり戻して、満員の室内を指す。ふり向いてみると何と女性の多いクラスなのだろう。それも留学生クラスとは違って、イランの良家の子女がさまざまに装いをこらして一堂に会したような賑わいである。でもなぜマニージェは右頬を教壇に向け、スーサンは形のよい足を組んで左の肩をつき出しているの？　遠目にもあざやかな美女たちの何人かはマネキン人形のように、ある姿勢をとったまま動かない。それも、教壇とは別の方に体を向けて。

「今に分るわよ、私が合図したら後ろを見るのよ」耳うちするようなひそひそ声は、この国へ来て一、二年はなかなか聞きとれなかった。今は、言葉の裏に何かがあることも分る。まるでパーティーのように華やいだ空気が前列から鎮まって、教室の後方につたわってゆく。

教授が入ってこられた。原色の服装の波がおさまり、雑談のざわめきがピタッととまる。ファラヴァシー氏は三十四、五歳、色の浅黒いきりっとひきしまった中肉中背の紳士だ。

「私は長いフランス生活ですっかり目を痛めまして、パルドン」

その紫がかったサングラスの奥で先生はどのような目をしておられるのかしら、まじまじと見つめる私にまるで応えるかのように、氏はちょっと眼鏡をはずして教室をぐるりと見廻す。フランス語をまじえた渋い声に似合わず、黒々としたまつげの長い、子供のように大きな目をしておられる。こうして眼鏡なしの素顔が披露されると、再び紫のサングラスが先生の目をかくす。

「古代文学を講義するに当りまして、私の名ファラヴァシーをご説明……」

すると教室の後方から、いきなり、ややかん高い声があがった。

「先生、先生のお名前はアヴェスタ語の守護霊、祖先の霊の意味でございます」

皆がいっせいにふり向く。

「メルスィー、マニージェ、そのとおりです。しかし私は皆さんのグラン・ペール（祖父）ほどの年ではありませんが……」

「アッハハ」私はこの冗談に思わず声をあげた。ところが笑い声は私だけで、教室のなかは、アーッ、マーッという溜息ばかり。

「エミコ、彼女たちはみんなファラヴァシー教徒なのよ」

メヘリーのささやき声。私は、シマッタ！　と思う。女子学生たちは先生のひと言ひと言に、まるで花壇の花のように揺れている。

先生は大きな黒鞄から何冊かのノートや本を机の上に並べて講義を始められた。留学生コースの文学の先生方がすべて暗誦しておられたのとは大分違った雰囲気である。ファラヴァシー先生は時時サングラスをはずしてはノートを一瞥し、ついでにあちらこちらと女子学生に視線を向ける。

「皆さん、古代イラン人の考えでは、太初の宇宙がどのような形態であったか……」

「先生、それは卵です、卵の形をしておりました」

低音ではあるが、つややかな声が中ほどの席からあがる。「タマゴ」という語が古代文学のこの場では滑稽に聞こえたので、私は再び吹き出すところだった。メヘリーが肘をつつく。

先生はこういう合の手をいかにも予期しておられたように、

「メルスィー、スーサン、メルスィー！　まこと、卵の形をしておりました」

ホーッと溜息がもれる。メヘリーのささやき声。「見てよ、スーサンは、ああしていつも泣き出すのよ」

文学部の美女たちは先生のひと言ひと言に，花壇の花のように揺れる．

卵と答えた美女は憂わしげな目をヒタッと正面に向けたまま、涙のツツーと走る頬を拭おうともしない。なるほど、これは大学院だわ！

しかし、講義内容もなかなか面白いものだった。天地創造、善悪二元論。ことに生物の創造では、海中に一本の巨木「白ホーム」が育ち、この木から不死の霊薬が作られる。この木の根を二匹のカル魚が守っているというくだりで、私は以前メヘリーの家で祝った新年の祭りを思い出した。飾り物の二匹の金魚。それにあの時の彩色した卵は、先ほどスーサンが答えた宇宙を意味するのだろう。

私がそんなことをメヘリーの耳もとにささやいていると、教壇から下りた先生がつかつかと私の前に立たれた。「分りますか？　もう一度説明しましょうか、マドモアゼル」私が首をすくめて「ハイ」と小声で言うと、サングラスの君は私の表情が気になるらしく時々「そうですね」と念を押しながら、もう一度「白ホーム」の話を繰り返す。

私は日本人としては感情が表にあらわれる方だと思っていたが、ファラヴァシー先生にとっては、まるで表情のない、奇妙な国の女子学生に見えるのだろう。それもそのはずだ、自信たっぷりの横顔を一時間中先生の方へ向け、自慢の細い形のよい手でおくれ毛をかき上げては、先生の注意を惹こうという美女たちの群れに入っては、私など土偶にすぎない。
しかし私にとって、古代イランの原始人間カユーマルスほどの意味もないこの貴公子は、私の動かない表情を何とか動かそうと、時々「ネスパ?」とか「マドモアゼル」ときざなフランス語をまじえて語りかける。

授業が終った。ヤレヤレ美女たちの戦いも終りか、立とうとすると教室の後方から黒服に黒いスカーフを被った中年の女性が、塑像のように屹《き》っと上半身を保って、教壇を下りかける先生に歩みよった。情炎を抑えかねた厳しい黒々とした目、ノートを持つ指先のマニキュアが赤い。

「プロフェスール!」女性は今の講義に称賛の辞を奉ったあとで先生に質問する。クラスにはこうした年輩の女性もけっこう混じっている。

先生の方もべつにうんざりするでもない。いかなる女性の一矢をもやんわりと自らの楯で受け流さなければ教授とはいえず、また次の週にこの教室に現れるわけにもいかない。

「最近美人の奥さんと離婚したばかりでね、またファラヴァシー教徒が増えたのよ」

メヘリーが説明する。

助手カーセミーの恋

私がイラン人学生のクラスで聴講するようになってどの教室でも感じたことは、先生に対する学生の側の反応の強烈さだった。そして一カ月もすると、彼らが教室内で示す反応に男性と女性の差があることが分ってきた。

女子学生の場合は「ファラヴァシー教徒」で述べたように、女性から男性への憧憬、思慕。男子学生では、神秘主義の詩を講ずるすでに老境にある先生への傾倒。これは「ファラヴァシー教徒」以上に熱烈で、先生が朗唱される詩の一句に教室のあちらこちらから男子学生が一人また一人と朗朗たる声で詩句を返す。その詩句に呼応して先生がさらに詩句を誦される。ついに教室は詩吟道場のような韻律と気合にみちみちてくる。これにくらべれば、前に述べた留学生コースの授業の陶酔は、先生ただ一人の自作自演を私たちはひっそりと聞いていただけのことにすぎない。

そして男性女性ともにいえることは、クラスでの陶酔が一人ではなしに、幾人もの手によって醸しだされ、創りあげられ、昂《たか》められていくことである。だからファラヴァシー教授はそれらの女子学生の名前を覚えていて、指揮者のように時々彼女らに合図を送るのである。

カーセミー氏は「神秘主義詩講」の授業から、時々頬を紅潮させて出てくることがあった。

彼、カーセミー氏は私の論文の指導教授の助手で、週に一度、古典文学の研究室で私の論文の下見をしてくれていた。

聞くところによると彼は、大学院二年に在籍するファランギース嬢を狂わんばかりに恋しているという。私の論文に目を通しながら、彼は時々放心したように窓の外をみつめている。「ちくしょう！」何を思ったかワイシャツの袖にいきなり小刀を当て、ビリビリと裂く。「これでいい」自分で半袖にしてさっぱりしたのか、カーセミー氏はまた私の論文を手にとる。

イギリスに二年国費留学をしたという彼は、この大学で教授の席におられる方々と違って上流階級の出身ではない。頭髪も珍しいことに五分刈りにして、外国人である私に対してもむしろ粗暴な口調で話しかける。

「君、ライラを知ってるかい？　知らないのか、じゃあシーリーンは？」

あの文学作品で名高いシーリーンをあげて、自分の恋人の美しさを讃える。こうした会話が私の論文指導の途中で、いきなりもちだされる。私にとっては「静御前」や「紫の上」に実感がないのと同じで、何の感興も湧かない。

「ああ、あの助手のマジュヌーンのこと？」

メヘリーは助手のあだ名の由来となった『ライラとマジュヌーン』というアラブの物語をかいつまんで話してくれた。

ライラ――世にもまれな美女ライラと、青年カイスは恋に陥る。青年はこの恋のために理性を失い食物も口にせず、野山を放浪する。人々はマジュヌーン（狂人）と彼を呼ぶようになる。しかしライラは心中マジュヌーンを恋しながら他の青年のもとへ嫁ぎ、病に斃《たお》れる。ライラの死。その墓にとりすがってマジュヌーンはついに息絶える。

「かの月の美女ライラは窓辺に座っていた
アラブの慣いに従って帷帳《たれぎぬ》を掲げて
見交わされる二人の視線
彼女は深い嘆息をもらし
彼の胸の奥底から鋭い悲鳴がたちのぼる
恋を知った二人の麗しさは
ライラが車駕のなかの星
マジュヌーンは綾羅《りょうら》をかけた蒼天か
ライラがわずかにベールを開くと
マジュヌーンは咽び泣く声をあげる」

メヘリーは一節を口ずさんでみせる。私はにわかに「車駕のなかの星」という女《ひと》に逢ってみたくなった。

文学部の東端の廊下を髪の長い女子学生が急ぎ足に歩いてくる。

「あれがライラよ」メヘリーは私に耳うちしてから「ファランギース！」とその学生に声をかける。

彼女はおおげさに眼鏡をはずして、逆光で私たちが分らなかったと詫びながら走り去った。ナーンダ、あれがライラ？　そうよ、あの人目が悪いの、少し出目だと思わない？　メヘリーは手厳しい。美女の多いこの文学部では、目立たない、かぼそいイラン女性。

「あの黒子《ほくろ》見た？　あれが彼女のビューティー・スポットよ」

うっかり見逃したが、唇の右上にある黒子《ほくろ》に助手カーセミー氏は夢中なのだという。

「美女の黒子《ほくろ》にかえるならば、ペルシアの繁栄の都サマルカンドもブハーラーも捧げよう」と詠った詩人さえあるのだから、神秘主義に傾倒するカーセミー氏は、あの黒子に神の啓示を感じとったのか。

彼らは大学院で知りあった。たちまちカーセミー氏の情《こころ》はもえあがる。彼の家は貧しい。婚資金でつまずいて、彼女のほうはもう見向きもしない。

ついこの間も、彼は私にみみず腫れの左手を見せて「見てくれよ！　イラン娘を口説こうとするとこれだぜ」と痛いのか嬉しいのか。

「そんなもの、自慢にはならないわ……」と言う私に、フン、といきなり立ち上がると、彼は鋭いナイフで自分の靴の踵を切り落とした。そして驚いている私に「なに、このあいだからスリッパにしたかったんだ」と言訳をする。

　この恋は破れたのか。

　カーセミー助手はその後一カ月ほど研究室に姿をみせなかった。黒子の美女は、追えば逃げるの恋の法則どおり、カーセミー氏の狂おしい恋を逃れてアメリカへ旅立ったという。心中おそらく助手マジュヌーンのことなど考えもしないで。

　やっと恋の痛手から立ち直って彼が研究室に顔を見せた時、私は青白くやつれた彼を慰めようと思った。

「あの人、ライラほどの美女じゃなかったわ」

　彼は即座にこう応じた。

「でも、君はマジュヌーンではないだろう」

マジュヌーン

　私は助手氏の恋から、はからずも『ライラとマジュヌーン』物語に興味を抱くようになった。しかし、十二世紀の韻文で書かれた原典は、まだところどころしか分らない。そこで文学史や解説書を読んでみる。

　マジュヌーンは単なる恋狂いではない。真実の恋は神に通じる。マジュヌーンはライラへの恋を通して神秘主義の境地、聖域にふみ込んだ者である。

「ねェ、今度のマジュヌーンは本物よ！」

　メヘリーが誘いに来たのは秋の終りの頃だった。芸術学部のアトリエに、皆にマジュヌーンと呼ばれている画学生がいるという。

彼は日本の少女に恋をした。少女は日本に帰った。それからは、日本の少女の顔ばかりを描いている。口にする言葉は「アケミ」という名前ばかり。何日も食事をしないことがある。「アケミー、アケミー」と悲鳴のように呼びかけているだけ。

「あなたは決して顔を見せてはだめよ。日本の女子学生というだけで、彼がいっそう狂ってしまうといけないから」

マジュヌーンは野獣に囲まれて砂漠に住み，神を見る（細密画）.

メヘリーの注意をうけて、私は彼女の後について芸術学部のアトリエへ出かけた。うす寒い晩秋の夕暮。窓越しに斜めにさす陽は、彼の横顔に当る、彼の前においた画面に当る。「マジュヌーン」はすこし背をまるめて、じっと動かない。寒くなりかけたこの時期に、イラン人が着ることのない、あんな渋色の薄地のシャツを着て、青年はいったい何を考えているのか。

メヘリーと私は足音をしのばせてアトリエに入ると、いくつも立っているキャンバスの陰にかくれて、そこからまた近くのキャンバスに移る。すると、右上の窓へ向けた彼の横顔がわずかに見てとれた。意外にも青年の痩せた頬には穏やかな微笑が浮かんでいる。

恋の苦業の果てに、この若者は自由の大道に至ったのだろうか。彼の目の前に、横に、まわりに、オカッパの目の大きな少女が淡彩で描かれて画架にかかり、また床に置かれている。

アトリエにいた画学生たちが小声で語るところによれば、初めは日本の少女らしい切れ長の目を描いていたが、だんだん顔だちが変わってきて、最近では、描いている本人にそっくりなのだという。しかも、ここひと月ほどは何も描かず空ばかりみつめている。

「かわいそうになあ！」

大学のドア番のおじさんたちは、憐憫《れんびん》というより、むしろ敬愛をこめて言う。

イランの詩人ニザーミーによって十二世紀に書かれた『ライラとマジュヌーン』は神秘主義文学の粋と称えられ、物語のうちに禅問答のような箇所が見られる。

一枚の紙片に「ライラ、マジュヌーン」と二人の名が書かれてあるのを認めて、マジュヌーンは「ライラ」の名を破りすてる。
「なぜ一方を棄てるのか」と人々が問う。マジュヌーンは答える。
「二つの名より一つがよい。二人は恋人同士なのだから」
「でも、なぜ彼女の名が棄てられ、おまえが残るのか」
「真実の恋を知った者に二つの名は要らない
恋の本質は人の目に映らぬもの
私は恋の形相《すがた》であればよい
この形相のうちに本質が秘められている
ライラは恋の本質
だからライラという名はなくてよいのだ」
現代のマジュヌーンも、心に想う女《ひと》を描くうち、その姿に自分を重ね合わせ、やがて自分の形相《すがた》のうちに恋の本質を宿すようになったのであろうか。虚空をみつめる青年の心に映るのは女《ひと》ではなく、形相を滅し去った神なのか。

恋人の似顔がやがて自分の顔になる過程は、もしかすると西欧の心理学で説明できるかもしれない。しかし私は彼の近辺に漂う静けさにうたれて、この青年が痛ましいという以上に一種の羨ましさを覚えた。外国人であり、女である私が足をふみ入れてはならない聖所――私はそっとメヘリーに合図をしてアトリエを出た。

日本に「マジュヌーン」がいれば、まちがいなく軽蔑を受ける。恋に狂うのは女々《めめ》しいことだ。しかしイランの女性は「ファラヴァシー教徒」のように術策をもって男性の心を捕えようとする。それが決して恥ずべきことではない。この国の理想の女性は美女「シーリーン」である。本書にもたびたび引用したが、『ホスローとシーリーン』物語のヒロインは、時には媚態を装い、時には王ホスローの名誉心にうったえて、ついに王妃の座をかちとった。

したがって男性もさまざまな術策をもってこれに応じなければならない。ファラヴァシー教授は最近離婚して、新しい妻を教徒のうちから選ぶために授業をあのように仕組んでいるのではない。あれが、この国のごくあたり前な処世の術なのだ。

助手氏は少し不幸だ。というのも当時のイランでは英国留学の秀才も上流の出身でなければ万年助手の席しかなかった。「ライラ」が逃げたのも当然だろう。そして彼が「マジュヌーン」になれなかったのは、学業優秀、外国留学という「知性」が恋の感情を抑えたからであろうか。

画学生は芸術家であり、「知性」よりは「感性」の人である。したがって、この国の朝夕の太陽が突然白光を地上にもたらし、闇の中におちていくように、恋はいきなり彼の心をつかみ、彼はたちまち狂ってしまった。イラン女性の恋のかけひきにくらべれば、日本の少女は、この芸術家に心の平和という理想を抱かせたのかもしれない。

現世の女性の桎梏《しっこく》から逃れるには、女性を心によって愛し、愛の求道の果てに神を視て、あの画学生の身の廻りにたちこめていた静けさに到るほかはないのかもしれない。

だから、現世の絆《きずな》にとらわれた人々(特に男性)は「マジュヌーン」のうちに聖なる姿を見るのである。

二　バザールとモスク

青の寺院《モスク》

月光は渓流のような音をたてて降りそそいでいる。紺碧のモスクの丸屋根《ドーム》を滑りおちて、わたしたちの足許から下方にのみこまれてゆく。

ドームは天球のように見える。紺碧のドームが月光を吸ってあたりに蒼い光を漂わせている。私たちは息をのんで、その光の中に立ちつくしていた。

ここは、イスファハーン大学医学部の四階の迎賓室――建物の最上階で、部屋に続く広々としたベランダは、世界のイスラム寺院のうちもっとも荘麗なといわれる、青い「王者の寺院《モスク》」のすぐ裏にあたる。砂漠の満天の星空は手を延ばせば届きそうなところに見える。それと同じように、四階のベランダから同じ高さに見る青のドームは、思わず手を出したいくらい間近に見えた。

インドへ帰ったレジア女史がテヘランへ遊びに来たのは、つい一週間ほど前のことだ。おそらく私の留学中、最後のイラン国内旅行になるだろう。私たちは再会を記念してこの旅を選んだ。

寮監のゴネリー先生は、遠来の客レジア女史に敬意を表し、あわせて私の最後の旅へのはなむけと思われたのか、美しい銀髪をなでつけながら、一葉の紹介状をこの大学の事務局長に認《したた》めて下さった。「神があなた方姉妹に、光に満ちた夜を賜りますように」という言葉と共に……。

それにしても、下から見上げるものとばかり思っていたモスクの丸屋根を同じ高さから目の前に眺めることができようとは！　青の天球はこうして間近に眺めると、何十万枚というタイルをちりばめて、信じ難いほどに細やかな模様を描きながら、月光の下で絹のレースを被ったように見えた。

翌日の午後、私たちは青のモスクを遙か正面に眺める位置に立っていた。

レジア女史のぬけるような青い絹のサリーと、私の真紅のスカーフには昨夜の蒼い世界に遊んだ感慨がこめられている。

私たちが立っているのは、広大な長方形の「王者の広場」の北辺で、正面すなわち南に、昨夜みた青のドームの威厳溢れる王者モスクが望める。東側、広場の左手にはクリーム色の優しい丸味をみせて、唐草模様のドームが浮かび上がる。これは、時の王妃の父のために建てられたもの。西側には、粋を凝らした櫓《やぐら》造りの迎賓館がある。そして私たちの立っているこの北側に、大バザールの入口があった。

王の威厳、王妃の華麗、賓客のエキゾチシズム、そして、庶民のための現実。イラン人は詩人だ、イラン人は芸術家だ、このスクエアに、ひとつの世界を現しているのだから。「王者の広場」は南北五百メートル余、東西百六十メートルの広さをもつ。

「病を得て訪れる者は、この都にて癒えるであろう」

イラン人はそう言って、十六世紀から十七世紀に繁栄したこの都を称える。

私たちはすでに何度か訪れているこの町であった。しかしやはり敬意を表してまず王者モスクの入口に立つ。見上げると蜂の巣のように複雑に入りくんだ迫持《せりもち》が見られる。

イスラム寺院は建築学上の構造から見ると、地上の人間が祈りを捧げその信仰が集まってドームを支えるというよりは、神が一方的に威厳を示し給う相《すがた》を現していると、日本のある建築学者が言っておられた。なるほど、まるで人々の頭上にさしかけられた巨大な、しかも決して人間を救い上げてはくれない掌のような気がする。

御《み》堂に入る。青を主調にした美しいタイルが天井、壁、柱を埋めつくしている。高い窓から射し込む陽光は、白雲を透かしたように柔らかな光になって、堂の内部のタイルの輝きに薄い紗をかけた効果を出している。

さすがに王者モスクは外国人観光客が多い。入口を入ると繊細なタイル芸術に感嘆の声をあげる。頭上をふり仰ぐ。天井は無数のタイル、そして鍾乳洞の石灰の滴りが固形したように、処々に柱が降りている。

思ったより華奢な柱からその上部に自然にひろがる曲面は、穹窿《きゆうりゆう》を表わしているのではないかと私には思われる。天井の威圧的な迫持状の半球を支えるには柱は十分な大きさをもっていない。しかしそのためにいっそう穹窿の内側を飾る細かい小紋のような図柄が、煌《きら》びやかな、この世のものとは思えないものになる。

歩を移せば、また新しい穹窿の下に私たちはいる。これは砂漠の歩行に似ている。しかし現実の砂漠の恐ろしい単調さを、聖堂は目もくらむ幻想に変えてしまった。その美しさに魅入られてさらに奥へすすむと、会堂の主要ドーム（昨夜私たちが月光の下にその外観を眺めたドーム）の巨大な

王者モスクは蒼茫の天を思わせ，その内部には廻る天輪の厳しさがあふれている（撮影：石元泰博氏）

穹窿が頭上に高々と掘りえぐられている。神はその上辺におらせ給うに違いない。

この国に三年余を過ごし、さまざまなモスクを見てきた私の目にも、王者モスクは美しい。仏教やキリスト教寺院のように立像もなく、壁面の彩釉《さいゆう》タイルにも、私の心を和らげてくれる人物、動物の姿は見られないが、ここには多くの観光客がいて私は安心していられる。

私たちは外へ出た。東側のクリーム色に唐草模様の浮き出た王妃の父のモスク、シェイフ・ルトフッラー寺院は優しい。西側の迎賓館アーリー・カプーはトルコ語で「高き櫓《やぐら》」を意味する。ちょうど盆踊りの櫓のように柱を組み屋根をのせたこの建物の階上は、前の広場を見渡すにかっこうのバルコニーとなっている。

トルコの、シナの客人たちをこの珍しい御殿に招じて、美姫を侍らせ楽人に琵琶を弾かせて酒杯を傾けながら、前庭のポロー競技を披露する。十六世紀の終りにここに都を定めたアッバース大帝は名君であった。

私たちはこの見事なスクエアに廻廊風に作られた土産物店を覗いて廻る。ここは高級品の店ばかりが並んで、店の主人たちも品のよい様子をしている。レジア女史の青いサリーを主人がほめる。

「美しいサリーのお客さん、これは銘入りですよ！」

細かい手描き模様に釉《うわぐすり》をかけて焼いた七宝の皿。古い石なのか玉《ぎょく》なのか、艶を消した時代もののネックレス。王者の広場は解放感にあふれ、しかもシャレている。「イスファハーンは世界《ジャハーン》の半分」と詠われるのも肯《うなず》ける。

私たちは再び北側のバザールの入口に戻ってきていた。お土産にサラサでも買おうかしら、お皿も一枚欲しいわ、私たちは躊躇することなくバザールに足をふみ入れた。

バザール脱出

入口にはテヘランのバザールのような賑わいがなかった。そろそろ昼寝どきでもある。それに、今まで見たものがあまりにも鮮明な色彩だったので入口の渋いタイルが私たちを現実に戻してくれた。「この中でひと休みしましょう」中には茶屋もある。食事のできる店もあるに違いない。

バザールはひとつの巨大なパビリオンを思わせる。アーケードふうに作られた屋根の処々に空気抜きはあるけれど、両側に目白押しに並ぶ店また店は薄暗い。そして奥へ入ると意外にもたいへんな賑わいがあった。貴金属店が何軒も軒を連ねている。私たちは細い金の鎖を、小さなペンダントを手にとってみる。すぐ後ろで、チャラチャラと音がする。

「あら、カシュガイの娘よ！」

この町から南の方角にはカシュガイ族が遊牧している。その娘たちがひだの多い美しいスカートを着け、原色の胴着に金属を飾って買物を楽しんでいるのだ。私たちはその後を追うようにさらに奥へ入った。

「エミコ！　このサラサどう？　ベッドカバーになるわ」

渋い茶とえんじと黒で一面に唐草模様が染められている。私は地表を覆うようにして波うつこの国の葡萄畠を、また庭のすみに群れ絡みあう、つる茨を想い浮かべる。寺院のタイルもたしかに唐草模様だった。この唐草は中国を経て、次第に葉を落とし、私たちの風呂敷の唐草模様になる時にはすっかり抽象化されている。第一、日本語の「ブドウ」の語源は中世ペルシア語に求められる。

ところどころで道は広くなったり狭くなったり、左右に曲ったり四辻になったりする。このバザールずい分広いのね、私たちは高いアーケードを見上げる。食事をしたいわ、チェロ・キャバーブ

薄暗いバザールの中は意外な賑わいがある．ここは近隣の部族のるつぼ．カシュガイ族の娘，ジュウタン売りの男が行き交う．

(焼肉料理)屋さんでもないかしら。私たちは遅い朝食をすませたままで、まだ昼食を摂っていない。しかし、食物屋らしいものはいっこうにない。テヘランのバザールなら、入口にお茶屋もあったのだけど。

　ガラガラ――と高い音が前方に流れる。私たちが立っている路と前方で交叉する大きな道を馬車が走り去って、アッという間に消えてゆく。音は屋根にこもって私たちのところまで響いてくる。そして、やがて遠くへガラガラと消えていった。

「マーッ、馬車が通るのね！」

　私たちは顔を見合わせた。ずい分奥の方に入りこんでしまった。でも「迷子になった」とはふたりとも口にしたくない。

私は、チェロ・キャバーブ屋をみつけようと空元気《から》を出す。でも店の人に聞く気にはなれない。私たちはなおしばらく、方向感覚を失った虫のように、思いついた方角に向かう。空が見えず、陽光がどちらから射しているか見当がつかないから密閉した迷路は時間の感覚も奪ってしまう。もう、たっぷり一時間以上歩き廻っている。だんだん、ふたりは無駄口をきかなくなった。

「私、聞いてみる」

レジア女史が低いかすれた声で呟くと、香料屋の主人にいく分かん高い声で問いかけた。

「入口はどこでしょうか」

すると店の亭主はジロッと彼女を、それから少し離れて立っている私をねめ廻すようにした。

「出口かね、この道をまっすぐだ」

イラン人にしてはぶっきら棒な言い方だ。それにここら一帯は、気が狂いそうな香料の匂いが籠っている。私たちは急いでそこを通り過ぎた。今度は私だ。自然にそんな順番ができるところまで追いつめられていた。私がジュウタン屋の亭主に尋ねると「左だよ」と椅子から立ちもしないで顎でしゃくる。教えられた方に、追われるように行かざるを得ない。ゆっくり歩こうとしながら、つい足は早くなる。

あの子に聞いてみよう。「ネ、坊や……」

子供は、チャードルも被っていないふたりの異国の女をにらむように身がまえると、何も言わずにバタバタと逃げてしまった。もっと年上の子供はへらへら嗤《わら》いながら親指をたて天蓋《てんがい》の明りとりを指さして「ウーンジャー(あそこだ)ウーンジャー」と歌うような声をはりあげる。

「おじいサン、おじいサン、すみませんが……」

レジア女史の声がかすれている。おじいさんは耳が遠い。そして私たちに気がつくとペッと唾を吐いて店の裏へ入ってしまった。

「外国人は決してバザールに深入りするもんじゃない。あれはイラン人の聖域だよ」

イギリスのジョンの言葉が思い出される。

「シマッタ！」血の気が顔から引いてゆく。両側の店はそろそろ戸をたてはじめている。私たちをジロッと見てピシッ、ピシッと大きな音をさせて扉をしめる店の亭主たち。私たちはとりつく島もない。ああ、この道の土は何とひんやりと堅いことだろう。まっすぐだ、左だ右だと言われて歩き廻って二時間以上たっただろう。

レジア女史は、背に長く垂らして翻すようにしていたサリーの端を、キリッと体に巻きつけて、たすきがけといった姿だ。私たちはもうひと言も喋らない。ただ汗ばんだ手をしっかりと取り合って、小走りになるのをお互いに押えるようにしながら歩いている。四辻に出ると顔を見合わせもせず、どちらかの判断が勝手に決めた道をとる。

フト、どこからか、冷たい風が流れこんできた。その冷たさは、バザールの湿った動かない空気の感触と違う。なお進む。確かに風がうごいている。二人は風にすがる気持！

「私、ちょっと見てくる」

かなり前から足を引きずるようにしているレジア女史にそう言うと、私は風の流れてくる方向に走り出した。

「アッ、出た！」

確実に外気の中に出たと思った瞬間、私はドブ板を踏みはずし、泳ぐようにバザールの外の道路に四つん這いになっていた。「エミコ!」レジア女史がかけよってくる。目の前の薄暗がりの中で、景気のいい呼び声をあげて西瓜を売っているおじさんの顔がふり向いた。

「おいおい、大丈夫かね? お祈りをするなら、『金曜モスク』はもちっと向こうだぜ」

おじさんは冗談を言いながら私を起こしてくれる。助かった! 手をとり合う私たちは、危うく涙ぐむところだった。陽は暮れかけている。恐ろしい疲労で私たちはそこに座り込みたかった。それから、どちらが言い出したか忘れたが、もう夕食を摂りにレストランへ行く元気もないので、医学部四階の迎賓室で西瓜を食べることにして、一個ずつ西瓜を買いこんだ。おじさんは思いがけないお客のためにタクシーを捜してきてくれた。バザールの出口に群れている人たちは、まるで人が違ったように親切で陽気だ。

「はいヨー　医学部正門ね」

タクシーの運転手は、西瓜と共に乗りこんできたふたり連れを面白そうに眺めている。

金曜モスク

次の日、私たちは風呂屋《ハンマーム》へ行った。

バザールを彷徨した次の日の朝、レジア女史は、今日はハンマームだけにして見物はやめようと言う。彼女のインド大陸的発想は常に悠々としている。そこで私たちは裏町の小さな風呂屋へ出かけ、バザールの必死の脱出を思い出しながら旅の疲れを落とした。したがって、西瓜売りのおじさんが、お祈りをするならもっと向こうだ、と教えてくれた金曜モスク参りは、風呂屋へ行った日の翌日になる。

私たちはこの日、どの寺院へも足を向けなかった。建物も歴史も美術も、そして買物も私たちの望むところではなかった。昨夜、私たちは話し合った。あとは金曜モスクだけにしようと。

金曜モスクは十一世紀にその一部が建てられた古い寺院で、王者モスクのような流麗なタイル造りではない。観光客に置き忘れられたように、地の利の悪い町の北部にある。

レジア女史と私はなるべく大通りを避けて言葉少なに歩いた。ものの三十分もするとバザールの裏口へ出る。一帯は青空市場といった様子で、屋台の店が思い思いに品物をひろげている。

「奥さーん、奥さん」「おやじさん、ハルボゼ（メロン）どう？」

かん高い呼び声がとび交う。そのあいだを縫うように生きた鶏を二羽ずつ小脇に抱えて「モルグ（鶏）モルグ」と呟くように歩いている男。これは買った鶏ではない、売り物なのだ。たった一枚のジュウタンを背負って、田舎から売りに来たらしい老人もいる。値段のかけひきで、早くもけんかのような早口の舌戦、小唄混じりの呼びかけ、座りこんで紅茶をすすっている者。朝の市場はオペラの第一幕だ。

モスクへの道は静かだ.

広場を北へ、小路を曲ったところで黒衣の婦人に逢う。「金曜モスクは……」

婦人はだまって指さす。土塀の内。今までの喧噪はどこへ行ったのか、そこにはただ静かな白い土の上に、モスクの影がおちているばかり。そしてその影の一部ででもあるような黒い人影が、モスクの入口へ黙々と歩いてゆく。

私たちは黒のスカーフを被った。そして正面のモスクのわきにある礼拝堂へ入ってゆく。漆喰造りの「キブラ」（壁龕《へきがん》）にはアラビア文字が模様化されて、すき間もなく彫られている。この礼拝堂は一般には使われていない。

バタバタと羽音をさせて、巣くっている鳩が隅から隅へ飛びたつと、漆喰にたまった埃がまいおりてくる。この礼拝堂は十六世紀に作られたという。訪う人もまれだ。

私はレジア女史をそこに残して、先ほど黒い人影をすい込んだモスクの入口に立った。入口から見通せる場所に、じっと両膝を揃えて座ったまま動かない老人の姿が目に入る。老人は小さな白いお椀帽を被っている。やがて、腰を浮かせ両手を前にさし伸べ、地にピッタリ額をつけて、そのまま動かない。

あれほど陽気でお喋りで、時には狡猾に、時には傲慢《ごうまん》になるイラン人がそこにはいない。神の前に、ひたすら身を伏せて許しを乞う力弱い人間がそこに祈っている。

私はいつでも（そして、あの華麗な王者モスクでもそうなのだが）イスラム寺院の内部にある厳しさを前にすると、たじろいでしまう。偶像崇拝を禁じたこの宗教が、植物以外のあらゆる具象を寺院から締め出したために、堂内は、神の慈悲よりは神の威厳を示しているように思われる。宗教心のない者でも、ときに神のみ心にすがりたいと思う時がある。そんな時、仏像やマリア像のような仲介者があれば救われるだろう。ところがイスラム寺院にはそれがまったくない。

女の私にはイスラム寺院の御堂くらい宗教の抽象性を感じさせるものはない。メッカの方角を示すキブラは、そこに聖性が宿っているのではなく、単に方角を示すにすぎない。ドームは仮借ない神の威光を象徴しているのか、それとも人間を恣《ほしいまま》に弄ぶ、廻《めぐ》る天輪を象徴しているのだろうか。

この寺院では、この老人のようにひたすら地に身を伏せて、神の怒りが通りすぎるのを待つほかはないようにみえる。

私は目を閉じて一礼すると、後ずさりのままこの入口を離れた。寺院を包む静寂は、信仰のない者の出入りを許さない聖域であることを私に教えていた。

三　秘密の園

山の長老

カズヴィーンはテヘランの北西、ほぼ八十キロに位置する小さな町だ。私たちはこの町の北のはずれにある馬車屋の店先にいた。北を望むと、このイランの冠ででもあるような、東西に走るエルブルズ山脈の峰々を眺めることができる。イギリスのジョンは地図をひろげる。

「たぶん、ジープで五、六時間と思うよ。まず、麓の村に一泊だ。そこからロバで行けるところまで行こう」

私たちは峻嶮な峰を連ねるこの山峡の懐深く入ろうとしている。恐らく道はロバでしか登れないほど細く険しいだろう。そして標高二千メートルのアラムート山の頂に、廃墟と化した巨大な城を仰ぎ見るに違いない。

オーストリアのベルトは、しきりに馬車屋の亭主と押問答をしている。昔ながらの馬車屋の造りだが、昨今レンタカーも扱っているのだった。

アラムート山頂の城の主はかつて「山の長老」と呼ばれ、十字軍の兵士にまでも怖れられた。なぜなら、この長老――ハサン・サッバーは暗殺者《アッサシン》教団の首長であったのだから。だいたい「アッサシン」（暗殺）という言葉は「ハシーシュ」（大麻）に由来する。

しかし、私たち三人がジープの調達を待ちながら馬車屋の店先で朝食を摂っている時、私たちの夢は早くも破れた。どのようにして私たちの行先を知ったのか、寮監ゴネリー先生の秘書が店にかけこんでくると、国費留学生はそのように物騒な地方へ旅行することはならないととめられてしまった。

イランの国教、イスラムのシーア派についてはすでに第二章の殉教月で詳しく述べた。シーア派の分派の、さらに分派に、打倒スンニー派を標榜する過激な暗殺者教団があった。十一世紀末、首長ハサン・サッバーはアラムート山頂の城塞にこもって若い刺客を養成し、スンニー派の主だった人物の暗殺を計る。

山の長老ハサン・サッバーはこの地方の十二歳から二十歳位までの若者のうち、意志強固、俊敏な者を大麻《ハシーシュ》によって昏睡させる。マルコ・ポーロの『東方見聞録』には、「長老はこれらの若者たちを四人、十人、もしくは二十人ずついっしょにして、まず宮苑の中に入れる」と記している。

この宮苑は、「潺々《せんせん》たる河川、汲めどもつきぬ美酒の泉、麗しの眸《ひとみ》の乙女らが侍る……」とコーランに描かれた天国の楽園のように、アラムート山の一廓に造られている。

眠りより覚めて宮苑の美女たちにかしずかれ、佳肴、芳醇の酒を味わった若者たちは再び大麻《ハシーシュ》で眠らされ、今度は長老の居城に移される。

若者たちが大予言者と信じる長老は彼らに暗殺すべき人物を示し、その褒賞に天国の宮苑を約束する。

「さあ行け、目的は宰相ニザーム・ル・ムルクを斃《たお》すこと。万が一、捕われて殺されようと、おまえはかの天国へ行けるのだ」

こうして山の長老の楽園を夢みながら、多くの若者たちが生命を落としたことであろう。

アラムート山の城塞は難攻不落と伝えられたが、やがて十三世紀にジンギスカンの孫フラグーによって壊滅する。栄華を誇り、世を震撼《しんかん》させた城は現在、一塊の土でしかないという。

地上の楽園

「山の長老」に惹かれたアラムート行き失敗の一件をハティービー教授に話したのは、私がドクター論文の審査に通った日の午後であった。

先生は相変わらずフンフンと面白そうに私の話を聞いておられたが、何を思われたか、私を私邸にお招き下さった。イラン屈指の名門の出身で、初老の域にあってまだ独身と称されるこの方の館は、美女たちを侍らせた「地上の楽園」と噂に聞いている。

長老が約束したのはこのような楽園か．（細密画）

私は三年前、ハティービー先生の授業によって受けた陶酔の感動と共に、次の年の夏の一日のことを思い浮かべた。

ハティービー先生と私は、木蔭の緑豊かな芝生に座っていた。降り注ぐ真夏の光。前方にあるプールにはまっ青な水が揺れる。金髪の、黒髪の、四、五人の美女たちがさんざめきながら泳いだり、プール際に身をのべている。彼女らのだれもが楽しげに声をあげ、戯れている。しかしその賑わいはまるで一幅の絵に描かれ、目に見えない枠の中に納められているように、私の心を現実の力でうつことがない。ハティービー先生はまるで彼女らがそこにいないかのように陶然としている。彼女らもまた陽を浴び水を浴びている——私たち二人の姿が彼女らの網膜にはうつしだされないかのように。

やがて老僕が目の高さに盆を捧げて、バラの香りのする蜂蜜をかけたまっ白なシャーベットを運んでくる。手に伝わる銀の容器の冷たさがなければ、私には夢としか思えない光景であった。夕刻、庭にまわされた車に乗って、長い果樹園の並木道をぬけて門を出た時、私はふり返った。くずれかけたような築地《ついじ》の塀は、今出てきた門のありかをすっかり隠して、その奥に楽園の愉悦があったとは想像もできなかった。

さて、約束の日の午後、大学寮の門前に黒い大型の車がとまった。

ひと言も口をきかない慇懃《いんぎん》な運転手に案内されて降りたったのは、テヘランから北へ三十分ほど登った古い高いレンガ塀に囲まれた邸の玄関口であった。

老僕に招じ入れられ、いくつもの部屋を通って案内された大広間は、窓という窓が厚手のカーテンで覆われて暗い。部屋から退く老僕の足音は厚いジュウタンに吸いこまれて聞こえない。初夏のまぶしい光の中から、ヒンヤリとしたこの部屋に入った私にはほとんど何も見えない。やがて少しずつ目が馴れてくると、五十畳ほどの天井の高い広間は東洋風の渋い色調で埋められていた。

ハティービー先生のおいでになるまで、私は壁にかかった中国風の絵や、日本の水墨画をひとつひとつ前に立って眺めていた。先生は東洋に興味がおありのようだ。

するとひと際暗い片隅に、パチッと音がしてフロアスタンドが灯った。「アッ！」私は声をあげるところだった。だれもいないとばかり思っていたずっと向こうの暗がりの中の大きな椅子に、先生の後ろ姿、というより椅子の背からのぞく後頭部が見える。

先ほどの老僕が部屋に入ってくる。客である私には目もくれず先生の許にゆく。先生のささやくような声。なにをおっしゃっているのか聞こえないが、やがて老僕は小さなインド風の彫り物のある卓と椅子を先生からやや離れたところに置いて、私をその座に導く。

そのあいだに先生は私の方に向き直っていらっしゃる。部屋の一隅に香が焚いてある。かすかに空気がたゆたっていた。

「もっておいで」先生は老僕にひと言、さらにつけ加えて、「それから小さいカップでお茶を」

いったい何が始まるのだろう。第一この館がどのような造りで、この大広間はどのような庭に面しているのか見当もつかない。二年前の白昼夢の楽園と思われたあの邸ではなさそうだ。森閑として人声はおろか、生きものの気配もない。

やがて先刻の老人がまるで儀式のように大きな水煙草の盆を捧げもって入ってきた。入口には、気がついてみると能舞台の幕口に掛ける揚幕のような、渋色の布が下がっている。老人が通る時、垂幕はだれかの手で掲げられたのであろうか。

老人は足音もたてず、頬も動かさない。私は思い出した、もう二年以上も前になろうか、イラン武道館の英雄ロスタム邸に招かれた夜のことを。あの時宴席に並んだ男たちは忍びの者のように感情を殺して、顔色ひとつかえなかった。

老人はまるで黒子《くろこ》のように水煙草の道具をハティービー先生の前の低い卓子の上に置く。わきの長椅子の上にクッションを二つ重ねる。

低い声が流れて彼は足音もなく部屋を去っていった。先生は長椅子に身を横たえ、二つのクッションに背をもたせて、水煙草の長い管をとりあげて口にあてる。

水煙草の道具はイランではよく見かける一メートルほどの記念塔のような型のものだ。基底部はフラスコ状のガラスで、その中にサルビアの花を浮かせた水が入っている。塔の上部にはすでに炭火と煙草が置かれてあるのだろう。塔の下端からは紅、茶、緑に彩色した二メートルほどの長い管がのびて、今、先生が口にしている吸口は鈍い黄金色に光っている。喫煙のたびにフラスコの中の水は、妖精の舌のようにサルビアの赤い花を舞わせ、小さな音をたてた。

先生は目を閉じ穏やかな微笑を頬に浮かべておられる。吸っているのは煙草なのだろうか——それともアヘン？　アラムート山麓の村では今もなお少量の大麻《ハシーシュ》を水に溶かして喫うと聞いているが、しかし私は何も聞くことができない。

私は息をのんでこの水煙草の儀式をみつめている。先生の閉じられた目が、ときどき懶《ものう》げにかすかに見開かれる。頬からは、なにか生気が失われていくように思われる。黄金の吸口を離すとわずかに口を開けたまま、胸の上で白い手を組んで先生は低い声でおっしゃる。

「御前様……」

「一句、詩をやってごらん」

何にしよう、私は考えたのち、抒情詩人ハーフェズの一句を選んだ。

「うち震《ふる》える睫毛《まつげ》　酔いに額は潤い
微笑《えみ》は口もとにありながら
激情に衣は裂けたのか
憤りに目はもえ立つのか
酒壺を捧げもち
詩句をとなえながら
かの女《ひと》は昨夜わが枕辺にきたり
哀しげに囁いた
　『眠っているの
今は私を顧みぬ恋人《ひと》よ』

かかる夜半《やはん》
この美酒によって
忘我の国にあそばぬならば
まことの恋はしれぬ
去るがよい　情《こころ》なき隠者！
恋の酒の澱《おり》までも飲み干す者を
責めてはならぬ
天地《あめつち》の初め　われらに贈られしこの酒が

天国の美酒　地獄の苦き酒であろうとも
友よ　いざともに汲まん」

先生はこの最後の句を私の声に合わせて低くささやくように誦される。どうしたらよいのだろう。この詩にさらに詩を続けて行けば、この陶酔の座を立つ機会を私は失ってしまうかもしれない。

ふと、背後に幕の上がる気配がした。

「御前様、フルーザンファル師がおみえでございます」

フルーザンファル老師は、当時の神秘主義文学の第一人者で、私も三年目には有名な『鳥の言葉』という叙事詩の講義を受けたことがある。

老僕に導かれて小柄な丸顔の老人が姿を現す。ハティービー先生は長椅子に身を横たえたままである。老人は広間に入るなりかん高い声で、十三世紀の神秘主義詩人ルーミーの句を口ずさみながら、調子をとるような足どりで歩みよってこられた。

「カリフが、美女ライラに問うた

『そなたか？　マジュヌーンを狂わせたのは

ことのほか他の美女に

たち勝っておるとも思われぬが』」

ハティーービー先生はかすかに開いた目を天井に向けたまま、老僕に指先で命じる。長椅子のわきにさらにクッションが置かれる。老師がそこに座ると、先生は吸口を白のリンネル布でぬぐい、この句が二度誦されるうちに、吸口を老師に手渡す。老師はイスラム僧のようなゆったりした黒いガウンの姿。ハティービー先生は次の句を続ける。

「ライラはこれに応える

『おだまりなさい

あなたはマジュヌーンではありませぬ』」

老師は後をつぐ。

「目覚めておる者も

心の眼が朦朧《もうろう》としておれば

目覚めは睡《ねむ》りにも劣ろう」

ハティービー先生。

「おお　神に向かって

陶酔境に遊ぶ詩人，彼らの夢みる女《ひと》は．

われらの魂が目覚めておらぬならば

われらの目覚めは

戸を閉ざした家も同じことぞ」

詩句の受け渡しは微妙だ。詩句が終りかかるとき、相手に向ける親密な、かすかな一瞥がある。受ける側も、それまでは喫煙の幻影を追うように宙に浮かべていた視線を、この時相手にそそぐ。穏やかな微笑。句が終る。一刻の言うに言われない間をおいて、詩はその先にひきつがれていく。そして詩句が続くあいだ、黄金の吸口は両師のあいだを往き来している。

ハティービー先生の渋い低い声、フルーザンファル老師の高めの細い声、二人の文学陶酔者の声は次第に高まっていく。高くはなっても詩の朗誦はまるで楽々と呼吸をするようになだらかに流れでる。吸口のやりとりのほかは、彼らの姿はひとつの絵に収まったように動かない。教室で、先生とイラン人学生のあいだにわき起こる共感作用が動をあらわすとすれば、ここには静かなだけにもっと深い一種の共犯関係が醸成されている。

そしてこの応酬に心を奪われて暫くするうちに、このふたりの陶酔者と私のあいだに、目に見えない結界《けっかい》のあることが分ってきた。それはまるで、水煙草に混ぜられていたかもしれない、いく分の麻薬が、彼らを私とは別の世界に連れ去ってしまったようだった。

私の踏みこむことのできない聖所に遊ぶ優雅なふたつの魂は、神との密約を解する者だけが入ることを許された秘密の園に、いま暫くとどまっているのだろうか。

ペルシア文学では、この秘密の園に入れるのは男ばかり。私はまたしても遭遇したこの国の聖域に、ふたりの詩人を残してそっと部屋を出た。

入口に座っていた老人が今度はニコッと笑いかけてきて、私を小じんまりした客間へ案内した。明るい水色の錦を張った蕭洒《しょうしゃ》な椅子が私の心を落ち着かせた。

四　ホダー・ハーフェズ

卒　業

論文の審査が終った。夕方近くになっていた。寮室に戻るとほとんどすぐに、赤い大きなバラの花束を抱えてゴラおじが部屋へやってきた。

「ドクトル・ゴネリーから新しいドクトルへのお祝いです」

私の肩をポンと叩いておめでとうを言うと、ゴラさんは部屋を出て行った。ひとりになった時はじめて、夢のように終ったこの一日の感激がこみ上げてきた。体の節々がうずくように昂奮が高まっていく。私はよくイラン人がするように拳で腕や肩や哀れな胸をコンコンと打った。

今朝二十五号室を出るときの私は、もしかしたら再びここに帰ることがないかのように、キチンと部屋を整理した。かねて用意してあった新しい下着をつける。白い塩瀬の夏の着物を着て、帯をきつめに締めると、私はまるで裁きの庭に赴くような気持で部屋を出た。

博士論文の審査に落ちても書き直しはできる。しかし今までの前例でそれに成功する率は極めてすくない。そして私の場合、さらに留学を延ばすとか、日本へ帰って論文の書き直しをしようと考える精神的余裕がまったくなかった。四年間かけて登りつめた峰の上で、私はもう身動きひとつできない、そんな張りつめた気持だった。

論文審査会場は公開で、教壇に六名の審査員と指導教授の席が設けられ、前列に被告の座のようにひとつの席が置かれる。その後方が四、五十人の傍聴者の席になっている。論文を提出した者は二、三時間の口頭試問にただ一人で答えていかなければならない。私は身を固くして指定の座についた。先生方の入場を待つあいだ、傍聴席の友人たちは私に話しかけてくるが、私は誰とも口をきかなかった。

やがて先生方が入ってこられる。指導教授のキャー先生の端正な笑顔と、談笑しながら入ってこられたハティービー先生の茶目っ気たっぷりの眼差しにぶつかると、今までの不安が嘘のように消えた。私は背筋をピンと伸ばした。

二時間の質疑応答はたんたんと終った。

先生方は壇上を降りる。別室で合否決定を論じる。結果を待つあいだ私はすっかり落ち着いて、窓の外を眺めたり、言葉少なではあったが友人たちと話し合ったりしていた。

合格!

恒例によって合格者は段上の先生方と写真に収まる。私が席を立とうとした時、ハティービー先生が人差指をあげて発言を求めた。

「彼女がドクトルになる前に一分だけ」と前置きして、つぎのように言われた。「日本とイランとの文化交流は極めて少なく、両国の文化領域での相互理解は十分ではない。しかし政治、経済の交流にも増してこれは大切なことである。あなたは、イランの文化を日本人に伝える義務がある」

会場に暖かな拍手が湧いた。

私は壇上の先生方のあいだに座る。フラッシュの閃光がいくつも私の脳裏に刻みこまれる。壇を降りると、顔見知りの寮生たち、また見知らぬイランの学生たちといっしょに写真をとった。四年間、長い年月だった。カメラに収まりながら、時々思い出したように私は自分で自分の手を握りしめた。この二、三カ月で爪に縦皺がよるほど無理をしていた。

論文審査の翌日から、お世話になった先生方にお別れの挨拶をする多忙な日が続いた。お宅に招いて下さる先生もある。その華やかな席で、帰国後の仕事について、研究の方向について話がひろがる。結婚は？　そして帰りには決まって人形とかメダル、著書を記念に頂く。こうして、二十五号室に贈り物がいくつかたまっていったが、話にでた「帰国」という言葉の実感はなかなか心にもってこない。晴れがましい卒業式の行事がまだ終っていないのだから。

論文審査から十日ほどして卒業式になった。私は大勢の学部やマスターの卒業生たちと共に式に出席する。大学に顔をだすと、ドア番のおじさんたち、事務局の職員、秘書官などが「おめでとう。ところでお祝いは？」と、お祝儀を要求して手をつきだす。誰それは二百リアールくれた、と金額をあからさまに言う図々しい者もいる。月に五千リアールの留学生支給額では、とんでもない大金だ。

私は微妙に相手の様子を観察しながら、いつもよりきつい握手をする。

「日本だったら、あなたの方でくれるのよ！」

また時には、そっとポケットへ何リアールかを滑りこませる。こうしたイラン人に腹をたてるどころか、私は一人ひとりに対応することをむしろ楽しんでいた。もう卒業するのだ！

卒業式は午後四時に始まる。昼食後、私が事務局から借りてきた黒のガウンと角帽をひろげていると、寮の女子学生たちがバタバタとかけ込んできた。

「たいへんたいへん、エミコ、ガウンを短くするのよ！」

ミニスカートが流行している頃だった。おしゃれなイランの女子学生たちは借り物のガウン丈をつめて着るのだという。彼女たちは四方八方から私のガウンをひっぱって、たちまち三十センチほど裾をあげてくれた。

この年、外国人でドクターを頂いたのはインドのレザーと私だけだった。私たちふたりはイラン人のあいだに埋まるようにして所定の席に座っていた。レザーに続いて私の名が呼ばれる。立ち上がると、あたりから拍手が起こった。正面に居並ぶ先生方のうち、寮監ゴネリー先生の見事な銀髪が見えた。先生は、孫の卒業でも祝うような慈しみ深い微笑を送っておられる。

式は型通りに終った。ワーッという歓声と同時に紙吹雪が舞い、学生たちは腕をくんで校内をねり歩く。さかんにフラッシュがたかれる。しかし、謝恩会とか記念パーティーのようなものは一切ない。

レザーと私は何枚かの写真をとり終ると、角帽についた青い房から一本ぐいと抜いてポケットにしまった。「記念に!」文学部を表わす紺碧の一本の紐――これだけが、今手にするただひとつの確かな証拠。借り物のガウンをぬいで事務局に返し校庭にでると、先刻の紙吹雪はわずかに落ち残って、賑わいは白昼夢のようにあとかたもない。私たちはまるで憑き物が落ちたように力なく歩いていた。

あれほど待ち望んでいた卒業式なのに、ただこれだけのことなのか。先生方のお宅に招待された数日前の華やいだ気分がチラッと心の隅をかすめる。四年間、同じクラスで学んだ友人たちのほとんどは論文準備のため帰国したままだ。せめてティヤーでもいてくれたらいいのに。論客であるレザーも、今日は何だか気のぬけた顔だ。「こんなものかしら」という私に、彼は骨ばった肩をそびやかす。「こんなもんさ!」

私たちは大通りに面した小さな喫茶店で、レモン・スカッシュを飲んで別れた。

別　れ

卒業式が終っても私の心に「帰国」は実感として湧いてこなかった。しかしイラン出国の手続きはすでに終っている。私は帰らざるを得ない。帰国という目的を自分に押しつけるように私は本の荷造りを始めた。毎日ゴラおじに紙と紐を調達してもらう。三キロずつに分けるのだが計器がない。ゴラおじが「計ってきてやろう」と本を抱えて部屋を出てゆく。やがて仕分けされてきた本を四つ五つの包みに造って郵便局へ持ってゆく。三キロを超過。これではダメ。にべもなくつっ返される。局のうす暗い片隅で紐をといて包み直す。

ゴラさんは何で計ったのか。詰問すると、板をシーソーのようにして、一端にレンガを三コ乗せたゴラ式計器を自慢げに見せる。ああ、それでも彼は毎晩部屋にやってくる。彼がぐるぐると紐を巻きつけて縛った包みを解いて、十字に紐をかけて縛り直さなければならない。結局、私は暑いのに扉をピッタリ閉じて、ひとりで荷物を造った。こうして体を動かしていないと帰国するような気にならなかった。

しかし荷造りも単調だった。三日、四日と経っても本は思ったほどに減らない。親しい友人に会うこともなく、ただ体を動かしていると、これもまた索漠とした生活のリズムの中に溶けこんでしまう。すると「帰国」はまた遠のいていくようだ。私は毎日、この単調なリズムを破ろうと心がけた。そうだ、八百屋のおじさんにお別れの挨拶をしてこよう。

おじさん、わたし日本へ帰るのよ……と言いかける私を、彼はいつもと同じように迎える。店先の小さな木の椅子に座らせて掌一杯にアーモンドを乗せてくれる。

「なに、また帰ってくるんだろう。ところで、あの物乞いの女大将がいたろうが……」

そう言えば近頃は姿が見えない。何でも最近できたあまりパッとしないアパートの管理人になったそうだ。「たいした出世ね」「でも週に一、二度はこの辺に来てるのさ」おじさんはアッハハと大口を開けて笑う。私はついに今までのお礼も、さよならも言い出す機会がない。

靴屋、豆屋、サンドイッチ屋の亭主たち、誰もが別れを告げる私に「また遊びにくるさ」とことともなげに言う。それよりお別れに十リアールでもくれないかな、と目を光らせている。歴史の上で東西の異人種が往来したこの国には人を送る感傷がないのか。うっかりしていると、私自身がこの永遠の時間のなかに埋没してしまいそうだ。

毎朝の部屋の掃除は続いている。ゴラおじの相棒をつとめる金髪のお婆ちゃんのことは前に少し述べた。彼女だけはイラン人には珍しく口数が少なく、他人の悪口も言わない。私は以前から、帰国する時には何かお礼をあげようと思っていた。ところがそういう私の心を見抜いたのか、ゴラおじは目を光らせている。掃除が終るとモップの柄に顎を乗せるようにして部屋中を見廻し、荷物の残り具合を確かめる。彼女と私を二人きりにしない。「そら、もう二十五号室はすんだぜ」と婆ちゃんを追いたてて隣へひきつれてゆく。

ある朝、うまい具合にゴラおじが用事で階下へ行った。私は大急ぎで婆ちゃんをトランクの前に連れてくる。繊維製品が粗末であった当時のことで、日本の古着は彼女たちに人気があった。

「この中で一番欲しいものを、おばあちゃんにあげるわ！」

私は青いカーディガンをとり出した。きっと、これが欲しいでしょう、ネッ。なにしろ、これはセキネ婆さんが前から目をつけていたものだ。そのくらいは私にだって分る。口惜しがるセキネ婆さんには「あれはほかの人にあげてしまったの。早く言ってくれればよかったのにね」そういってやろう。

ところが金髪婆ちゃんは顔を前掛けで覆うとワッと泣き出してしまった。私は慌てた。早くしないとゴラおじが上がってくる。すると婆ちゃんは泣きじゃくりながら「みんなほしい、みんな……」と言っている。そういう訳にもいかない。彼女が未練がましく選んだ何着かの服を、私は大急ぎで紙にくるんだ。不思議なことに赤い派手なものばかりだった。

そんなある日、セキネ婆さんがついに現れた。「エミコジューン」この上もない猫なで声。扉をあけながらカーッと一つやに臭い息を吐くと、彼女はまるで餌をみつけた牝鼠のように痩せた肩をすぼませて部屋のなかに滑りこむ。手には頼んだ洗濯物を抱えている。最近はセキネ婆さんへの警戒心も緩んでいた。まず何とか言いくるめることもできそうだという自信もあった。私は洗濯物のお礼を言って、いつもよりずっと余計にチップをはずんだ。それを婆さんは受けとろうとしない。「そんな、結構よ」と大げさに手をふる。そのあいだにもジロリと私の出した金高を推しはかっている。私は調子づいた。「いいじゃない？　私のママンだもの……」

「むかしむかし，あるところにひとりの老婆が……」

するとと彼女は一歩身を引いた。グイと肩をそびやかす。「エミコジューン」ひからびた顔に、鋭い表情がはしりぬけた。

「ママンに、たったこれっぽちしかやらないのかね」

ズーッ、ズーッと踵を引きずる音が廊下の角を曲っていった。私は血の気の引いた顔のまま立ちすくんでいる。ああ、またしてもやられた。それも、こんな時に！　荷物の少なくなった、ガランとした部屋を見廻す。しかし、あのいやらしい足音が向こうに消えてしまったら、きっかけを失ってしまう。どうして、このままで日本に帰れようか。

私はセキネ婆さんの欲しがっていた青いカーディガンをとり出した。先ほどのチップを握りしめる。これ以上のお金は絶対にやるまい。私は婆さんのあとを追った。

婆さんは私の足音をすでに耳にしていたのだろう。それよりも、わざとゆっくり歩いて私を釣り上げていたのだろう。廊下の端から見える後ろ姿はのろのろと彼女の部屋の中に入ったが、扉は開けたままだった。私は閾口《しきいぐち》に立った。

「ママン、長いあいだお世話になったわ、ありがとう」

婆さんは手の裏を返したように「エミコジューン」と私の肩を抱いて、やに臭いキスを浴びせかけてきた。

私は部屋へ帰るなり着替えをもってシャワー室にとび込んだ、あの匂いを消すために。セキネ婆さんは私の一番苦手とする人種だった。長いあいだお世話になったとは毛頭考えていない。しかし「ありがとう」という気持は偽りのものではなかった。彼女によって、イラン人のある面を知ることができたのだから。

こうしたことがありながら、荷物は少しずつ減っていったが「帰国」という感慨はこの乾燥の国ではなかなか湧いてこなかった。別れを告げるどのイラン人も「またおいでよ」と言う。あわよくば、何かをせしめようとする。日本人が「螢の光」を歌うあの感傷がこの国では通用しない。私は優しい心を閉じて、最後まで油断なくイラン人に立ち向かおうとしていた。

戸を開けて相変わらず荷物の整理に余念のない私の前にゴラさんが立った時、私は「ナニ？」と挑むような顔をあげた。

「オギンによ……」ゴラおじはせっせと手を休めずにいる私に口ごもる。彼の長女の名、スィーミーは「日本語ならお銀よ」と教えたことがあった。彼は照れると「オギン、オギン」と言う。戸口に寄りかかったまま、まだ言いにくそうなゴラさんの話を聞くと、そのオギンちゃんに私の古いコートを一枚分けてくれないか、と言うのだった。見栄っぱりでカケヒキ上手、嫉妬深いゴラおじが、私に初めて見せた父親らしい恥じらいだった。

私が赤いスカーフを添えて包んであげたコートを抱くようにして足早に去っていくゴラおじ。なぜ、もっと優しくしてやれなかったのだろう。

ホダー・ハーフェズ
（さようなら）

私は荷造り作業が大半終った夕方、ひとりで大学通りを北へ上っていった。初め苛だつように速かった歩調は、やがてゆっくりしたものになっていった。

留学二年目の終りに、当時ドイツにいた知人の日本人学者から手紙を頂いたことが思い出される。「二年以上ここに住まう日本の女子留学生は自由でありすぎる……」「自由でありすぎる女子留学生」これは同じ日本の男性から見れば苦々しい姿なのだろう。しかし二年の留学を終えて、やっとこの国の言葉に慣れ、あくの強いイラン人に驚かなくなった当時の私に「自由」という言葉ほど縁遠いものはなかった。それから二年、私はあの手紙の意味を時々憶い返しながら勉強してきた。そして卒業できたいま、私の手に何があるのだろうか。

私には日本へ帰る必然性が思い浮かばない。イラン人が言うように、ちょっと日本を訪問して、またこの国へ来るか、それともイギリスで勉強を続けようか。現にそう薦めて下さる日本人の先生もいらっしゃる。四年いなかった日本の社会に適応していけるのだろうか、それも不安だ。気候も人間関係も湿潤な日本に住みつくことができなかったら、またこの国に来るのだろうか。私はあまりにもこの国に根づいてしまった。そしてそう思うことが、ある意味では「自由でありすぎる留学生」なのだということに気がつかないでいた。

「とにかく、一応は帰ってみよう」

私がせっかくこんな気持になっているのに、イラン人は私をかまいつけてくれない。だれに別れを告げてもピクリともしない。私には私なりの別離の光景があるのに、彼らは肩を抱き合って涙を流すようなことをしない。こんなそっけない別れ方をして、日本の家族のもとへとび込んでいけというのか。これでは「裏切り」ではないか。

この筆をとっている現在、考えてみれば実に身勝手な思い上がりだった。しかしあの時の私は、四年間、桜の花も味噌汁もなしに、角膜が干からびたかと思うような砂漠の国で勉強してきた自分を、こんなふうに、まるでポイと棄てるように、帰るがままにしているこの国のすべてに対して、肩をいからせているところがあった。矛盾した話だった。もし日本に適応できなければ、またイランに戻るかもしれないと思っていたのだから。

そんな時、ヨーロッパの友人たちからお別れパーティーをするからと、夕食に招かれた。顔ぶれはオーストリアのベルト、イギリスのジョン、インドのレザー、それにイタリア、ドイツ、フランス、スイスの留学生仲間たちで、一時帰国中のオーストリア人の家を一夜借り受けてのパーティーだった。

彼ら手作りの夕食がすむと、ベルトがこう言い出した。

「エミコ、しばらくヨーロッパを廻ったらどうだ？」

卒業式が終って、ますます追いつめられてゆく私の心を見透かしたような言葉だった。

「一カ月のヨーロッパ旅行が、きっと君の心をエトランジェにしてくれるよ」

彼らはこのことで前もって話し合っていたらしい。もし逢いたいと思うならば、イタリアでは、スイスでは、フランスではこれこれの友人を紹介するというようなひとり旅のプランを私に見せてくれた。私の不安と思い上がりは彼らの目にも明らかだったのだろう。四年間勉強したという自負を背負ったまま、懐かしいという正直な気持もなく故国に帰ることに危険を感じていたのだ。だからイランも日本のことも強いて考えず、望郷の心がわき起こるまでヨーロッパ旅行をしては、というのだった。

新しい国で新しい人に逢う、知らない町で知らない言葉を聞く――私の胸はたちまちこの未知の旅という口実にふくらんだ。私はひと晩考えた後、まずトルコ、ギリシア、イタリアまでの飛行機をリザーブした。いつになく私の心は躍った。そして「帰国」は一時棚あげになった。

出発の前夜を、私は長い旅に出るときの心地よい昂奮で過ごした。翌朝、ゴラさんに二十五号室の鍵を渡す時、唇が思わずふるえた。

私は感傷をふりきるように、ヨーロッパの友人たちの車に乗った。彼らはやたらにクラクションを鳴らし歌を唄ってはしゃいだ。

意外なことに、空港にはイランの友人たちが大勢集まっていた。こういう場合の常で、彼女たちは派手に着飾っている。メヘリー、マハバシュ、それにプーラーンの家族。私は一瞬身構えた。涙

カナートの廃坑.

なぞ、見せるものか！　こういうこともあろうかと、私はふだん着できたのだ。私の未来を見て！　私の肩を叩いて「また遊びにくるさ」彼らはそう言ったではないか。

私はわざとヨーロッパの友人たちと賑やかな笑い声をあげた。「私、ヨーロッパへ行くのよ」イランの友人たちは大きな花束を抱え、私に別れのキスをする時「ホダー・ハーフェズ（さようなら）」と声を曇らせた。メヘリーの目から大粒の涙がこぼれた。私は、冷たい花の香りの中に顔を埋めるようにして、もちこたえた。私は泣かなかった。

私は昂然と顔をあげて、大きく手を振りながら機内に入った。スイス航空の機内にイラン人はひとりもいなかった。手荷物を上にあげる。窓際の席につく。ベルトを締める。そして、こわいものを見るように窓外に目をやり、メヘリーやベルトの姿を捜しながら窓ガラスに額をつけると、今までの力がみるみる肩から抜けていった。

「サヨナラ！　私のイラン」

もし、ガラスから顔を離せば、涙は堰を切ってこぼれ落ちただろう。私は息をつめ、歯をくいしばるようにして、飛行機が滑走路を滑り出し、やがてみるみる大地が下方に落ちていくまでそのままの姿勢でいた。私の目の下で、テヘランはたちまち白茶けた大地の拡がりになっていった。

飛行機はなお上昇角度を保っている。大地の表情はまだ読みとることができる。そこには、ちょうど蟻地獄のように「カナート」（導水渠《どうすいきょ》）の廃坑が口をあけて点々と続いている。この荒涼たる大地の下にも水脈があって、古代の人々はそこに水を求め、村落をつくり、文化を築いたのだ。こうして出発しなければ、私がそこに呑みこまれたかもしれない永遠の時の流れ、そしていつかはまたそれに魅せられて再び訪れるかもしれない、恐ろしい懐かしい砂漠とイラン人の国を、私はいつまでも見つめていた。

イスタンブールからローマまで

トルコのイスタンブール空港は爽やかな風を流していた。親日家らしい空港職員は私を見ると「コンニチハ、サヨナラ！」と愛敬をふりまく。

バスで市内に入る。テヘランの下町にそっくりだ。表情、身振り手振り、声の調子、どれもが似てはいるが、イランを二度三度真水で洗ったように垢ぬけている。

私はかつて、「コーヒー・ルンバ」の曲を聞いてイランを想ったが、あのシャレた趣はむしろイスタンブールのものだ。イランにはあの軽快さがない。あくの強い人間の執念と欲望が渦まいている国なのだ。

私は町の繁華街の大きな喫茶店で人通りを見ながらアイスクリームを口に運んだ。

エーゲ海を越えてギリシアに入る。私の目は機上から、藍を流したような海の色に吸い寄せられる。この海の向こうに西欧の世界が開けてくるのだろう。

ギリシアは白い家の街だ。風は海の香を含んで湿っている。しかし、黒いスカーフをかぶり町角に佇んで話している二人の女性の暗い目、肩を落としてあたりをはばかるものの言い方は、まだイランの続きだ。

小さなホテルのおばさんのスカートの裾にアラベスク模様の刺しゅうがある。私はイスラム寺院の屋根に描かれた唐草模様を思い出す。いつ果てるとも知れない連続模様は、無時間性の象徴ではないのか。私はイランの匂いからいつまでも逃れられないままローマに入った。

夕暮、ヴァチカンの広場に立って屋上に居並ぶ大理石像を見た時、はじめてイスラム脱出の実感が湧いてきた。店先でビールのジョッキを片手に蜿蜒《えんえん》と議論する男たち。買物の荷を路上に置いて、身振り手振りで話しこむ女たち。そして教会の内部でじっと祈る老人たち。人間には尊大で神には謙虚なイラン人に似ているが、イスラムの戒律による暗い翳《かげ》がない。第一、教会には像がある。もしイタリアに留学していたら、私はもっと楽しい生活が送れたことだろう。

中央駅前の店先で、二人のイランの少女が買物をしているのを見かけた。私は何気ない様子で近づいてゆく。二人のペルシア語がいやおうなく耳に入ってくる。「イタリアは高いわ」を繰り返している。メヘリーによく似た大きな愛敬のある目。空港でサヨナラを言う時、ポロッと大粒の涙をこぼしたメヘリーを思い出す。ああ、あの時なぜメヘリーと抱き合って泣かなかったのだろう。どんなに、そうしたかったことか。それなのに、はしゃいだふうを装ってヨーロッパへ旅立ってきた。メヘリーごめんね。私は雑沓の中で、イランの少女たちをいつまでも見ていた。

ローマからは汽車で北上する。フィレンツェは美術の町だ。この小さな町は、どこからでもお伽話のお城のようなバラ色の教会の屋根を望み見ることができた。私は目のさめるような朱色のブラウスを一枚買った。この色は、解放感に溢れるイタリアの町を歩くのにふさわしい。

教会堂の中の優しいマリアの像。慈しみ深いキリストの像。小さな貝のブローチに彫られた少女の横顔。イスラムの人たちは、こうした優しい仲介者もなしに神に祈りを捧げる。

イタリアでは彫像そのもののような美しい、しかし罪深い表情のイタリア女性にであう。もし原罪というものがあるならば、イタリア女性の顔はもっともよくそれを表わしている。
イラン人は懺悔《ざんげ》ができない。神は、犯した罪を許さない。イラン女性の美しさは罪を犯すまいと決意した美しさだ。閃く稲妻のような、欲望を抑えた激しい美しさだ。

旅の終り

いつのまにか七月下旬に入っていた。フィレンツェからさらに北上する。旅に疲れ汽車の単調な震動に揺られてうとうととしていた。

「スガーモ！　スガーモ！」

私はハッと目がさめた。車窓の外に濃い緑が拡がっていた。枝葉のあいだの鮮やかな湖面の色が、私の目を捕えて離さない。ああ、何年も私の感覚から忘れ去られていた、爽やかな清潔な色と翳《かげ》。変化のない陽に照らされ、ザラザラとした手ざわりの生活の中に埋没していた水晶のような細片が、私の心の中でピンと音をたてた。

ルガノを過ぎて、私の記憶には薄紙をはがすように日本の風景が甦ってきた。青紫の山影。なだらかなスロープを描く緑の畠。川面にやわらかな光が映る。

私の頭はいったい醒めているのだろうか。うっそうとした樹木の塊《かたまり》が、それ自身ひとつの規律をもっているように、それとも、人間とは別個の思想を持っているかのように、しきりに私に話しかけてきた。赤いゴンドラが緑のスロープをするすると上って行く。人は乗っていない。妖精が乗っているのだろう。これは、イランでは経験しなかったことだ。仮借ない太陽が照りつける、あの現実の国――それはイタリアまで続いたのだが――それにくらべると、この国の自然には煙るような静けさ、精霊が漂うような非現実の雰囲気があった。そして、それが私の心に眠っていた日本を呼び起こしてくれたのだろう。

＊「サヨナラ！　私が憎み，私が限りなく愛したイラン……」(ペルセポリスにて)

チューリッヒで下車。小さなホテルに旅装を解く。まっ白な、糊のきいたシーツ。白い枕カバー。この町では肉体のあることを忘れ、魂だけの自分が歩いているような錯覚にとらわれる。

朝、私は子供たちの合唱で目を覚ました。窓外には、二列に並んで歩いてゆく小学生たちが見える。渋いグレーのセーターに真赤な半ズボン。クリーム色の上衣に青磁色のスカート。懐かしい和音の世界。そうだわ、日本を出発してからここまでくるあいだに、私は合唱を聞いたことがあったろうか、優しいハーモニーの音色を。

私はチューリッヒ湖畔のベンチで、ぼんやりと水を眺めている。水面に映る陽の色のなんという柔らかさだろう。気を苛だたせる高燥《こうそう》な夏は、遠い夢のようにこの湖の遙か彼方に去ってしまった。対岸の樹影のあいだにレンガ色の屋根が見える。旅に出て初めて、私は屋根の下に集《つど》う暖かい家族を心に描いた。

四年のイランの生活を静かにふりかえってみる。肩をつっぱらせた一年目。調子づいた二年目。戦いを挑んだ三年目――あの時が苦しかった。そして、やっと心を普通に保てるようになったと思った四年目。しかし、卒業前後の焦躁と悲しみ。

私はイランの友人たちを、イランそのものを、懐かしく親しいものとして思い出した。そして、日本のことも。私の心を支え、励ましてくれた友人や家族のことを憶った。すると卒業以来、心につかえていたシコリがみるみる溶けていった。

私はいま、爽やかな気持でイランに別れを告げよう。そして新たに限りない愛をこめてイランを胸に抱きしめながら、日本の土を踏もう。

あとがき

一九六七年、四年の留学を終って帰国した私は幸いにもペルシア語、ペルシア文学を仕事としていくことができるようになった。その後、二、三度イランを訪れて本文に登場した人々に再会もし、またイランの知人の日本訪問では、私が受けた歓待の何分の一かをお返しすることもできた。公用、商用で来日する未知のイラン人と話をする機会にも恵まれている。

そうしたイラン人官吏の一人に、あなたの国の誇りは何かと尋ねたことがある。即座に「我々の誇りは詩である」という答えが返ってきた。まだ王政華やかなりし頃である。国王は？　と問い返すと、国王は滅びることがある、しかし詩は決して滅びることはないと言って、得意のゼスチャーで一連の詩を誦してみせた。

一国の優れた文学作品には、その国を創り、その国の歴史を支えてきた国民の性格が、短所も長所もとりまぜて、すべて表現されている。留学前に集めた資料から頭の中で作りあげていたイラン像が、現地を踏んでアッという間にくずれてしまった。そして心の中に徐々にふり積るようにしてでき上がった私なりのイラン像の中心には、この国の文学があった。

しかもこの文学には、それを読み諳《そら》んじ、それに陶酔するイラン人の強い感応のし方が伴っている。そしてこの熱狂の度合を、私は四年のあいだ(時にはそれにうんざりしながらも)身近に感じることができたので、活字で読む文学作品がさらに理解し易いものになってきたのだと思う。

もしもイランに文学がないとして、ただ熱狂だけを見せつけられたとしたら、私はその熱狂に耐えられず、四年もあの土地に住まうことはなかっただろう。

一九八一年一月二十九日の朝日新聞に「役立った？『対イラン交渉心得』」という見出しで、ニューヨーク・タイムズがスクープした米国務省マル秘電報が紹介されていた。あの人質事件発生三カ月前の七九年八月に当時の駐イラン臨時大使から米国務長官に送られたものである。要約すると次のようなことになる。

最近の困難な事例の一部は革命によるものだが、大部分はその底にある文化的、心理的国民性に起因している。国民性の第一の特徴は自己中心主義にある（したがって他者の観点を理解しようとしない）。現在の生活に対する不安感がひろがって、彼らにとってはすべてが無常である。この両者が合した結果として、あらゆる機会を利用して、その場かぎりの利益を得ようとする（したがって合理的因果関係が彼らには理解しにくい）。自らの行為に責任をもたず「アッラーのご意志」が逃げ口上になる。過去の恩義は忘れて、今なにを得られるかに関心をあつめる。以上から結論して、対イラン交渉の心得五カ条を並べている。

「日本人はアメリカがこれまでに国を挙げて戦った敵の中で、最も気心の知れない敵であった」という文章によって始まる『菊と刀』（ルース・ベネディクト著）は「戦時情報局」の依頼から生まれた名著である。そしてこの研究成果が、アメリカによる敗戦国日本のあの見事な処遇に生かされたのであろう。それにくらべれば、現在のアメリカのイラン対策はお粗末という他はない。

ところで、米国務省「マル秘」が掲げるイランの国民性のすべてが、本書で何度か引用したイランの文学作品『ホスローとシーリーン』の中に描かれている。極めて通俗的な言い方をすれば、女性ができるだけ自分を高価に売りつけようとし、男性は愛に捕われぬようにして甘美なところだけを賞味しようとする、いわゆる恋のかけひきの物語だが、バザール商人を思わせるこの交渉が、前後三回、蜿蜒《えんえん》とくりひろげられて、それに割かれたページ数は物語全体の二割におよぶ長さになる。しかもこの「交渉」の場面は、西欧の小説に見られるような客観描写を交えた劇的なものではない。一方が喋り口説いてようよう終ると、今度は他方の応答が続く。その繰り返しが砂漠の旅のように続いてゆく。

作品は十二世紀のものではあるが、「マル秘文書」が言う西欧の合理性によって理解しようとするなら、ただ退屈な物語になってしまう。そして西欧の合理性の目で見ると、ホスローの口説き方は「マル秘」がいうところのその場限りの利を得ようとしていることになる。しかし一国の性格がそうであるように文学は、一つの要素だけでできているものではない。ホスローの実利に対して、シーリーンはもっと永続きのする確実なものを手に入れようとする。単純に見ればそれは王妃の座だが、もしもそれだけだとすれば王位を奪われたホスローに、なお愛を捧げるシーリーンの姿が矛盾したものになる。巻末で王の死に殉ずるシーリーンは、愛に、つまり「アッラーのご意志」に従うイラン女性像なのだろう。

『アンナ・カレーニナ』『ボヴァリー夫人』の女主人公は愛に絶望して自殺している。シーリーンは愛ゆえに自害している。

西欧人には東洋の虚無とか無常感が苦手である。世が無常であれば、芸術に逃《のが》れ、また俗世を棄てるのは私たち日本人の、少なくとも欧米文化が入ってくる前の一つのパターンだった。日本には一神教の神がないからそうしたのであって、アッラーをもつイラン人が「アッラーのご意志」に逃げるのは当然ではないだろうか。

「マル秘」がいうイラン人の自己中心主義の好例は、やはり本書で紹介した「マジュヌーン」の狂える恋に見られる。

愛する女《ひと》の形骸を無視した愛とは、西欧の論理で言えば、他愛ではなしに自己愛の変種にすぎない。しかし文学論議は別にして、今まで地上に自己中心ではない、他者中心の国家があっただろうか。ただ自己中心の表現のし方がそれぞれの国によって違うにすぎない。つけ加えていうなら、私自身も、イラン人はきわめて自己中心的な国民だと思っている。

しかし、本稿でもたびたび述べたように、あの国の砂漠を見ていると、この極端な性格がむしろ当然すぎるように感じられる。そして白と黒が対応するように、このあくの強さにつり合う泣きどころがあるはずだと思う。

たとえば、モスクの中で平伏しているイラン人の後ろ姿、また彼らを陶酔に誘う神秘主義の中にその答えが見出されるのではないかと思う。

今筆を擱くに当ってつくづく有難いと思うのは、留学の四年間は勿論、その後も、実にさまざまな機会に恵まれてイラン人の心に触れることができたことであり、それと同時に、イラン以外の国の留学生たちと深い友情で結ばれて留学期間を終えたことである。私は多くの国の人々のイラン研究のあり方やイラン人観を身近に学ぶことができた。

これらの友人、知人には差しつかえのない限り本名で登場して頂いた。実は日本の方々にも言いつくせないほどお世話になったのだが、本稿ではイラン人像を浮き彫りにしたいため、その方々に触れることはできなかった。お礼の言葉と共におことわりしておきたい。

イランに関する専門書が日本語でも数多く読まれるようになった。二十年前のことを思うと感慨深いものがある。

編集部の道川文夫氏にお会いする機会に恵まれたのは、ご自身イラン取材旅行の後であった。イラン人の多彩な性格に感銘を覚えられたのであろうか、言葉の合間にご自身のイラン人観を聞かせて下さった。道川氏の上手な誘導に心地よく乗せられて、人間が大好きな私のイラン観、イラン人像を活字にして頂くことになった。ここに心から謝意を述べさせて頂きたい。

なお、編集に当って心をこめて協力して下さった浜本恵子さん、田中美穂さん、船津真紀子さんに感謝の言葉を送ります。

一九八一年　四月

岡田恵美子

（初版第一刷発行時）

『イラン人の心』新装版によせて

私たち日本人は、西欧の文化に「追いつけ、追いこせ」と懸命に働いてきた。そうして今日の経済的繁栄に到達した。十九世紀の欧米においてそうであったように、財貨が豊かになり、生活が楽になることが進歩であり、進歩は善なりという訳である。

イランでもこうした「進歩と幸福」がかつての王政の下で追求されていた。それが一九七九年のイスラム革命で断ち切られた。ホメイニ体制によって、イランは中世のカビ臭い教義の世界へ逆行していくように見えた。

それからイ・イ戦争が始まった。遠い中東の同じイスラム国同士の争いは、私たちの太平洋戦争の倍の八年間も続いた。

そして、あの熾烈なゲームのような湾岸戦争になり、イラク大統領の「暴君ぶり」が世界に知れ渡った。「イスラムは訳が分らない」という印象がさらに強まった。

本書の執筆は「はじめに」にも記したようにイ・イ戦争の頃だが、そんな中で革命や現代をとりあげず、王政時代の留学体験をもとにイランを紹介したのは、民族の本質が歴史上の事件によって変るものではないと考えたからである。また私の専門は古典文学だが、文学作品のうちにこそ国民性はよく表われると考えたからである。

今回《新装版》発行に際して、『イラン人の心』のところどころを読み返してみた。さて現実の生活に戻ると、「出稼ぎ」といわれる《押しの強い》イラン人が何人か大学の研究室に現れて、私に議論をふきかけ自分を売り込み、果ては棄て台詞を残して帰っていく。イラン人がずっと身近になり、本書に登場したセキネ婆さんやゴラさんの姿が懐しく思い出されたりする。

ところで私は「訳の分らない」イランやイスラムの本質を遺漏なく解き明かしたとは思っていない。

異文化を理解するには、まずその国の人びとに近づく必要があるのだから、本書では出来る限りイラン人のあの体臭が皆さんに伝わるよう努めたつもりである。古い歴史をもつ国民がそうであるように、彼らの体臭の中には実にさまざまな要素がある。お節介、見栄っ張り、繊細な神経、神秘なものへの傾斜、陶酔……。それらの間には、東京の大学にまで現れる「セキネ婆さんの後裔」の、あくの強さもまじっている。

しかし物事に表と裏があるように、彼らからこのあくを抜いたなら、あの砂漠の国に壮麗なモスクも、豪奢なジュウタンも、美しい詩文学も現れなかったことであろう。

最後に申しあげたいのは『イラン人の心』を留学記としても読んで頂きたいこと。これからも多くの若い人たちが海外にわたることであろう。そうした異文化の理解を志す皆さんには「なぜこのようなことに時間を費やしているのか」と自問する時期がきっとあるに違いない。しかし、その暗澹のうちからやがて明りが見えてくれれば、それがその人にとって貴重な青春になるのではないだろうか。

一九九三年一月

著者

おわりに—増補復刻版あとがき

この書の最終章までお読みくださった方は、気づかれたかもしれない。「旅の終わりに」で私はイタリアを北上していた。そしてルガノをすがも（巣鴨）と聞き違えて目が覚めたのだ。四年間、私は心許せる家族や友人たちに会いたかった。イラン人は勿論親切だったが、やはり大いに気を張って暮らしていたのだった。

日本では短いスカートが流行っていた。町にはしゃれた音楽が流れている。昨日まで黒いチャードルを付けていた私、軽快な音楽など四年間なしで過ごしてきた私、帰国したころ私は夢を見ている心地だった。

そして、もっと驚いたのはペルシア語が役に立つ、と知った時だった。

やっとの思いで、国王から許可を頂き留学の運びに至った時、ほとんどの方からこんこんと言われていた。「あなたが勉強したいペルシア語は日本では役に立たない」「何にもならない語学をなぜ勉強したいの?」。私を励まして下さった江上波夫先生（先史考古学者）ですら「あなたは捨て石になる覚悟はあるかい?」とおっしゃったのだ。

私が勉強した言葉は何もならないんだ……私はそう信じて帰国したのだった。

ところが、帰国した翌日から電話が鳴る。

「イランの言葉、解るんですね？」

日本は石油を輸入し中東諸国への経済進出を企画しているのだった。

お世話になった先生方に帰国報告をすると、ペルシア語講座、研究会などを作ってくださった。東海大学、東京外国語大学、慶應義塾大学、東京大学などである。

父や母、そして四年も待たせた私の相棒は「働きすぎないで」とハラハラしながらそんな私を見ていたようだ。

一九八一年には東京外国語大学にペルシア語学科が出来、私も就任した。

私は自分の仕事はともかくイランに興味ある人が集える場所はないものかと考えていた。

そんな時「日本イラン協会」の重松孝一郎氏からお声がかかった。出光興産の中に事務所があり、可愛いお嬢さん方が働いていた。重松氏は熱心にペルシア語を広めようとしておられた。こうして一九七七年にできたのが「日本イラン協会」の中の「ファルシー会」である。ファルシー（ペルシア語）を通してイラン理解を進めようというわけで、これが日本イラン文化交流協会の発端である。今日でも会の活動の一環であるペルシア語講習には角田久子さん指導の下、熱心な生徒達が学んでおり、年に四、五回はスライマニエ氏宅などを拝借して講演会も持っている。

私がこの書を再び世に出したかった理由の一つは、

「世の中に何にもならないものはない」と知って欲しいこと。今何にもならないことに取り組んでいるあなた、それはいつかは役に立つ。もし役に立たなくても、必ずあなたは達成感を得るに違いない。もう一つの理由、それは近頃の若者は外国へ行きたがらないと知ったことである。確かに情報はテレビでも雑誌でも十分得られる。でも外へ出て生きた人間に会い、彼らの生活をその目で見て欲しい。それはあなたに別の目を開いてくれるだろう。

美しい乙女（巻頭の口絵）に添えられた英詩の訳では敬愛する詩人沓掛良彦先生のお手を煩わせた。又、新情報に気を配って下さるイラン文化センター勤務の森島聡さん、イラン人の友J・エッサン兄弟やヤクビーさん一家、読書家でよき相談相手の下り藤実奈さん、感想を寄せて下さった宇賀神志津子さん、日本イラン文化交流協会の事務局長・影山咲子さん、格別に世話をかけた監事の松田明さん、梨本博さんにも、厚くお礼を申し上げたい。この書が再び世に出る機会を与えてくださった人文書館の道川文夫さんに深甚の感謝の念を捧げたい。

この書は亡夫岡田正直が私との書簡を纏めておいてくれた産物である。彼との共著ともいうべきこの作品を彼の霊にも捧げることをお許し願いたい。

二〇二〇年十月

岡田恵美子

増補復刻版『イラン人の心 詩の国に愛を込めて』の成り立ち

本書は、『イラン人の心』(NHKブックス393。1981<昭和56>年6月20日第1刷発行。発行所：日本放送出版協会<現在のNHK出版>）を底本として、初版発行から39年の時を経て、復刊させていただいたものである。序言（はじめに）と後書（あとがき）及び©表示等は、底本そのままに表示してある。副題は新たに付した。

なお、1993年に新装版として刊行されている為、「はじめに」及び「新装版によせて」とする追記・補遺分は、本書にあわせて収載してある。(本書の発行に際し、NHK出版編集局編集管理部の出版承認を得たことを付記しておく）

ほかに、中扉などの写真個所に＊印を付してあるのは、新たに著者より提供していただいた、岡田恵美子先生のテヘラン大学留学時の写真である。

カバー・フラップに収載した前嶋信次先生の推薦文（1981年発行・NHKブックス初版時。原題は「本書をすいせんします」）は、本書では「感想」とさせていただいた。

前嶋先生は、アラビア史・イスラム史・東西交渉史・東洋史家であり、
1981年当時は慶應義塾大学名誉教授であった。

著書に『アラビア学への途 わが人生のシルクロード』(NHKブックス）ほか。

訳書に『アラビアン・ナイト』(東洋文庫)、

『イブン・バットゥータ 三大陸周遊記』など。

装本について

カバー図像 ミール・エマード・フサイニー・サイフィー・ガズヴィーニーの書（ペルシア文字)。
Mir Emad Hussaini Saifi Ghazvini（?-1615)
カラー口絵 ミニアチュール「花の乙女」、H. ビフザード（Hossein Behzad）作
THE RUBAIYAT OF OMAR KHAYYAM
Fitzgerald's English Version 50 Plates in Color by Iran's Celebrated Artist
Hossein BEHZAD MINIATUR
Edited by:Brigadier-General Dr.Hossein-Ali Nouri Esfandiary 1949

なお、1981年発行『イラン人の心』(NHKブックス、装幀：栃折久美子）を底本として、「ブルーセレスト 神のブルー」を基調に、高山ケンタさんと道川龍太郎が、装本設計を行なった。高山さんのご協力に御礼を申します。

のちに栃折久美子先生は、当時のことを振り返り、「NHKブックスをデザインさせていただいたころ、まだ若かった私は気負いもあり（中略）」「あのブルーをたぶん『ブルーセレスト 神のブルー』と言わなければいけなかったときに、シアンなどと言いまちがえたことを覚えております。」と述べておられた。

本書の復刊に際して、栃折カラーとも云うべき蒼穹のブルー、深い藍色、空色を基調にすることを継承している。(編集部)　＊セレストブルー（celeste blue)

写真協力 森島 聡
（イラン文化センター＝イラン・イスラム共和国大使館文化参事室)

編集協力 沓掛良彦（東京外国語大学名誉教授)
松田 明（日本イラン文化交流協会監事)
梨本 博（イラン三菱商事会社社長・日本イラン文化交流協会理事)
井崎正敏（元筑摩書房）/ 宮地香奈（筑摩書房総務部)
造本協力 渡辺 豊（株式会社 報光社)

編集 道川龍太郎・多賀谷典子

岡田恵美子 …おかだ・えみこ…

1932年、東京生まれ。
1967年、テヘラン大学文学部博士課程修了。文学博士。専攻は、ペルシア文学。
東京外国語大学教授、中央大学総合政策学部教授を経て、
現在、日本イラン文化交流協会会長。

主な著書

『イラン人の心』(NHKブックス)、
『ペルシアの神話 光と闇とのたたかい』(筑摩書房)、
『隣のイラン人』(平凡社)、
『言葉の国イランと私 世界一お喋り上手な人たち』(平凡社)、
他に、『ロマネスク二人旅』(岡田直次との共著、筑摩書房)などがある。

主な訳書

『王書 古代ペルシャの神話・伝説』(岩波文庫)、
『ルバーイヤート』(平凡社ライブラリー)、
『ヴィーナスとラーミーン　ペルシアの恋の物語』(平凡社)、
『ホスローとシーリーン』『ライラとマジュヌーン』『ユースフとズライハ』
(以上、平凡社東洋文庫)
他に、『西アジアの神話』(岡田直次との共編著、ポプラ社)などがある。

増補復刻版
イラン人の心　詩の国に愛を込めて

発行　二〇二〇年十一月十日　初版第一刷発行
著者　岡田恵美子
発行者　道川文夫
発行所　人文書館
〒二一一五-〇〇一四
神奈川県川崎市麻生区白山一-一二-一四
電話　〇四四-九八七-八四五四(編集・営業)
電送　〇四四-九八七-八四五四
http://www.zinbun-shokan.co.jp
装本　高山ケンタ
印刷・製本　株式会社　報光社

ISBN　978-4-903174-43-3